宝匣

易刚 著

中国文联出版社
http://www.clapnet.cn

图书在版编目（CIP）数据

宝匣 / 易刚著 . — 北京 : 中国文联出版社，

2016.10

ISBN 978-7-5190-2149-8

Ⅰ . 宝… Ⅱ . ① 易… Ⅲ . ① 长篇小说—中国—当代

Ⅳ . ① I247.5

中国版本图书馆 CIP 数据核字（2016）第 237700 号

宝匣

著　　者：易　刚
出 版 人：朱　庆
终 审 人：金　文　　　　　　　复审人：王　军
责任编辑：郭　锋　　　　　　　责任校对：王洪强
封面设计：凤凰树文化　　　　　责任印制：陈　晨
出版发行　中国文联出版社
地　　址：北京市朝阳区农展馆南里 10 号，100125
电　　话：010-85923033（咨询）85923000（编务）85923020（邮购）
传　　真：010-85923000（总编室）　010-85923020（发行部）
网　　址：http://www.clapnet.cn　　　　http://www.claplus.cn
E-mail：clap@clapnet.cn　　　　　　guof@clapnet.cn
印　　刷：三河市宏顺兴印刷有限公司
装　　订：三河市宏顺兴印刷有限公司
法律顾问：北京天驰君泰律师事务所徐波律师
本书如有破损、缺页、装订错误，请与本社联系调换

开　　本：700 × 1000　　　　　　1/16
字　　数：240 千字　　　　　　　印　张：15.75
版　　次：2017 年 1 月第 1 版　　印　次：2017 年 1 月第 1 次印刷
书　　号：ISBN 978-7-5190-2149-8
定　　价：38.00 元

自　序

　　1995年初，我刚过而立之年，觉得自己应该做点什么大事了，于是开始动笔创作这部小说。那一年的年底，我女儿呱呱坠地。新生命的孕育、诞生、长成，免不了要分出些精力，随后，我断断续续写、反反复复改这部小说。直到2003年，我甚至还将第二稿发到"中国作家网"供朋友或读者批评指正。第二年，我从某中外合资公司辞职出来单干，但读书、游历、写作，出书，需要更多的精力。对于这部小说，我又处于断断续续写、反反复复改的境况之中。久而久之，我甚至把它当作一块丑陋的鹅卵石，时时把玩，不再示人。直到今年，即2016年夏天，在一个契机的诱惑下，才勉强定稿，算是为这部小说，画上了一个也许并不完美的句号，心里却总是空落落的，而我女儿，早已待字闺中了。

　　是的，我终将亲手把自己的女儿和这部小说，送予别人家。

　　这个即将在读者面前展开的叙事文本，我觉得，它里面所表现或展示出来的川东巴渝风情、岁时民俗等内容，应该是丰富多彩的。最起码，我自己是这样认为并努力去完成或达到这个目标。换言之，这部后现代小说之所以写成，就是我朝着民俗风情这方面努力创作的结果。效果如何？只有天晓得。

　　这部小说并非民俗大全，也不是历史演义，更不可作为中华民国十一年和十二年的川东大事记，因为，这部长篇小说的内容，还远远不止那些。也许，它是我对地方史和家族史的个人演绎。因此，其中的几个主要人物，可能还有我婆婆或爷爷的影子，或影子的影子。对此，我也不能够确定。

小说原本就是想象和虚构的艺术，然而，后现代小说不再仅仅是作家个人想象和虚构的产物，而是事实与虚构的巧妙结合。至于为什么我要擅自贴上二十世纪的新标签，自诩《宝匣》为"后现代小说"呢？因为某些历史人物和历史事件，重新走进了我这部虚构的小说里，只不过，它所占的比例很少罢了。对我而言，这种新的写作技巧与手法，有，总比没有的好。康有为在《应诏统筹全局折》中就曾经说过："夫物新则壮，旧则老！新则鲜，旧则腐；新则活，旧则板；新则通，旧则滞：物之理也。"

　　我想：文之理，艺之理，亦当如此。

易刚叙于重庆

2016 年 7 月 13 日

目 录

第一部

第二部

第一部

1922

重庆埠：长江上游的战事和省争以及大规模的军事冲突已成为四川省每年都要发生的事情。当上年报告中已提到的对湖北的用兵结束后，士兵回到了各自所属的驻防区域，于是人们希望能够有一段和平和安宁的时间，而这一点恰好对贸易的发展至关紧要。事实上，本年的前六个月里，除5月23日刘湘将军辞去四川总司令兼省长职位一事外，川省平安无事。这段时间里，贸易兴旺，轮船运输也因长江水位上涨而比往常提前进行。不幸的是，各派军事将领依旧争长，彼此争夺川省最高统治权，使太平之望付诸东流。7月初，驻守重庆的第二师在杨森的指挥下，和一、三联军兵戎相见。8月，杨森战败，逃往下游地区，其手下的士兵四处流散，而邓锡侯和赖心辉手下的得胜军却于8月7日进驻重庆并实行戒严，于是上下水轮船运输全部中断，商店关闭，贸易也完全停止。三周之后，省城成都召集了一个军事会议，意在调停军阀之争，但并无实际效果。年底，重庆贸易有了起色，由于运输能力的增强，大批土产棉纱进口本埠。本年黑猪鬃，鸡鸭毛，五倍子和羊毛等货的出口贸易也进行得不错。

——译自：《通商海关华洋贸易总册》《中国海关统计年刊》《海关中外贸易统计报告》等官方档案（海关造册处出版）

*　　*　　*

（民国）十一年七月，一、二两军冲突，一军将领突出师攻重庆，二军军长杨森败绩，走武汉。总司令兼省长刘湘旋亦解职。

川中将领各拥防区，重庆为通商巨埠，尤防区之富者，一有冲突，不能无争。是时，二军军长杨森驻重庆，一军将领邓锡侯等突率师自璧山侵入县境，与森战于西里龙凤乡、白市驿等处，相持两日夜，森调旅长刘文辉自合川来援，文辉驰至走马冈不战而去，森即撤兵还城，放弃重庆，退走梁、万间，一军复乘势追击之，森走武汉。总司令兼省长刘湘亦通电去职，遗职由三军军长刘成勋继任，开府成都。

——向楚 主编《巴县志·卷二十一·事记》（1922 年）

第一章

开　战

民国十一年盛夏，重庆，江北。

这天清晨，丘陵里并没有罩雾，到处都是鸟雀的啾鸣、知了的喧嚣。嘈杂的和声在低矮的灌木丛里绽放，时显时隐。树影婆娑之间，年轻的蛮子晃晃悠悠、慢条斯理担着一挑空粪桶儿，在坚硬而又弯弯曲曲的山路上行走。他要去洼地旁边半干涸的混浊池塘里取水浇地。一些褐色的蚱蜢儿，先是在山路上惊慌失措地跳跃奔命，一眨眼儿工夫，又跳到左右两边干枯的草丛之中，窸窸窣窣躲藏起来。一只黄色的蝴蝶遂摇摆着向半空飞去。蛮子抬头，看见刘家凼上空有一只鹞鹰，梦魇一样，依旧自由自在地在蔚蓝色的天空之中盘旋。他心想：不晓得哪屋的小鸡崽、小鸭娃儿，又要遭殃了。

"唉，弱小的生灵，总是命苦！"

以前，婆娘秀儿总这么哀叹。不过现在，蛮子想到了他各人自己。

蛮子很小的时候，婶婶甚至还经常吓唬他，说什么"……万万不要一个人跑到山上去贪耍，鹞鹰是要抓小崽崽儿的，特别是像你这样的崽崽儿，又调皮，又丑，还没有爹妈要的小男娃儿；倘若鹞鹰嫌你脏，不吃你，它也会把你裤裆里的小鸡儿叼走，那才叫痛死你呢……"等蛮子稍微长大一点儿了，想到那些仿佛永远都做不完的活路儿和家务杂事儿，打柴、挑水、喂猪、洗衣、煮饭、挖土、种菜、施肥、放牛、插秧、薅田、收获、晒场……他寻思，还不如当初各人自己跑到乳头山上去，让鹞鹰抓走算了。他心想：如果现在自己被鹞鹰抓走，也许并不一定是啥坏事儿。因为自己长大了，可以跟鹞鹰做做伴儿，或者让它的大嘴儿叼着，在天空中穿行，那是多么愉快的一件乐事儿啊。只不过，他想：要是没有了裤裆里的东西，那不成了狗日的小太监了？老子才不干呢！于是乎，他邀约上老幺，带着黄毛皮的来宝，多次跑到乳头山上去，准备给鹞鹰放一火铳，把它撂下来，喂狗。但那些鹞鹰就像月亮一样，人走，它也走，而且总是离他们又高又远，懒洋洋地在天空中翱翔。所以每一次上去，两人都快快下山；来宝则欢快地跑前跑后。只有第一次上山，蛮子实在气不过，决定独自向鹞鹰开战，于是朝它的小黑点儿放了一枪，来宝就对着虚空一阵阵乱嚎。老幺笑他傻，还说以后，没有哪个堂客会跟蛮子睏觉。

　　这个时候，蛮子已经走到了池塘边儿上。他看见七月骄阳的碎片，正洒落在澄净的池水当中，又泛起耀眼的白光。没有风，池水静静地躺着，将思绪的波纹平复为表述天宇的镜面。它那绿油油的身子，在阳光下闪着黛色的幽光。青色或青红色的浮萍，在池水上一动不动，一点，两簇，三片，仿佛它身上的体癣。除非一尾学名叫作"青鳉"的小鱼儿游上来觅食儿，或者，在浮出水面呼吸一下发烫的、且带有腥味儿的新鲜空气时，偶尔触动了浮萍一下，打搅了它们的白日梦之外，不然浮萍还会在池水上面睡觉。每次遇到这种意外骚扰的时候，浮萍会在原地缓慢地打着转儿。有时，也会跟着一丝微风随波荡漾，进而随波飘动。

　　同川东男人一样，蛮子头上也缠了块白帕子，有些旧，颜色微微发灰，近似于黑；本来还散发着酸臭味儿和刺鼻的旱烟味儿，但昨天下午，婆娘秀儿帮他洗干净了。然而，他头顶上却是光光溜溜的。这是因为，蛮子头上并没有一根儿头发，脑袋就像河滩边上一块本地圆西瓜大小的黄褐色鹅卵石。

　　这个时候，蛮子看见了一只红色的蜻蜓。它懒懒地盘旋在池水上空，飞飞，停停；停停，飞飞，最后还是落在一支有着优美弧线体形的水草叶子上面。那草叶儿承受不了这意外的生命之重，细尖儿就在池水里点出一轮轮清晰的涟漪，扩散在禁锢池水幻想的白花花的石壁。池水上面青色或青红色的浮萍也就随波而动。热风中也有了一丝丝青草的芳香。蛮子想起来了，婆娘秀儿有时候的笑容，也同这涟漪一样的好看。她在暗夜掩饰下的光胴胴，也会荡漾着，散发出迷人的清香。

蛮子傻傻地站在池塘边上，看了许久，也笑了许久。他心想：野地这些东西，老实说比各人自己收购上来的那些猪鬃漂亮多了，也好闻多了。他抬头望望蓝天。蓝天高高的，空旷而寂寥，并无多少云彩。但他感到非常奇怪，为啥总能听见隐隐约约的滚雷的声音呢？还有就是砰砰叭叭的闷响，他心想：哪家这么古里古怪啊？因为今天并不是什么黄道吉日，还要娶亲吗？再说啦，如果不是娶亲的话，居然快到晌午时分了，还在下坟么？况且，山那边的易家沟儿，也没听说哪家死了人，哪家要娶婆娘啊。蛮子心想：莫非，又要开战了？日他屋妈哟！才安静了几天嘛？你几爷子硬是凶，我倒是要见识见识！

"你几爷子硬是凶呢！"

蛮子自言自语大声说道。于是，他手握长把粪勺，非常麻利地将池水舀进桶内。池水里尚没有愈合的太阳的表象，就这样一次次被他捣碎。捣碎的，甚至还有他各人自己的影子和心绪。他甚至还在荡漾的池水里，看见了一张小娃娃儿的胖胖的圆脸儿，似笑非笑地朝他扭动着，并且细声细气地叫他：爸爸，爸——爸！想到各人自己膝下并无一男半女，蛮子心里不觉得又一阵悸痛起来，决定今晚黑在秀儿身上再多使点儿劲。

七月的阳光很硬，风也很硬。所有植物都蔫耷耷地，随风乱舞。然而蛮子那爬满汗珠儿的瘦脸，并无一丁点儿的表情。他的眼光，犹如身边泛起微澜的绿水一样平淡，一样深不可测。他壮实的肌肉，古铜一样，黑黢黢的油亮发光，汗水渗出来，不久便汇成一粒粒小水珠儿，又顺着大块的肌肉滚下去，落在灰白而又略微发黄的土地上，给泥土印上一块小铜钱儿一样大小的水迹印儿。而在离他不远的泥巴小路上，一大群蚂蚁正在搬家，一队接着一队，连绵不断，横穿路面。

蛮子并没有意识到，它们，其实已经爬了一夜一天了。

担着一挑水，蛮子快步上了山坡。粪桶儿跟杂草摩擦着，发出沙沙、沙沙的声响。一些褐色中略带麻点子的小蚱蜢儿，先是在山路上不知所措地跳跃着，一眨眼儿，又跳到左右两边干枯的草丛之中，躲藏起来。草丛就有了一丝儿骚动的欲望了。

蛮子心想：用不了再担几桶儿水，他就可以把地里的丝瓜、海椒和茄子浇完。山里一到了夏天，就有些干旱，历来都是如此。蛮子他还记得，上一年，水稻田里龟裂的缝隙，最大之处可以放进一枚鸡蛋儿，或者能够把小娃娃儿的脚丫子都吃进去。吃进去，又放出一两声响亮的嚎叫。

远方，砰砰叭叭的枪响声，夹杂着轰隆隆隆的山炮声，又不断传了过来，钻进蛮子的耳朵里，仿佛除夕夜里的鞭炮声又夹杂着天边遥远的滚雷声响。他大声自言自语道：

"又开战了！"

对于战事，刘家凼的山民们并不十分害怕，打野猪儿，放火铳，也不过如此呵。

半个多时辰过去了，枪炮声越来越近，而蛮子已经来回跑了四五趟。现在，他桶儿里的水也渐渐少了。等浇完这挑水，他伸伸腰杆儿，看见山那边已经泛起一阵阵儿的烟雾，空气中也可闻到刺鼻的硝烟味儿了。他尖起耳朵下细一听，仿佛还能听见军号声和喊杀声。他用手背抹了一把额头上晶亮的汗珠儿，半闭了两眼望着上午就十分毒辣的太阳，摇摇头，随后咽下一口黏黏的唾沫。

"嘘——轰隆隆！"

一颗炮弹呼啸着落在蛮子对面的半山坡之上，炸开了。

"嘘——轰隆隆！"

随后又是一颗炮弹炸开，整个时空仿佛都充满了回响。

此时，刘家凼上空的那一只无所事事的鹞鹰，在天空之中抖动了一下，就朝更高、更远的天宇翱翔而去。半空中遂升腾起两团黄白色的烟云，很快又被热风吹散，飘向乳头山茂密的松林，颇像有人在吹两朵蒲公英成熟以后的小绒花儿。小时候，蛮子和拜把子兄弟老幺，也这么吹过无数回儿。但是，蛮子没有机会和婆娘秀儿一起吹。因为那时候的秀儿，还没来重庆吃苦，她正在涪陵乡下，在春天开满桃花，秋天开满菊花的院坝子里，做着大小姐的青春美梦哩。当然，她还能在梦中听见马儿咻咻的鼻息，听见爹妈打情骂俏时愉快的笑声和喘息。

"扑扑扑，扑扑扑！"

一大群山雀儿，在蛮子身后不远的杨槐树上，叽叽喳喳腾起来。它们先是一同飞向高空，随后又如散沙一样，飘飞到四周去了，很快就不见了踪影。

"狗日的，神仙打仗，百姓遭殃！"

蛮子在嘴里咕哝，然而，话还没有说完，对面坡上坡下有人就大声吼叫起来：

——三师快打过来啦！

——邓锡侯快打来啦！

——快点儿跑，跑呀！

邓锡侯的第三师，他硬是打过来啦？蛮子心想。你就莽起打吧，难道我还虚你不成？蛮子想着，一眼就看见有人已经开始往坡下和村口奔跑。其实，对于两军开战，蛮子见多了。但是，即或以前只是远远地打望，他的心也像是被谁抓紧了似的。因此，现在如今眼目下，蛮子嘴上不说，心里还是非常惊慌。他双手搓着用夏布缝制的，已经被秀儿洗得发白的长裤，各人自己都能觉察到怦怦的心跳。他看看地里打蔫儿打蔫儿的菜叶儿，吐口黏黏的唾沫，担起空粪桶儿也往坡下跑去。

他开始惦记秀儿了：白生生的光巴胴，在夜幕的掩饰下，活像一条白色的大鱼。

昨天晚黑，一缕缕银色的月光透过窗棂，照白了两人的身体。

现在，阳光晒在蛮子的皮肤之上，油光发亮。他左右两肩，都有一块比黧黑的皮肤颜色更深一些的老茧疤，脑后下面的颈包，也如小娃娃儿的拳头一样大，看得出是一位能干的川东汉子。可是，蛮子心想：一到晚黑，为啥秀儿总说自己"不能干"呢？他闹不明白妇人心：以前是婶婶和她的两个宝贝女儿，既刁钻，又蛮横；现在嘛，就是婆娘秀儿。

"秀儿，秀儿！"

蛮子狂喊着，担着一对空粪桶儿，左手握住桶儿里伸出来的长长的勺把儿，摇摇晃晃朝坡下那片黑黢黢的房屋跑去。粪桶儿擦在路边干枯的杂草上，发出沙沙，沙沙沙沙的响声，桶壁跟粪勺也咣咣当当撞击着，发出更加令人惶恐的声响，仿佛身后还有老幺在跟跑一样。他一路狂奔，两只带泥的光脚板在硬热的土路上相互追逐，很像两只被恶狗撵得只顾逃命的土鸭子，由于过度惊吓，已经没有了声息。

从小长到大，蛮子见多了两军开战。可是今天，他心里却十分害怕，惶恐不安起来。他开始挂念秀儿了，这是以前从来都不曾有过的心绪。蛮子知道：秀儿是他未来的儿子赖以生长的土地！他心想：各人自己的小命儿倒不打紧，金贵的是，年轻漂亮的秀儿，绝不能让狗日的兵丁糟蹋。

蛮子一边奔跑，一边也想对谁开战了，但他却找不到敌手。以前，他总觉得：自己在刘家凼的敌人就是鹞鹰，或是拜把子兄弟老幺，或是骚火火的黄妈，或者，干脆就是村长刘鸿鸣。而今，他突然意识到，自己的敌人是如此强大，却又近似于虚无。

村　口

刘家凼是本县的一个富裕村，地势好，风水好。上年腊月间，村长刘鸿鸣家还曾经在堂屋门口贴了一副对联："秋至满山多秀色，春来无处不花香。"整个村落零零散散构筑在两扇山坡脚以及一个小土坝上。虽说村里也有一些小坡小坎，但地势还是颇为平顺的。一条宽敞的土路，向北偏东，顺着多鹅卵石的小溪沟穿过村子，通向遥远的官道。

蛮子刚一跑进村口，就看见鸡飞狗叫的一幅惨景。田寡妇等村民迎面朝他跑来，喧嚣着，带着风声和汗臭、奶香，跟他擦肩而过，跑到另一面的山坡顶上，也就是乳头山茂密的松林里去躲灾。不晓得是哪家的一只黑母鸡没有拴好，从背篓里跳了出来，有几个人便去追。幸好是只生蛋母鸡，那人一上去，黑色的母鸡就趴在路边草丛里，像竹林下面的一小堆煤炭，乖乖地就束手就擒了。

村长刘鸿鸣一家，也在这支逃难的队列之中。只听见他无比激动地说：

"前些天，大儿寄来的报纸上谈到，刘湘虽身为川军总司令兼省长，但其号令只能达到所属第二军防地各县，其措施稍有欠妥之处，即遭省城参议会和各军责难，使他进退维谷，难以对付。刘将军乃采取以退为进的策略，于五月十四通电请辞。七月初，四川第二军刘湘系统的杨森发出进攻通电，声称对一军'大张挞伐，使倡乱者有所警惧，捍卫者有所奋兴'，与第一军熊克武系统的但懋辛，战于万县一带。十一号，各军联合办事处在成都公推四川第三军刘成勋为川军总司令兼省长，刘成勋及邓锡侯、赖心辉、田颂尧、刘斌、唐廷牧、陈国栋等通电痛斥第二军杨森，邓将军为北路总指挥，赖将军为东路总指挥，进攻泸州。第一军但懋辛为前敌总指挥，进攻重庆。昨黑睡觉，我的右眼皮总是跳个不停。常言说，左跳财，右跳灾嘛。我就晓得要火烧眉毛了！果然！"

一些人，前前后后簇拥着身材细高细长的村长，跟着他一家人走，仿佛这样就安全了很多。人们将家里值钱的东西，用碎花蓝布或白被单包好，提在手上，或者抱在胸口前；也有赶猪，抱鹅，提鸡的人。刘富的兄弟刘贵，背篓里的稻谷装得太满，而且围子上还有道小裂缝，所以走一路，洒一路。他不时回头看看，还好，洒得并不太多。为了逃命，他也顾不上回去收拾了。从懂事起，他就晓得"人不为己，天诛地灭"这句老话儿。但为几颗谷子丢了性命，不值。人，毕竟不是麻雀儿，他想。一些土狗在人群里前前后后地跑着，叫着，有的跟着自己的主人家，夹着尾巴离开；有的则恍兮惚兮地往回跑，就连主人大叫，也呼唤不回来，只是对着虚空，声嘶力竭地嚎。

村长刘鸿鸣正抽着那只水烟儿筒。看见蛮子，他问："哪个往回跑？

蛮子。”蛮子也不搭理人家的问话，一路小跑着过去了。村长刘鸿鸣觉得蛮子不理睬自己，他面子上过不去了，很臊皮。当然他也更关心蛮子一家，特别是事实上的“干女儿”秀儿。村长刘鸿鸣遂回过头来，又高声问蛮子：“逃啊！还往回跑哟？秀儿呢？”蛮子头也不回，他喊：“我还想问你呢，看见秀儿没有？刘叔！”村长刘鸿鸣只摆摆手，也没答话，抽着那只水烟儿筒，就追赶家人去了。一边走，他还一边想：肯定是驻扎在重庆城的川军军长杨森将军，败走麦城了。于是，他心悸起来，也为大儿子的前途担心。

一个三十来岁的女人，块头大，显老，奶子又大又松，所以人人都叫她黄妈。此时，黄妈正在奶孩子，慢条斯理地走在人群后面，右边的奶子像只大圆茄子似的耷在胸前，随着行走的节律抖动。她怀中的小崽儿并不晓得，他妈为啥要这样跟在一群惊慌失措的人们后面瞎走。他睁大了两只圆眼，嘴里含着左边那只大奶子，神色呆板地望着天空。如果黄妈的脑袋没有遮挡住阳光，他又不得不把眼睛闭上。这个时候，他会觉得满世界都是血红血红的颜色，虽然光亮，但心里却十分的紧张和焦虑。一股清尿兀自顺着黄妈腆着的肚皮上流了下来。黄妈颇烦，就在小崽儿的光屁股上打了两大巴掌。空气里便充满了尖利的哭声。

蛮子看着两只雪亮的大奶子，问黄妈：“看见秀儿没有？”黄妈还在气头上，于是一本正经地说道：“找野男人去了！”蛮子想调戏她，就说：“等会儿，我弄死你！”黄妈嬉皮笑脸地说：“常言说得好，一言既出，驷马难追。人而无信，不知其可也。硬是的，好久我们来弄一盘儿嘛！你不弄死我，你就是马虾；你要是弄死我了呢，你就是虾马！”蛮子笑道：“你个砍脑壳的瘟神，现在还有心思说笑！”黄妈也开心地笑了，把奶头重新塞进小崽儿的嘴里。她说：“我又没看见秀儿。你问我？我还不是爹口粑啊！”蛮子就在她右乳上，飞快抓了一把。他感到手滑，但心里却总觉得空落落的。黄妈笑骂道：“砍脑壳的，死鬼蛋蛋儿。秀儿看见又要理麻你了！”说完，一巴掌打在蛮子手背，自己的右手掌却有些生痛了，仿佛打在一块铜板之上。蛮子说：“我们两个也要打仗嗦？关键是……现在秀儿看不见！”黄妈微笑着说：“等一会儿，再给你两个扯皮！”说完，她也就大大咧咧走开了。

"拉拉扯扯，最好晚黑！"

蛮子刚说完这句，就在女人身后不远处，看见了刚钻进竹林里屙尿，却没屙出，又钻了出来的地保老幺。而且，从竹林里钻出来的，还有黄妈的男人刘富。蛮子问他俩："秀儿呢？看见没有？"地保老幺说："没看见。我既不是她屋男人，也不是她勾引的野男人，问我做啥子？……是不是在我前面的哟，各人眼睛瞎！"蛮子听了很生气，他说："爬远些！"

刘贵的哥哥刘富，一直都想巴结他俩，就说："蛮子哥，在刘家凼除了幺哥，就你最凶，惹你不起！……秀儿她可能还在屋头啰唆！"

"那不是秀儿吗？各人眼睛瞎！……你才应该爬远些！"地保老幺针对蛮子说道。他是在指，如果先前秀儿跟了他，今天哪里还会轮到你蛮子着急的事儿呢？他也认为这天下太不公平了，蛮子连头发都没有一根儿，居然还找了恁好一个婆娘？怪只怪各人自己没有眼光，就像十几年前一样，既然攻打重庆城的朝天观都敢走在最前面，为啥事后还要找到那么一个丑婆娘来消火呢？如果不是犯那种鸡巴低级错误的话，自己或许在新军队伍里当个班长（正目），排长（哨长），甚至连长（队官）、营长（管带）什么的大官儿，漂亮婆娘多的是，黄花闺女也有，还轮得到各人自己动手去解她们的裤腰带吗？也许……自己还能在重庆蜀军政府里，混个一官半职的公差呢，那就更用不着当丘八，风餐露宿，担惊受怕了。

当时，地保老幺又骂了蛮子一句："爬远些！"他心想：还是和二少奶奶李凤华说个笑话舒服一点儿，即便只是在嘴上打打牙祭也好。于是，也不理刘富，他独自跑了起来，只几十步路就追上村长刘鸿鸣一家。

蛮子依旧站在原地，向前后两边张望了许久，并无秀儿的身影。他这才终于醒豁过来，自己上当了，就远远地对着地保老幺喊："爬——各人爬！还敢哄老子！"

刘富本来已经走远，他又回头说："你们拜把子兄弟之间，还要打仗啊？还嫌战事少了啊？"蛮子说："哦，兄弟之间才打仗，不是冤家不聚头……都是穷欢喜！"

　　刘家二少爷刘正盈和二少奶奶李凤华正并排走着，心事重重的样子。可是一见地保老幺，二少奶奶就咧嘴笑。当然也并非无缘无故地傻笑，因为她从地保老幺裤子上的破洞中，打望到他大腿内侧的肉了。二少奶奶李凤华怀中，抱着还没有三个月大小的奶娃娃儿。虽然是三伏天，但小孩头上依然戴着猪头帽。

　　地保老幺嬉皮笑脸地说："二少奶奶，今天你最乖了，两个脸庞上红嘟嘟的，像搽了好多胭脂，比重庆城的妹崽儿还漂亮！二哥硬是享福哩，不像他正丰大哥那样傻，不喜欢女人。该不是……他有啥病哟？如果真有病，下次等他回来，我给他个秘方，包好！"

　　二少奶奶李凤华红着脸，只是笑，却不搭话。

　　刘家二少爷刘正盈问："老幺，你打甩手出门啊？也没有带点东西出来吗？"地保老幺说："二哥，我身无分文；即便有，也都塞在女人胯裆下了。唉……那是个无底洞啊！"

　　二少奶奶还是不想说话，红着脸，只是哑笑。

　　村长刘鸿鸣本来在前面走，埋头抽着那只水烟儿筒。他听了地保老幺的话，很不开心，觉得他调戏自己的二儿媳妇儿，就等于在调戏各人自己。他站住了，回过头来呵斥道：

　　"老幺，你个龟孙子，你娃嘴巴要积德！爬快点儿，到前面去！你整天都飞叉叉的，像个天棒槌儿一样，讨厌死了！你向人家蛮子学嘛，本分一点儿，好不好？难怪还是光棍一条，婆娘都跟人跑了，还差点断手断脚！"

　　老幺右手叉腰，把左手伸向头顶说道："刘老太爷，这话，你就讲错了！虽说我断了一根小拇指，但这也是一种光荣，不是耻辱！你见过重庆蜀军政府都督张培爵、副都督夏之时，还有蜀军总司令林畏生吗？你见过石青阳、谢持、朱之洪、梅树南、李湛阳、江潘吗？你见过吴玉章吗？"

　　村长刘鸿鸣被老幺镇住了，但随即他轻蔑地说："老幺，你也别吹牛了！我晓得你曾经是舒伯渊标统的随从，但他不过只是一个小小的团长，这不能证明你见过张都督那些大人物！你就少吹牛了吧！……走，走，快走！"

　　老幺突然意识到什么，改口道："……要不是我谦让，那年子秀儿跟了我，现在打光棍的，应该是他，蛮子！这下，我没有吹牛吧？"

此时的蛮子，正在快步跑着。

不一会儿，他穿过一条闪亮的小溪沟儿，登上一个小土坡儿。尚没到家里，就听见来宝的狂吠。他一眼就从竹林的缝隙间，望见自家婆娘秀儿的上半身，背了一个小竹篓，正向他走来。他猜想：里面放的东西，一定就是那些大块大块的鸦片。因为篓上面又放了几只鸡，起着打掩护的作用。但是他又想：傻婆娘，猪儿呢？未必搞忘记了它们？然而，当蛮子透过竹林，还看见秀儿赶了两头猪，东摇西晃走过来时，他心里就踏实些了。

一个人要赶两头猪是很费事儿的，也比较劳神，尤其是女人。虽说秀儿用麻绳牵着两头猪，但它们这些畜生还是要四处奔跑，嘴里还不停止叽叽叽，哼哼哼地叫唤，不是互相拱几下，就是看见路上有啥东西，也是要跑上前去闻一闻的，即便只是一泡狗屎。

蛮子埋怨道："猪拱猪，这有些像两军开仗。一会儿共和，一会儿又独立，尽扯拐！"秀儿说："赶快过来帮我吆猪！累死人！对了，猪圈儿，好久还是修补一下嘛你！我嘴巴都磨破皮了，你就是不动手，越来越不像话了，像老么！"蛮子也不搭腔，跑过去，接过秀儿手里的麻绳儿，将猪牵着，走下坡去。黄皮毛的来宝紧紧跟在两人后面。有几次，它都准备返回屋去，却被蛮子召唤住："来宝，跟我走，快要开战了！"秀儿回头望了眼来宝，说："多懂事的畜生啊，还有一些东西在屋里，拿不走了。"蛮子说："我去拿！"秀儿说："算了，逃命要紧！而且，放点东西也好，免生祸害！"蛮子说："搞不懂你。"秀儿说："以后就晓得了。"蛮子又大声呵斥道：

"来宝，跟上，不要命了！"

两口儿，一人牵了两头猪儿，一人背了一只小竹篓，几乎是这伙逃命人群垫后的尾巴。蛮子还不停地用小树枝，打在猪儿那宽宽的背脊上，或者肥肥的屁股上面。两人趔趔趄趄，勉勉强强，总算是登上了乳头山脚平缓的小山坡。大约走了半袋旱烟的工夫，渐渐地，他们又听见了人们的喧嚣声，也听见了身前和身后村庄的上空，响起一阵猛烈而凄惨的狗叫。

刘家二少爷刘正盈，正站在一棵高大的松树下猛抽纸烟。二少奶奶李凤华，则抱着还不足三个月的奶娃娃儿，坐在丈夫不远处，依旧心事重重的样子。二少爷远远看见，有七八只绿头鸭子，在小溪里捞了满腹的小鱼小虾之后，径直甩着尖屁股，在村口附近闲逛，或是啄食村民刘贵漏在路上的几粒稻谷。兴起之时，它们也对着天空放两声沙哑的歌。二少爷心烦，不觉轻轻叹了口气。他猛然自言自语道：

"也许当初大哥的抉择，比我正确得多！"

少　爷

横贯刘家凼村的那条宽敞的土路，顺着多鹅卵石的小溪穿过村子，通向遥远的官道。因此也有村民把那条土路叫作古道的：朝南偏西，翻三层坡，便可进城。这里所谓的"城"，乃是鱼嘴沱（地名）。倘若顺长江江水而上，穿铜锣峡，过寸滩，则可到达江北厅城，乃至江北对岸的重庆朝天门码头；倘若朝南偏东，可到达马岭：五月初五日，可在太洪江（又名御临河）与长江的交汇处太洪岗，看龙舟竞技。

如果顺官道向北偏东走，村民都说可以直达湖北境内。但蛮子从小走到大，不仅没有到达过湖北，就是秀儿的老家涪陵，他也没到过。在村庄两边的山坡顶端，都生长着大片大片的松树林，山腰又多洋槐树等灌木和芭茅等杂草，所以每遇兵灾匪祸，村民很容易躲藏起来。

蛮子当小娃儿时，和村长刘鸿鸣家大少爷刘正丰，地保老幺等人，常常到林中草丛里去耍，捉蚱蜢儿，捉小麻雀儿玩。小麻雀儿在窝里，没有长毛，肉呼呼，红分分的，人们一旦刨开芭茅草，它们就张着带黄边儿的大嘴巴等待喂食儿。蛮子他们三人还悄悄学大人，拜把子玩，仿佛桃园三结义那样。只不过到后来，真正拜完把子以后，不久，大少爷刘正丰就出去闯荡江湖去了。临走之前，他甚至还动员了蛮子和老幺，却被蛮子的姊婶拒绝了。一来，她舍不得蛮子这位免费的长工，二来，毕竟蛮子是孤儿，婶婶的家，也就是他自己的家啊，所以几天都不同蛮子说话。而老幺却推说"父母在，不远游。游必有方。"所以，他也没有跟大少爷刘正丰走。

"革命？在哪里还不是一样的革？"

老幺曾经这样对蛮子说过。蛮子则懵懂地点点头。但村长刘鸿鸣知道后，颇不以为然。他以为在本县，乃至全川，根本没有革命的基因；即便有，也总是慢上半拍。直到十年前辛亥那年四月底，广州发动起义，全川依然没有什么大的动静。倒是到了当年的下半年，省城成都的保路风潮起，以及紧随武昌起义之后，重庆宣告独立及蜀军政府的诞生，他才逐渐改正了自己的偏见。心想：毕竟是巴人尚武啊！但是，大儿子刘正丰来信的原话则明明写着：

"巴师勇锐，歌舞以陵！"

从大儿子刘正丰寄回的报纸上，村长刘鸿鸣还知道了一些事情：辛亥那年的五月九日，清政府接受盛宣怀的建议，收回地方筑路权，宣布铁路国有，将集股商办的川汉铁路路权拱手让给外国列强。由于四川、重庆等地人民对于清政府的股权赔偿不满，反清情绪迅速高涨，四川（含重庆）的保路运动在极短期内如火如荼地迅猛展开。两个月中，全川大多数州县建立了保路同志会，其中有同盟会，有立宪派，但最主要的力量是各地的袍哥，同盟军所依靠的力量，也就是袍哥与新军。当时，四川同盟会负责人熊克武、尹昌衡、杨庶堪（沧白）、吴玉章等人也都加入了袍哥组织。

对于缘自省城成都的四川保路风潮，村长刘鸿鸣还有自己的看法：正因为端方九月初领兵入川，鄂军西调，武汉空虚，才给武汉的革命党人造成了一个在十月十日发动起义的绝好时机。换而言之，正是由于四川的保路运动，则直接导致了一九一一年辛亥革命的爆发。据村长自己说，他大儿子刘正丰在外晃荡了几年之后，终于进入了四川都督尹昌衡开办的四川陆军军官学堂。他还对蛮子和老幺说过：

"你们把兄弟，看来还是正丰有出息！"

三个拜把子兄弟，等大少爷刘正丰一走，就只剩下蛮子和地保老幺，还继续留在本村。虽说老幺之后也外出闯荡了一回儿，其间有所中断，但两人走动还是稍微比别人要勤一些，毕竟是喝了鸡血酒的兄弟。

乳头山，就是他们拜把子时的圣地。

刘家凼最高的山峰就在乳头山的顶峰。乳头山，当然也是俗称，以形似女人的乳房得名。蛮子曾经在山顶上，还真看见有一块巨石。如果角度选得好，从山下远远打望上去，仿佛就是乳头一样。有兵队追上来时，村民可以穿越松树林，朝更后边的大山里逃跑。但是在蛮子模糊的记忆中，他就没有再跑那么远去过。

再说，人家那些带兵的大官，乃至小小的丘八儿，也不愿费力劳神哼哧哼哧爬上山来追赶村民，即便追上了，除了女人，又没啥搞头，还不如抄刘家凼大户的家，来得痛快。如果真想搞女人，也是大户人家的好，细皮嫩肉，或者打进重庆城去，在"三台"——重庆城嘉陵江北边的刘家台，简家台和廖家台的总称——就多的是，不愁找不到称心如意的窑姐。

关于江北"三台"，以前，村长家的二儿子，二少爷刘正盈说过，它们相当于北京城里的八大胡同，但是档次也许要低很多。二少爷刘正盈是研究社会学的，他当然知道这些。只不过，因为二少爷刘正盈并没有真正嫖过女人，所以在地保老幺眼中，他不免有纸上谈兵之嫌。

二少爷刘正盈平时的工作，就是做做乡村调查，偶尔也给报馆投投稿，所以一直在家待着。他最为佩服孙文的一句名言："古人进步最大的理由，是在能实行。能实行便能知，到了能知，便能进步。"而他更喜欢毛润之的"建设新村"的主张。那是一九一九年十二月，毛先生发表在《湖南教育》第一卷第二期上的《学生之工作》里面的关于"新社会"的设想之一。因为"建设新村"的主张，跟二少爷想在刘家凼建立"新大同村"的梦想，不谋而合。

二少爷刘正盈在重庆佛图关读"巴县甲种农业学校"时，就曾经是欧文的忠实信徒。当然，为了开阔自己眼界，他也会四处找寻《新民丛报》《新小说》等出版物来看。特别是读了去年刊登在《新蜀报》上的吴玉章（永珊）的文章，他已经被作者"建设平民政治、改造社会经济"的总目标所征服。

还有就是《大同书》，康有为对理想社会的政治、社会生活、工农业生产，乃至家庭与婚姻等等，都有十分具体的描写，刘正盈对这些新东西、新学说，极感兴趣。

另外，二少爷还佩服一个人，他就是毛润之。这是因为从他所著的《学生之工作》一文来看，虽是直接受日本新村主义的影响而写成的，而且，其中的一些具体设计，还可以明显看出所受于《大同书》的影响，但是，他自己的洞见也不少。

正如康有为于"公车上书"时，在《上清帝第二书》中所说的那样，"养民之法：一曰务农，二曰劝工，三曰惠商，四曰恤穷。天下百物皆出于农，……"于是，作为少爷的刘正盈，在春天偶尔也耕作一下，秋天也挥挥镰刀。两三年下来，他才终于晓得了，屈原在《离骚》之中"长太息以掩涕兮，哀民生之多艰"这一诗句的深刻含义。

平时里，望着他那并不高大魁梧的身影儿，村长刘鸿鸣就觉得，二儿子刘正盈比那个喜欢舞枪弄棒的大儿子刘正丰，还是有出息多了，毕竟，俗话说得好，"好铁不打钉，好男不当兵"嘛。当然，自己一手置办的家产，也有了合格的接班人。就像蛮子顺理成章接管他婶婶的家产一样，看样子，刘正盈也是自己家产的合格继承者。不过，望着刘家凼最高的山峰乳头山，令村长刘鸿鸣感到非常得意的却是，两个儿子都崇拜孙文，即孙中山先生。

现在，在乳头山逃难途中的蛮子，感到肚子有些饿了。

同秀儿拜堂前些年，蛮子还在乳头山那片林子里同地保老幺，村长家的二少爷刘正盈等人，一起打过野兔、斑鸠、獐子、麂子和山鸡。人们都说，山上还有老虎，可能是从贵州山跑过来的。有时候，蛮子就背着火铳，独自一人爬上去，想打一只来看看，兴许县长还能奖赏他呢。他甚至想：如果能奖赏个婆娘就更好了！

蛮子也曾独自一人上山，去捡过雨后放晴时生长出来的菌菇，将它们混合在装有小鲫鱼儿的砂锅里，给婶婶她们一家熬鲜鱼汤喝。熬汤时，蛮子先将鲫鱼在油锅里炸一会儿，用猪油，然后再加入老姜、大蒜、花椒，然后再放洗净切好的菌菇，还要在汤里放一小撮大米。因为婶婶说过，如果生米已经煮成了熟饭，说明菌菇汤就好了，否则会中毒。那鲫鱼蘑菇汤端上饭桌时，乳白色，撒些翠绿的葱花儿进去，香飘四溢，味道儿实在是鲜美！

现在，逃难途中的蛮子，的确感到肚子有些饿了，清口水一股股往下咽。二少爷刘正盈轻脚轻手走过来，递给蛮子一支香烟。他自言自语道："也不晓得我大哥……"说完，兀自叹息。蛮子知道，也许，这次交火，就是他屋大哥干的；于是傻傻地望着二少爷，许久也不搭话。

"还是应该跟大哥走。"

二少爷说完，又轻轻叹了口气。蛮子很为难。他不清楚二少爷话里的含义，到底是后悔他们中的谁，没有跟大少爷走？蛮子说："饱吃冰糖饿吃烟。"说完，将手里的香烟点燃。"过了这道坎儿就好了。哪个不晓得你二少爷是孝子？总言之，你们刘家，都是些出将入相之人。"二少爷刘正盈笑道："就你会添肥，尽说好话安慰我。对了，你那猪鬃生意，做得还好吧？"蛮子道："好个屁！我听人说，高鼻子洋人就是买了猪鬃去擦炮管用的，现在一军二军还不是这样？老子都不想再做猪鬃生意了，都成了帮凶了！"

二少爷笑了笑，也没搭话，又递给蛮子一支香烟，径直离开。

蛮子孤零零地站在那里，汗水又下来了。他非常后悔自己刚才说的话。近来，猪鬃生意的确不好做了，但还是有赚头的。

躲 藏

川东属于丘陵地区，山势起伏，连绵不断，但并不算太高，村民很容易逃脱这种两军之间的追打，因而今天并不特别害怕。只是蛮子心里闹不明白，这样争来夺去，像猪拱猪一样，日子也并不见得有啥好，甚至于一年比一年更糟糕！

　　现在，时辰已经快到晌午了。刘家凼有些爱打望凑热闹的村民，躲在山崖旁边儿的松树林下，或藏在草丛中，看那一队队人马喧嚣而过，如同小时候当娃儿时，坐看蚂蚁搬家。虽然零星的枪炮声打得人心颤抖，不时还有飞弹打落一些树丫和松毛，落在他们身边，但那是火力侦察，并不是专门对付村民的枪炮。这些山民自然心里醒豁得很。但是蛮子心头还是忐忑不安，生怕队伍进村时抢东西，或是放火烧房子。这种事儿以前也是常有的。

　　尘土弥漫。马鸣啸啸。

　　一队队阵形散乱的人马开始穿过村庄，大有仓皇出逃之意。蛮子看见闪亮的刀光在太阳下异常刺眼。队伍中夹杂着的那些骡马，身上都驮着箱子，兵士在后面使劲吆喝着，赶着。也有些军官模样的人坐在骡马上面。整个队伍军纪不整，但头上却也顶着盖帽。这只能说明，其一，天上的太阳的确很大，其二，他们都急于逃命。几辆破旧的军用汽车，屁股后面直冒黑烟儿，还拖着长长尘土的大尾巴，摁着嘀嘀叭叭的汽喇叭声，从宽敞的土路上急驶而过。蠕动队伍的波浪，骂骂咧咧在汽车前面向两边散开，像蛮子犁田时翻动在两边的土壤。还有一辆箱式的白色卡车，左右车厢和车厢后面，都画着很大的红十字徽号。等它们都过去了，兵士又才重新汇合在一处，像两股龌龊的水，继续向前行进。

　　耀眼的太阳，依旧在中天喧哗。

　　蛮子对眼前路过的军队非常好奇，不转眼望着山下，间或还听见枪械撞击石头声。更远处，有一支马队，咔嗒嗒，咔嗒嗒地从蛮子做活路儿的坡上驶过，但是不晓得为啥，他们却都停了下来，又纷纷下马，掉头走了一段路程。不久，又重新上马，朝着既定方向，飞奔下去，重新汇入到人流之中，向着远方更远处遁去。

　　蛮子就想：他们居然还晓得抄近路？一定是对刘家凼比较熟悉的人了！

　　是大少爷刘正丰吗？蛮子心存疑虑。看来不像！他又想，要是刘正丰，村长应该早知道了。

　　飞扬的尘土，很快将整个队伍藏匿起来，人马的影子儿在尘土中时隐时现。

飞扬的尘土，像一块巨大的细纱帷幕徐徐落下，结束了这场惊慌失措的逃命的闹剧。

村民们终于松了口气，也多亏是场逃命呀！要不然抢东西，烧房子只是家常便饭了。

喧嚣声渐渐稀疏下去。群山依旧沉寂。白茫茫的太阳挂在中天，十分耀眼。松林里散发出腐殖质的香味儿，更显出十分闷热。摇晃的树枝不停地把阳光筛下来，又晒在人们头上。靛青色的衣裳上面，就有了一些斑驳的阳光的花纹。人们并没有急于走出松林，害怕还有小股部队在后面掉着，更害怕大量的追兵杀到。一些人在打情骂俏，一些人在摆龙门阵，一些人在漫无目的地走动，一些人在草丛中睡大觉，做着白日的梦想。

时间一长，婴儿几泡尿一屙，就被饿哭了。刚开始只是一个声音，奶声奶气的，随后就有好些哭号声。年轻母亲们纷纷解开上衣，露出健壮的胸脯，给各人自己的小崽崽儿喂奶。

耀眼的太阳，依然向大地喷吐着毒辣的光芒。

蛮子身边就有一位女人黄妈，起先还同他说笑，甚至动手动脚的，现在也掏出白花花的一只大奶子，让孩子吸吮。蛮子眼前为之一亮，心里面噔噔直跳。由于那小孩儿吃得太急，被奶水儿着实呛了一口，黄妈立即将他抱在胸前轻拍后背。蛮子就盯着那只大奶子想了心事儿，感到下面那杆枪已经直立起来了。那小崽崽儿终于在母亲的呵护下，打了个响嗝儿，又扑在母亲胸乳前拼命吸吮。他的小手并不闲着，还抓住母亲另外一只奶子玩耍。这个下意识的动作使蛮子兴奋异常！他不仅想秀儿，更想未来的儿子了。他呆呆地望着黄妈那对大奶子，已经忘记了和大家说话。

蛮子婆娘秀儿，好像意识到了啥东西，也停住和地保老幺、刘富、刘贵等人的打笑。秀儿回头打望了蛮子一眼，又看看黄妈正在吃奶的小崽崽儿，看看他从开裆裤里钻出来的小雀雀儿，心里面漫溢着一种本能的欲望。

这神情瞒不住蛮子，每天夜里，当秀儿要找各人自己做那种床上事情时，就是如此。因为秀儿绯红的脸上和快速起伏的胸乳，都说明了一切真相的秘密。蛮子就向秀儿使个眼色，于是，两人双双来到离人群很远的小土坡背后面。

蛮子两口子找到松树下一处干草茂密的地方，两人都没有说话，飞快脱掉各人自己全部衣服，权当了床单子，就准备在草丛中交媾。他们都想早点儿要个儿子。三年了，秀儿都没有怀上。两人也不晓得这是为啥？想要个儿子的愿望，一直困扰着他们，只要有空，找准机会，他们就干，心里也都明白，不需要多说啥漂亮话。话，只是用嘴巴说的；说多了，也就化了。因此山盟海誓多数也是假的，当不了真，比起吃喝拉撒睡，虚幻得多。这就是山民的生活哲学。

蛮子望着秀儿雪白的胸脯，连青筋都隐约可见。于是，两人的身体合二为一了。但是很快，蛮子就感到各人自己像飞行一样快活，天也旋了，地也转了，脑袋里一片空白，随后呼吸急促，大口喘气。秀儿双手死死抱着蛮子的后背，就开骂："总是这样！爬开去！像头猪！"蛮子也不答话，只"呵呵"笑了两声。秀儿埋怨着说道："死猪！恁快吗？就完了？没有娃儿，总是你各人自己的责任！"蛮子依旧不答话，又"呵呵"干笑了两声。秀儿因为憧憬着未来的儿子，并没当真生气。她微笑着说：

"等会儿，还来一盘儿！"

蛮子说："呵呵！秀儿！我不行了，主要是怕别人在打望，偷看我们。躲躲藏藏的，总像干了一件不好的事情！"秀儿很生气。她说："打望就打望，他们还不是这样，一天贪到黑！你各人自己，有多远，爬多远！别碰我！今晚黑也不准，不准再碰我……总是搞得我心欠欠的，难受死了！"蛮子晓得她说的只是气话。他又嬉皮笑脸说："呵呵，好，好！"不过，秀儿也觉得，要马上怀上儿子那种事情，急也是急不来的。她说："那我们就走吧，他们可能都下山啦！你肚子饿不饿？我遭饿惨了都。"蛮子有些气愤，他说："又饿又渴，已经后背贴着肚囊皮了。可能没有啥子事情了哟？"秀儿说："那就只好求菩萨保佑我们了！"

　　远处，麻雀儿飞回来了，落在树林丛中，好像并没有发生过什么事情一样，照旧吵来打去。这是一个信息，什么事情也不会发生，更是山民该回家的时候了。人们这才清楚，天都快黑下来了，天边，甚至都能看见几颗星宿儿，很亮。

　　蛮子看见，在刘家凼上空有一只鹞鹰，梦魇一样，依旧自由自在地，在蔚蓝色的天空之中盘旋。

　　于是，三三两两的人们，提着用碎花蓝布或白被单包好的包袱，往山下走去；也有赶猪，抱鹅，提鸡的人。那个奶孩子的女人黄妈，依旧慢条斯理走在人群后面，黄妈老公刘富则闷头闷脑地走在她身后，他要考虑是不是应该答应村长刚才的请求，过些日子，让各人屋里的女人，到村长刘鸿鸣家去当奶妈。

　　本来刘富的婆娘去当奶妈，他可以满心欢喜答应下来的，但是，刘富就怕村长刘鸿鸣那个老色鬼，把自己婆娘给奸了。然而，如果他不同意婆娘去的话，一向谨小慎微的刘富，又怕村长刘鸿鸣打击报复。因此，等走过小桥的时候，哗哗的溪水洗净了他心中的杂念，刘富已经在心里答应村长刘鸿鸣了。常言道：是祸躲不过。他要赌一把，毕竟自己婆娘黄妈，还跟村长刘鸿鸣丈人家有点儿竹根儿亲哩。虽然拐弯抹角地沾亲带故，但总是亲戚啊。未必村长刘鸿鸣色得来，连亲戚都不放过吗？如果那样的话，可能他二儿媳妇，也就是二少奶奶李凤华，也在所难免了。

　　半大的小娃儿们，开始噪山麻雀儿一样吼叫着冲下山坡，去抢炮子壳壳儿玩耍，但并没有找到几颗，心里未免有些失望。他们心想：要打么，就多打一会儿嘛，反正也打不到老子。

　　三三两两的人们陆续进村回家。狗儿又狂吠，公鸡又啼叫，鸭子依旧在路上散步，再跳进小溪中找活食儿吃。整个村庄又恢复了一丝丝儿生气，也显示出顽强的生命活力。

遭 殃

傍晚，一些妇人，远远地在喊自家男人回家。因为以村长刘鸿鸣为首的几位乡绅，也包括属于少壮派的村长二儿子刘正盈等人，正站在村头的黄葛树下高谈阔论。他们关心时世的行为，臧否人物的干劲，甚而至于还吸引了蛮子、地保老幺、刘富、刘贵等青年汉子。

村长刘鸿鸣叹着气，抽着那只水烟儿筒。他激动地说：

"唉，唉，这世道儿怎么得了？特别是最近几年，唉，也不见得要比蜀军革命前的重庆府好到哪里去。而且在这青天白日之下，以结束古代君主制度的共和革命，也不见得要比革命前的大清政权好到哪里去。唉！夏之时啊，夏之时，你不在成都龙泉驿起义，重庆就不会跟着起义，跟着闹独立，成立啥子蜀军政府。如果没有新政权，也许现在重庆还是大清的天下呢，大家都相安无事儿，苦是苦一点儿，但总比现在打来打去的丢了性命强。……好死不如赖活着啊。"

刘富好奇："为啥子呢？村长！"

刘贵也问："村长，为啥子呢？"

村长刘鸿鸣生气了。他从嘴里抽出那只水烟儿筒，他说："我们这些做小老百姓的，哪个政府当权，还不都是种田吃饭啊？打仗，总是劳民伤财！对我们这些小老百姓来说，一点儿好处都没有！"

村长二儿子刘正盈，也憋了一肚子的话。于是他说：

"你们还不晓得哟，民国成立以后，一九一三年和一九一六年，就爆发了两次针对政府的武装进攻。为啥子呢？因为国人都不信任袁大总统，有些省就以各种方式抵制共和。去年五月五日，孙文先生就任非常大总统，再揭护法旗帜，进行北伐。依我看啦，这世道儿还得变，要不到十年八年，只需三年五年，还得变的！正如中山先生前年所说，'现在的中华民国，只有一块假招牌，以后应再有一番大革命，才能够做成一个真中华民国！'"

蛮子小心地问村长："刘叔，不是说要'推翻清朝，建立民国'么？民国都建立十一二年了，还打仗？为哪般哟！按照二哥和他那位中山先生的意思，到底现在是假民国，还是真民国呢？"

许多人就都不开口了。

那只鹞鹰，依旧自由自在地盘旋在刘家凼上面。这时，它已经飞到西边那略微发红的天空之中，又渐渐被夕阳的余晖淹没，最后干脆消失得无影无踪了。

过了好一阵儿，村长刘鸿鸣方才说道：

"然而，民国虽然建立，各省又开始闹自治，闹独立了。因为在中国，大凡叫嚣革命的人，从来都是把国家当作私人的财产。唉，他们哪里想让已经握在手中的权力，又被别人弄走嘛，包括军队啦，一部分税收啦，官位儿和乌纱帽儿啦。既然是自治，势必各省、各方，唉，就有了利益冲突噻。彼此相争，争不到手，宁可各据一方，定不相让。今天发生的战事，还不是川军在重庆自己打自己啊！"

刘贵说："真是这样的啊，隔几天儿好，隔几天儿又闹，像小娃娃儿一样，翻脸就不认人。然而，当官儿的一点儿没有损失，只是苦了底下的丘八儿和我们这些小老百姓！"

二少爷刘正盈说："对头，这就是利益驱使。一九一六年六月，袁世凯一死，军阀割据时代就到了。前次上重庆城办事情去，我就听说一军军长邓锡侯准备要攻重庆城，打二军军长杨森的队伍。当时，我还觉得不可能，是市民在造谣。都是川军，又有啥子好互相残杀的呢？"

村长刘鸿鸣说："我看这一次，一定是邓锡侯攻占了重庆城。"

刘富想在众人面前表现各人自己。他说："所以杨森打败了，就往湖北跑？"

地保老幺很反感。他反问道："你晓得哟？听嘛，听别人说嘛，别打岔！"他知道，刘鸿鸣的大儿子就在杨森手下当差。

蛮子就在心里想：自己这一辈子，永远都不要去当兵，当丘八儿，做别人的丘二。

"我估计也是川军自己打自己，要不然，未必湘军，滇军或黔军，还能够长驱直入，打到重庆城来的么？现在虽说是天天讲共和，然而依我看呢，其实就是奉行黩武主义的年代。你们可能并不知道，各种各样的武装冲突，毫不夸张地说，少说也有一百次了。而这些战事，仅仅只是为了控制一个行政地区，比如一个省，一个市，乃至为一个县而进行的，真是劳民又伤财！所以我说，这世道儿还得变，变好一点儿，就像苏俄那样噻，成立工农政权！"

二少爷刘正盈说得正起劲，村长刘鸿鸣听了，赶忙放下那只水烟儿筒。他呵斥道："娃娃儿，你少废话！才看了几本洋书，就开始乱说了？啥子苏俄，啥子工农，啥子鸡巴政权，依我看哪，都离我们这些小老百姓远得很！"

二少爷刘正盈并不服气。他说："向苏俄学习，孙文先生也是这种想法啊！"

村长刘鸿鸣撇撇嘴：

"见者易，学者难。莫将容易得，便作等闲看。可能不？你以后少偷看你大哥寄给我看的报纸。小娃娃儿家家的，少操心！中山先生只是说'联俄、联共、扶助农工'，晓得不，是联合，是扶助，也没说是建立，更没说建立啥子工农政权了！建立新政权，又要打得卵子翻天，打得不可开交，流血成河、伏尸蔽野。满洲人当初灭汉族的时候，攻城破了，还要大杀十日，才肯封刀刀儿，那就不是人类所为！建立新政权，又要开战，最终受苦受难的，还是我们大家呵。还是古人说得对，只有和气去迎人，哪有相打得太平？"

二少爷刘正盈灰溜溜地低下高傲的头颅。他说：

"也倒是呵！以前的满洲政府，要实行排汉主义，谋中央集权。现在倒好，矫枉过正，又各自为政，四分五裂起来了。外人断不能瓜分中国，只怕中国人自己瓜分起来，那就不可救了！我们都好生想一想呢，现在国在哪里？政权又在哪里？依我看呢，现在就是军阀的时代。只不过呢，要大革命，要做成一个真中华民国，还是得用枪杆子说话！国乱思良将，家贫思贤妻啊。"

　　说完，他心里就想：还是得由各人自己写信汇款，去向书店邮购一些书报杂志来看才行。还好，在那些大哥寄给家里的报纸中，有不少的书店邮购广告。

　　二少爷刘正盈，也喜欢大哥刘正丰寄给家里来的报纸，譬如最初的《民报》，譬如最近的上海《民国日报》。虽然不成系统，但是他非常喜欢邵力子主编的《民国日报》"觉悟"副刊，尤其是在"觉悟"上发表的，诸如邵力子、施存统、陈望道、刘大白等人的随感录。他认为，那些文字都是抨击封建主义、进行思想启蒙的好文章。刘正盈也喜欢那些在"觉悟"副刊上发表的诗歌、小说、戏剧。因为在那些作者当中，有沈玄庐、施存统、张闻天、沈泽民、瞿秋白、李伟森、方志敏、陈毅、鲁迅等，也有徐蔚南、孙俍工、刘大白、周作人、夏丏尊、赵景深、潘垂统、陈醉云、王世颖、许杰等；此外还有胡适、胡怀琛、陈德徵、孙席珍、何植三、汪原放、魏金枝、吴祖襄（吴组缃）等人。

　　当然，刘正盈也认为，上海《民国日报》的"觉悟"副刊，具有一些社会主义倾向，但它在揭露军阀黑暗统治，报道和支持进步文化运动、学生运动和工人运动，乃至介绍俄国革命和苏俄建设，宣传马克思主义，批判无政府主义、基尔特社会主义等方面，也起了较大作用。然而，正是在"觉悟"副刊里，刘正盈也知道了，什么是杜威实验主义、新村主义，以及罗素、杜里舒的哲学新思想。

　　真是"书到用时方恨少"啊！于是，刘正盈决定回家把孙中山先生的《三民主义与中国前途》，特别是《建国方略》，再认认真真阅读一遍，当然，还包括邹容先生以前在上海出版的《革命军》等书报。

　　二少爷刘正盈甚至还认为，如果把邹容先生的《革命军》和毛润之先生的"建设新村"的主张，比较起来阅读，那是一件十分有趣儿的事情。因为"建设新村"，是毛先生于一九一九年十二月，发表在《湖南教育》

第一卷第二期上的《学生之工作》里面的关于"新社会"的设想之一。但是，毛先生当时虽然讲到了"建设新村"，也讲到了建设"新社会"，但却没有像中山先生那样，讲到"大革命"，也没有像邹容先生那样，大讲"革命"。而邹先生却指出了，"革命"，乃是对上下古今、宗教、道德、政治、学术，以及日常事务存善去恶、存美去丑、存良善而除腐败的过程。"巍巍哉！革命也。皇皇哉！革命也。"二少爷觉得，现在自己所走的道路，即身体力行的实践和撰写社会革命的文章，完全符合大时代，乃至大革命的要求。

他心想：邹容先生和毛润之先生，不也是著书立说的人吗？

然而，二少爷刘正盈向《大公报》《益世报》《申报》《民国日报》《华字日报》等报馆投的那些稿子，恰如石沉大海，一篇都没有发表出来。即便人家报馆回信了，不是说文章太短，就是说太空洞，太新潮了。当然也有编辑回复说，文章太长，太冬烘，也太烦琐，也就是写得太实了。二少爷刘正盈就非常郁闷，好坏都是他们在说。他搞不懂现在的编辑大人都怎么了，到底是一群小娃娃儿呢，还是一群迂腐子在编？于是他决定我行我素，继续写，继续投，等稿子积攒多了，再找个机会，自己出钱刊行就是。反正自己不为名，也不为利。父亲前年子，还不是自己掏钱，刊行过一部取名为《乡野鸿鸣》的诗集吗？

村长刘鸿鸣说："近水知鱼性，近山识鸟音。唉，争来争去的，还不是就是为了个人利益，为了争权夺利。我也并非反对所有革命，只是，现在都是民国十一年了，还革哪一个的命呢？这不是大可怪的吗？而且，'凡革命的人，如果存有一些皇帝思想，就会弄到亡国。'所以说，'革命的事情，是万不得已才用，不可频频伤国民的元气。'这些，也都是中山先生的原话啊！"

大家都点头，认为还是村长总结得最好！

刘富却说："反正我从懂事儿起，就晓得'人不为己，天诛地灭'这句老话儿。"蛮子终于忍不住了。他说："这和畜生又有哪样区别呢？"村长刘鸿鸣，二儿子刘正盈父子两人，就用异样的眼光打望着蛮子。

地保老幺很得意，认为这是蛮子在暗中帮他说话。所以他说："就是说嘛，人，总不能太自私。鲁智深也没有读过几天书，念啥子新式学堂，但他除了喜欢喝酒外，总是为别人着想。所以在《水浒传》中，他的下场最好了！"

二少爷刘正盈，朝地保老幺竖起大拇指来！

村长刘鸿鸣，二儿子刘正盈父子两人，都晓得地保老幺加入过同志会或者同盟会，所以也不想多说什么了。

当时，刘富抠抠脑壳儿。他终于意识到，为啥没有人同他拜把子了。他发誓，从此以后，再不多嘴儿，再不多说闲话。话多即是灾难啊，他心想。

然而很快，有几处草屋里就传出来了惨烈的哭声儿。人们晓得，还是又有些人户，遭邓锡侯的第三师兵队抢了东西！

蛮子一言不发，就往家走。早先回到家里的秀儿，已经下细检查过了。她发现木柜里面放的大米遭抢得精光，糠壳中深藏的腊肉也一块不剩了，还有鸡蛋、白蜡烛、盐巴等家什儿，都被拿走了。一大块鸦片，本是秀儿准备过节时，才去换些零钱使用的，也不见了踪迹。

秀儿后悔各人自己没有把那最后一大块带上。

其实，当时她就是不想带走。这也是跟村长刘鸿鸣家学的。所以上午她在家摸索了很久，才出门逃的命。她怕兵士们没有找到有价值的东西，就放火烧房子。她家可是跟村长一样，是瓦房啊，虽然没有村长刘鸿鸣家的大院儿那么宏伟，那么有气派，但毕竟不是茅草屋屋儿。

秀儿遂站在屋门口大骂："狗日的龟儿子们，胀死活该！遭天杀的！你们还要不要人活命咯？"

村里也就开始响起一片"狗日的，挨刀砍脑壳"的叫骂声来。这叫骂声，同兵荒马乱的时代倒也般配。不久，从几处黑黢黢的草屋顶儿上，又冉冉升起了青白色的饮烟儿。再说，虽然遭抢，晚饭还是要做的，晌午饭都还没吃呢。而平时蛮子最喜欢吃的就是"沥米饭"和"罐罐肉"。现在，蛮子想起这两样好东西，心里都还糯滋滋的，高兴。虽然它们离他还很遥远：大米藏在兵士的干粮带里，猪蹄和猪腿还长在那些畜生身上，但回忆起来，总是美好的。

对于战事，刘家凼这些老实巴交的山民，也已经习以为常了。只不过，遭抢的人家，要向离大路远一点儿的、幸免于难的人户借米下锅罢了。好在屋里或者坡上，还有苞谷、洋芋和红苕儿。如果这些都没有了，还有糠壳和野菜，天无绝人之路，饿不死他们。

秀儿甚至认为，我倒要看你们怎么打，才算个完！

天空快要擦黑了，正中却蓝得怕人，没有一丝儿的游云。曾经耀眼的太阳有些西下，淡红淡红的，在略微发紫的西天上挂着，像一只经过风吹雨淋的大红灯笼。

蛮子又在嘴里咕哝了一句："神仙打仗，百姓遭殃！这样的日子，几时才能结束？"

有些妇人，依旧高声大喊自家娃儿快点儿回家。而一些村民下山之后，在田间地头，屋前路旁，四处找寻败兵丢弃的杂物，然而也都收获很小。据说地保老幺，捡了一件啥宝贝儿东西，也许是件旧军服，也许是破旧的公文包儿？但他不明说，也没人晓得，更无人眼红。

滋　润

第二天，天刚麻麻儿亮，东边天际还是依旧红得吓人，预示着闷热的苦夏还会延长些时日。淡淡的青烟儿，弥漫在刘家凼四周，弥漫在那错落无序的黑黢黢的茅草屋和瓦房顶上，弥漫在屋前屋后的竹林里面。村子里也开始有人到黄葛树下的水井里挑水，准备回家煮红苕稀饭吃。

干涸的土地上空，成群结队的蜻蜓在半空里盘旋，知了、田鸡（青蛙）、蛐蛐儿、螟虫和其他无名的草虫，合奏出乡间琐细的晨乐。三五只孤僻的白鹭高傲地在田间觅食儿，不久，又被地保老幺那群水牛们的哞哞儿声惊飞，缓缓地向着乳头山方向飞去。它们安静祥和，而又自由自在的身影，就像刘家凶一样，就像那些山民一样，与世无争。

蛮子起得很早，仍旧上坡担水浇地。他非常担心昨天没有淋到水的菜蔬，会不会已经被晒死。刚一上坡时，尚有少许的露水打湿他的裤脚，褐色的草蜢在他身边乱飞；有一两只还撞在他的身上。还没等他淋完半块菜地，太阳也升起来了，在青天上依旧刺眼得很。蛮子身上也略微冒出一些汗珠儿。他将破旧的短褂儿脱下，放在路边还略微潮湿的干草之上，又回到坡下水池边儿，懒洋洋地往木桶儿里舀水。

许久没有下过像样的雨了。坡上的菜地渴望得到一场透雨的滋润。土埂和田坎都已经开口裂了缝儿。绿油油的池水还剩有一小半儿，在晨风中荡漾着翠绿的裙裾，露出大半截沾满干死浮萍的池壁。田鸡也懒懒的，有时候就那么"咕——儿咕"地叫两声儿，又杳无声息。只有蛐蛐儿，在荫湿的池壁泥缝里和着洋槐树上的知了，叫个不停，令人心烦意乱。

蛮子心想：最后一挑水，淋完回家，睡个回头觉。

昨天晚黑，月色朦胧，秀儿就是不许蛮子睡觉。这也不能说是秀儿贪恋床笫之乐，谁叫他蛮子没有能耐呵！秀儿想要一个小娃娃儿的欲望，已经满溢了她的大脑。最好还是个男娃儿。那时，秀儿心海里面游弋着一条本能的、欲望的、红色的小毒蛇。她绯红着脸，胸脯快速起伏。她说：

"来！"

蛮子就扑了上去；云停雨止，方才歇了口气。

蛮子两口子刚完事儿，秀儿又摸着蛮子的乳头说："还来一盘儿。"蛮子就只好告饶！秀儿泼烦。她埋怨蛮子道："不中用的东西。我要我的儿子！儿子。儿子。儿子！"蛮子嬉皮笑脸地说："呵呵！我就是你儿子，好不好？我好困呵，以后有了银子，还怕没有儿子？"秀儿很认真。她想儿子快想疯了："没有银子不打紧，我要儿子！"她又问道："晓得能怀上不？"蛮子坚定地说："能，我使劲了！"秀儿舒了一口气。她说："陪我摆龙门阵，现在不许你睡，等会儿再来一盘儿！"蛮子敷衍道："好，你摆嘛，我听！"

他和秀儿一样，也想早点要个儿子。但是结婚都三年了，秀儿就是没有动静呢。别说生有一男半女了，就是连一个小娃娃儿的影子，她也没有能够怀上。蛮子也不晓得这是为啥？正当他胡思乱想之际，不觉昏然睡去了。

秀儿眼里闪着光亮，仿佛天边的星宿。她感到小儿子就躺在自己温暖柔和的怀抱里。她抚摸着蛮子梆硬的光头说道："从前有座山，山里有座庙，庙里面有个老和尚给小和尚讲故事，从前有座山，山里有座庙，庙里面有个老和尚给小和尚讲故事，从前有座山，山里有座庙，庙里面有个老和尚……"秀儿停下来，听见蛮子鼾声雷动了。一丝母性的冲动满溢在秀儿的身体之中，但她还是叹了口粗气，又想念涪陵老家了。

昨晚那一夜，秀儿很高兴，她真希望能够怀上蛮子的种。如果是男娃儿最好不过了，也就是各人自己后半生的希望与寄托呵！毕竟她与蛮子结婚都三年多啦，也该有娃儿了，最好是儿子！要是没有儿子，即便膝下拥有三四个女儿，就像各人自己涪陵屋里的妈那样，到头来，日子还不是过得很凄惨啊？

一想到自己的父母，秀儿又掉了眼泪。

秀儿十五岁那年，爹爹查三爷，突然得了热病，一命呜呼。查家失了顶梁柱，只有出项，没有进项，日子一长，等于坐吃山空，不久就显得越发败落。当家才知盐米贵，养儿方知父母恩。起先，也还有些家当，秀儿娘可以典当换钱。这样没过半年，母女四人就连锅盖儿都揭不起了。秀儿娘指望两个大伯子救济，谁知起先还好说话，可日子一长久，人家也晓得有去无回，秀儿娘便处处碰了钉子。每次，东西倒是借到手了，比如一升大米，半背篓红苕，可秀儿娘受了两个嫂子一顿洗刷，心里也很堵。虽然大伯子们心肠好，但却不在家里常住。即便秀儿娘有时遇上了，他们有时也会应付了事儿。

但是，龙游浅水遭虾戏，虎落平阳被犬欺。两个嫂子，依旧常常也拿些话刺伤秀儿娘的心，说什么"人亲财不亲，财利要分清。"三个女人，就不免经常会挑起一些大家族之间的战事。谁以前出力少，谁以前又出钱多，反正一本烂账，也不过就是一些陈谷子烂芝麻的小事儿。秀儿娘这才晓得，啥叫"人穷志短"，啥叫"穷凶极恶"，啥又叫"穷途末路"！

于是乎，她在心里就开始恨两个人：一个就是查先生，没考取功名不说，成天看书或者遛马，哪里晓得时世的艰难呢？另外一个就是她各人自己，没有为查先生，同时也是没有为各人自己养个儿子出来不说，还跟着三爷烧鸦片烟儿，金山银山么，也是要被掏空的。

所以秀儿娘下狠心，只要烟瘾儿一上来，就去喝大粪水，然后大吐一歇。时间一长，她居然把烟瘾儿戒掉了。但她觉得，满脑子依然都是查三爷的影子儿，就是赶不出去。

常言道，从俭入奢易，从奢返俭难。虽然查三爷家还有些田租收入，但是日子依旧难过。又过了大半年，秀儿娘看见三个女儿，都慢慢黄皮寡瘦起来，已经没有往日的乖模乖样儿。真是屋漏更遭连夜雨，行船偏遇打头风。她就找到远房表叔恳求道："他大爷，秀儿我养不起了，麻烦跟她说个婆家吧。我还得照顾她两个小妹妹儿呢！不过，丑话先说在前头，你一定要给她找个好婆家。实在找不到，麻烦你把秀儿送回涪陵，我不会亏待你老人家的！"

"全包在我身上！"

跑滩儿的远房表叔，晓得这事儿妥帖了，就向秀儿娘要了一斤半多一点儿的鸦片，说是做路费盘缠用。第二天，他就把哭成泪人儿的秀儿带上一艘驳子，来到与重庆城邻近的刘家凼乡下脱了手，又跑到云南贩私盐去了，到底发财没有，无人知晓。而涪陵老家的人，再也搞不清秀儿的归宿和下落，倒也省却了一桩心事儿。

秀儿在涪陵老家时，从小娇生惯养，虽说也有人叫她大小姐，但她脾气好，心灵聪慧。秀儿自从嫁到婆家，日子还算过得滋润，过门不到半年，人养胖了，精神也伸抖多了。婆家里里外外，门前屋后的事情，她件件一抹不碍手，拿得起，放得下，一家人和和气气过日子，常将有日思无日，莫把无时当有时。只是逢年过节，她想起死去的爹爹和依旧在涪陵受苦受难的妈，还有两个小妹妹儿，不觉偷偷哭过几回儿，也没让各人自己的男人蛮子看见，害怕他跟着伤心。

蛮子看到秀儿勤快，又知书达理，心里面常常也为她作想，不敢欺负她，怕丑话被别人说了去，人前人后不好做人呢。毕竟一日夫妻百日恩，百世修来共枕眠啊。

横　财

现在，太阳已经升得老高了，空气依旧干燥得很。蛮子刚把一桶儿水装满，正要装另一桶儿时，粪舀舀儿触动了一块硬东西，伴随一声闷响，池塘里冒出一些水泡儿。蛮子起初并没有往深处想啥好事情，舀了一勺水在桶儿里。一只浅黄色的菜蝶飞过眼去，蛮子不晓得哪根神经动了一下，就懒洋洋地伸出粪勺子杵进水里再捅。几个小水泡儿又冒出水面，散开。他感觉不像硬邦邦的石头儿，回声不对，手感更不对。

蛮子也是个精明人。他心想：莫非是……一笔横财？

刚想到这里，蛮子心头就有点儿慌，坐下，拿出一根叶子烟儿，放在嘴里，点燃，抽两口，再向四周打望两眼，无人，脱了满是补疤的长裤，梭下水去用手乱摸，青色和青红色的浮萍就沾满了他一手脚。池水刚好打湿他的大腿。这池水虽说是污水，但还清亮，并不发臭，半夜里还有好些田鸡乱叫一气呢。

终于，蛮子右手摸到那东西了，平滑得很，马上醒豁过来，眼睛一亮，连忙把左手也伸下水去抱。抱出水面上来的，是一只女人常用于存钱的宝匣。匣子差不多有一尺长，枣红色，长长方方的，很光亮，每个边角都镶嵌有紫铜皮，一点儿铜绿锈都没有生出来。

蛮子把沉甸甸的木匣在水中荡了两下，洗净，又手忙脚乱爬上来，并不急于打开，跑过去，用短裤盖上，想了想，还是不死心，非要看看里面的东西，心里才觉得踏实、可靠。他就寻块小青石头儿，只两下，就敲脱那只非常别致的小圆锁，随手拽进水里去。枣红色的木匣上就星星点点儿露出些红白色的木质来，并散发出一阵淡淡的檀香。

蛮子简直惊呆了，也看傻了：整整一匣子在阳光下闪闪发亮的珠宝首饰，还有一些"聚兴诚银行"发行的五百元定额支票。蛮子他看看四周团转，并没有一个人影花花儿，便把湿漉漉的支票，小心翼翼地一张张分开，平铺在草叶上面晾晒，又用短褂将细软擦干。

蛮子做完这些事情之后，又走到一个小土包儿上面，一边抽烟儿，一边观察周围团转的情况。四下里并无一人，只有草虫的鸣叫和阳光的喧哗。蛮子终于放心了。

他觉得：这是天意。儿子还没来，就先来了银子。

他高兴：无娘儿，天照顾！

每天晚黑，蛮子两口子都没有心情说闲话，仿佛是与生俱来的原始本能的默契，又准备在暗夜里交媾了。蛮子刚要贪婪地吸吮秀儿的光巴胴，就被秀儿用手抱住了光溜溜的脑袋。蛮子就异常兴奋起来。秀儿也感到未来的儿子已经钻进身体，感到未来的儿子就要来临。当秀儿翻身爬在蛮子身体上时，蛮子就已经感到各人自己像飞行一样快活，呼吸急促，大口喘气，脚也有些抽筋了。秀儿弯下腰，双手死死抱着蛮子，用指甲挖他。因为蛮子身上有汗，就觉得痒痛无比，好像有很多大头蚂蚁在撕咬他的后背。完事之后，两人互相拥抱着，才双双睡去。

"儿子、银子，总会有的！"秀儿总这么对蛮子说。

现在，银子有了，就差儿子了。蛮子心想。

大约等了半个小时，蛮子回到池塘边儿，也顾不得细看，他把那些东西重新放回去，关上宝匣盖儿，重新用短褂盖上，包好。想一想，还是很担心，他又忙用长裤严严实实包好，将木桶儿里面的水，都倒回池塘中，才又把宝匣放在木桶儿里。他心里面就觉得，这比干了一天的活路儿还要累人，心也一直在乱跳。跳得厉害时，他觉得耳朵里面也有东西跳起来，闷声闷气的，胀痛。他坐下，又摸出一根拇指粗的叶子烟儿，用洋火儿点燃，抽了几口，感觉毫无滋味儿。他周围团转的又观望了一圈儿，也并无人影儿。但他心里堵得很凶，心跳得就像他小时候捉住的麻雀儿的心脏一样，急促跳动。他额头上已经大汗淋漓了。

银行或者支票，对于蛮子来说，他也并不陌生，因为卖出猪鬃之后，若是银锭，他也会在银行里去兑换成现大洋的。第一次到银行时，他惶恐不安，刚跨进门就退了出来，没有交易成功。还是某次赶场天，他把二少爷刘正盈拉上，到了马岭两河口，才晓得兑换是怎么一回事情。蛮子在心里就把二少爷刘正盈当成了老师：有些事情，如果连秀儿也搞不懂的话，他就会去问问二少爷刘正盈。时间一长，蛮子就觉得自己的脑袋瓜子变聪明了，也恨自己以前没有机会好生读书。

此时，田寡妇等村民也开始荷锄、担起桶儿上坡来，做各人自己的活路儿了。那些人开着骚玩笑，并不特别注意蛮子脸上的异样。有一两个人，比如刘富、刘贵，虽然看见了他，也只当他坐在地头歇气，抽烟儿，并不觉得他与平时有何不同。蛮子起身，又走到自家菜地里，摘下三四根长丝瓜儿，一些青海椒，压在桶内长裤上面，一边跟人打招呼。

刘富对蛮子很热情，他一直都想跟蛮子、地保老幺等人拜把子。他说："早啊，蛮子哥！"蛮子喃喃地说道："还不下雨哟！"刘贵也说："蛮子哥，恁早就歇完稍啦！"蛮子说："起得早，早上凉快呢。"蛮子答非所问，连头都不抬，说完这话，他就迈着沉重而杂乱的脚步，忍着怦怦的心跳，一颠一拐走下坡去。

刚走进村，一看见那棵老黄葛树时，蛮子又有意放慢些脚步。地保老幺在树下那口井旁挑水，笑嘻嘻地对他大声武气地叫喊："喂，蛮子！脚遭崴了哇？"蛮子说："对头，洋槐枝刺流血。"他看也不看老幺一眼，心头还就有些埋怨老幺怎么这么不盯秤，还来打啥招呼呢，清早八晨的，吃胀毬了啊？地保老幺又喊叫道："要烂，还不快回去找秀儿，拿泡茄子包一下，小心破伤风哟！我以前在重庆，就差点遭起了……"这回儿，蛮子就连理睬老幺的勇气也没有了。啥破伤风？明明就是他妈的梅毒疮。活该！他心想，一跛一跌跑回家去，路上还惊飞了一群老母鸡。进屋时，秀儿提了一桶儿猪潲跟他打招呼，他也没听清到底秀儿说了些啥话。

"死鬼，神经兮兮的！"

秀儿埋怨道。她用围腰布揩了手上的碎菜叶，接着又骂一句"死鬼"，斜着腰身，提起潲水桶儿，径直钻入猪圈儿里，喂那两头猪儿去了。

村长家的二少爷刘正盈曾经对蛮子和秀儿说过，生猪一直是本县的主要副业。据《巴县志·卷十九·物产·毛类》记载："猪：豕、猪毓（音悯）皆大名也，今按县中肉食，以猪为大宗。近则国家施教，半资肉税，农家豢豕，更倚此以为副业矣。"就是说，本县的教育经费，一半来自肉税。秀儿当时就问，啥叫"教育经费"？二少爷很不耐烦地说：

"给学堂银子！"

"哦，就是给先生的钱啊，我懂！"秀儿说完，心想：那我就要多喂两头肥猪儿！虽说不是横财，养猪，总是件体面的事情。

秀儿远在涪陵的家，除养鸡，养鸭之外，也养山羊和水牛，还喂了七八头大肥猪儿呢。

秀　儿

在涪陵老家时，秀儿家里也养猪，另外还有一匹大白马，据说是她爹爹从一位日本商人手里买过来的（本县不产马）。秀儿喜欢听那马儿咻咻的鼻息。而那大白马儿更是她屋老汉儿的心肝宝贝儿。川人以及本县民众，都叫父亲为"老汉儿"（读作儿话音），这跟现代汉语当中"老汉"的本意稍微有些区别。

蛮子婆娘查颖秀，人们都叫她秀儿（也读作儿话音），原籍是涪陵酒店乡人。在她的记忆之中，原先在各人自己家里，也还过得算是舒舒服服的。屋里老汉儿，虽然没考取秀才，但也是教书先生。两个伯父却也是做官儿的，戴着顶子呢！别人也是要跟着叫她爹爹查先生一声"三老爷"的呵。

等秀儿各人自己能够走路了，就经常跑到查先生教书的窗户下听讲，天长日久，《三字经》《女儿经》之类的发蒙书，她都能背诵了。看见女儿乖巧，查先生就十分乐意在晚黑也教秀儿对着《孝经》《增广贤文》识字，写字儿："昔时贤文，诲汝谆谆，集韵增广，多见多闻。观今宜鉴古，无古不成今。知己知彼，将心比心。"秀儿读书越是用心，当爹的查先生就越是心疼，并且莫名其妙地惋惜，时常在心里感到慌，怎么就没生个男娃娃儿呢？

查先生是这样一个人，国字脸，皮肤白皙，瘦高个儿，后背脊梁并不笔直，平时少言寡语，却爱开玩笑，更喜欢读书，但多是如董解元《西厢记诸宫调》、张宗子《西湖梦寻》《陶庵梦忆》之类的闲书。他各人自己的性情也是散懒、闲适、平和的，靠父亲留下的三股之一的田产过日子。各人自己还办了私塾，也就有些额外的收入，帮补一下家用，但他并不十分看重，有几个学生授课，既符合自己喜好读书的兴趣儿，又权当打发日子罢了，全没有事业心与追求功名的好高骛远的习性。礼拜天儿，他还到涪陵去遛马耍，或上烟馆儿，或喝茶聊天摆龙门阵。

查先生到涪陵去遛马耍，如果到了下午，如果刚好又有人到酒店乡，他就讲好价格，扶持那人上马，各人自己则当回儿马夫。这样又是一笔小收入。因为跟他的兴趣合拍，即或临时当马夫，他也不觉得丢人。况且，听别人叫他三爷，那坐马的陌生人，更不敢把他当作马夫了。

至于酒店乡的那些老主顾，更是跟查三爷打得火热，即便身无分文，马照坐，玩笑照开，钱先欠着，查三爷也从来不计较什么。即使没有钱，随便给点儿东西给他，比如肥皂，麻油，他也从来不计较，这到底是公平，还是不公平。

"查三爷，就是活菩萨！"

人们背地里总这么评价他。因此，查先生的人缘儿非常好。

除了鸦片烟儿，他还喜欢马儿，喜欢它天马行空的姿势！傍晚，人们常常可以在官道上看见查三爷骑马飞驰的身影，大家就在心里奇怪，怎么一个白净书生，居然喜欢烈性的马呢？要投笔从戎？还是要造谁的反呢？可秀儿心下高兴，有这样一个风流倜傥的父亲，她觉得各人自己是天底下最最幸福的女儿啦！当父亲的，也逐渐将女儿惯成掌上明珠了。

"三爷是活菩萨，秀儿就是仙女下凡！"

人们总这么公开评价这父女俩。

有一天晚黑，查三爷教秀儿念柳宗元《江雪》："千山鸟飞绝，万径人踪灭。孤舟蓑笠翁，独钓寒江雪。"之后，他看见秀儿娘给女儿洗脸，各人自己就在一边叹气："人生七十古来稀，养儿防老，积谷防饥。大姑娘儿死得早，可惜了。可惜秀儿又是个闺女儿，要不然，老子也会翻身的呢！不晓得前世造的啥子孽，也没生个男娃儿，让两个哥子家的说了你不少闲话。"

"都是我不好，还连累了你！"

秀儿娘掉下泪来，她很愧疚地说。

但查先生却宽慰地对她说道："知足常足，终身不辱；知止常止，终身不耻。也不怪你。这也许就是我的命！"

秀儿娘说："夫妻相和好，琴瑟与笙簧。早些睡！我们又不老，兴许还有望！我就不信这个命！"

于是安顿好秀儿，查先生老两口儿上床交媾起来。然而不久，查先生败下阵来，烟瘾儿也发了。好好生生烧了一泡之后，查先生迟疑片刻，想了想，轻声说道："我在一本书上见了，干这种事情，是要讲究时辰、姿势的，若都对了，才能够生男娃儿的！"

秀儿娘红着脸说："老爷是识字的人，书上怎样说？"查先生说："书上讲，'女子月经断后交接之，一日、三日为男，四日、五日为女，五日以后，徒损精力，终无益。'"他抑扬顿挫地说道，停了停，又继续说，"这是时辰，姿势嘛……我却羞于说出口！"

秀儿娘的脸已经绯红了。她说道："这有啥子稀奇？人人都是这样过的，你不是和尚，我也不是尼姑。你识字儿，你教我，老爷！以前你也教我识字儿的。"其实，她心里也希望能够早日坐胎，生下个能跟查家查三爷续香火的儿子，各人自己在两个嫂嫂面前说话，脸上也有光！再说，她才刚满三十，就是查先生本人，也才不过三十八呢。

查先生喜出望外。他说："好！我就是心疼你这点儿，贤惠，听话！今天儿你也忙了一天了，早些休息吧，明天儿再说。好事不在忙上！"

于是，第二天晚黑，秀儿娘安顿好女儿睡死之后，吹灯儿上床，放下帐子，配合查先生以不同姿势云雨起来。

从此以后，三爷翻着皇历，查王氏算着各人自己身上干净的日子，两口子就有一个目标，早一天生下胖儿子！查三爷还不知从啥地方，找了个秘方"秃鸡散"，专治男子五劳七伤，为事不能。传说蜀郡太守吕敬，大年七十，服此药，得三子！"秃鸡散"共五味药：

肉苁蓉三分，五味子三分，菟丝子三分，远志三分，蛇床子四分。
捣药为散，以白蜜和丸如梧桐子，日服五丸，以知为度。

"秃鸡散"亦名"秃鸡丸方"，得名颇具传奇色彩，相传吕敬弃药于地，雄鸡吃后，伏雌鸡背，打蛋，久不下，遂啄完雌鸡鸡冠，故名。

但是，天并不总随人意。有道是：有意栽花花不发，无心插柳柳成荫。秀儿九岁时，下面又添了两个小妹妹儿。最小的小妹儿尚在母亲怀里嗷嗷待哺呢。查家如果算上已经死去的大女儿，也就是秀儿的大姐，统共生有了四姑娘儿。查先生的精神，因为有来自于内心与外在的双重打击，也逐渐颓废起来，仿佛是夏天烈日下面的菜叶子，慢慢蔫儿了。

查先生想到，女儿长大成人之后，嫁出去的人，泼出去的水，终归是别个家里的人，就把后半辈子的幸福寄托在女儿身上的打算，彻底破了空。虽然精神随之萎靡，但是日子也还得照常过下去。只是看见三个活泼可爱的女儿，查先生常常念一段古诗："谷风转凄薄，春醪解饥劬；弱女虽非男，慰情良胜无。"秀儿娘晓得，这是他对自己有女无男的自我安慰的话，心里就感到又欣慰，又哀伤，简直就是五味杂陈了。

哪晓得，先是查先生烧鸦片，随后秀儿的妈也迷上鸦片烟儿了。两人不思劳作，一有点儿钱，就买来烧，越烧越穷，越穷越烧。

秀儿娘的一个远房表叔，常常跑单帮，到重庆城去做做生意，看见秀儿爹妈心是心疼女儿，但无心思照顾，就对表亲侄女出主意。

远房表叔说："秀儿嫁到城里才好呢！油光水滑的闺女儿，哪个见了不爱呵？"

可是，秀儿的爹爹不许："那不成了卖人呀，龟儿老子还没穷到那个地步！"

远房表叔说："可是，不因渔夫引，怎得见波涛？三老爷，家里也太……"

查先生有些生气："一家养女百家求，一马不行百马忧。不要说了，老子从来都是自己说了算！"查先生他怕受人骗，苦了秀儿。他是遛马的，不仅涪陵县城去过，就是重庆城，他也去过一两趟了，啥事情都是一清二楚，晓得分寸的。他就等一个好时机，跟秀儿在马武或涪陵找个好婆家，平平常常过生活。

不料想，秀儿十五岁那年，爹爹查三爷，就突然得了热病，一命呜呼了。

第二章

藏　宝

没有人晓得蛮子捡到宝匣，得了笔横财。他各人自己也不声张，成天装着恍兮惚兮的样样儿。只是他心里十分高兴，天照顾，天照顾啊！

一整天，秀儿都在念叨那半柜大米和三四块腊肉，并说蚀财，蚀财啊，狗日的重庆乱得很，还没有涪陵安全。狗日的民国也乱，还不如前清！她一边说着，甚至于一边还掉下了眼泪。她想涪陵那个家，想妈和两个小妹妹。她想听到马儿咻咻的鼻息，更想各人自己的爹爹查三爷了。

其实，蛮子在心里也想：秀儿她是想各人自己屋里妈和两个妹妹了！如果允许，躲过一段时间，就接丈母娘上重庆来住几月，要是她老人家愿意，住多长时间都可以，不走的话，今后给他各人自己带小娃儿也行啊！蛮子他不会想自己的父母，因为他们都死得太早。在蛮子心目中，已经没有他们的印象了。蛮子只想秀儿，还有就是他的未来的儿子。

一想到那混沌的、遥远的、未知性别的、不晓得啥时候，才能够在秀儿肚子里面安家的娃娃儿，蛮子心中就有点儿发毛！沉默许久，蛮子不经意地叹口气。他安慰秀儿说道："蚀小财么，捡大财嘛，关键是，你得搞快点儿，给老子生下个娃娃儿来才好！"

秀儿就白了他两眼，说："捡得到个屁！三十几岁的人了，也没看见你捡过一颗铁钉，还想捡泡财呢，哪天我也被人抢去，你才安逸，你才舒服！生不下娃娃儿，是你各人自己的责任，还想赖我？我是有话在先的，不要找不到擦痒的地方，就拿我出气。重庆再乱的话，要不我们回涪陵，又不远！老实说，那破猪圈儿，好久还是修补一下嘛，要是猪儿跑了，怕是抓不回来的哟！"

蛮子不理她，只是嘿嘿笑了两声。

在这略带苦涩的笑声当中，一天的光景，也就熬过去了。

夜里，月亮银色的光芒照在蛮子脸上。他今天非常兴奋，以至于秀儿喊"再来一盘儿"时，他二话不说，两爪就扯开了秀儿的白短裤儿。秀儿略带哭腔地哼着，包容了他。不久，蛮子累了，就翻了个身儿躺下，侧身背对着秀儿，狡黠地露出一口黄牙傻笑，随后就轻轻给了各人自己一耳光。年轻的婆娘不知就里，翻身哼了一声，心满意足地睡死了。

蛮子他睡不着，眨着两只小眼想各人自己的心事儿。一直到听见头遍鸡叫，才迷迷糊糊闭了一会儿眼睛，然而，心里却老惦念着藏在床脚下面的那只枣红色的宝匣，因而很快又醒来。看见屋里屋外并没有发生啥事儿，小溪依旧流淌，树丫依旧摇晃，他就松了口气。

启明星下方，那片天空已经开始微微泛白，远处的房子也逐渐露出了轮廓。刘家凼村民，约一半以上的家庭，居住的都是草房，但蛮子家却是土筑瓦房，侧面灶房及牛舍猪圈为草房。

没等天亮，蛮子起床"卜哧卜哧"准备了一堆稀糕糕的黄泥巴，想把秀儿念了好久的猪圈儿修补一下。前些日子天气热，他不想动。现在就不同了，再热都不能耽搁了，因为他有大事情要在猪圈儿里办，也就是埋藏那只宝匣。

早晨，大地退却了曝晒一天的热气，微风吹来，整个人身上凉兮兮的，舒服得很。雾气在乡村蔓延，随着微风，飘向乳头山沙沙作响的松林。草虫的鸣叫，也渐渐唤醒沉睡群山的肉体。白色或略带灰色的鹭鸶，一些在树丫上行走、嬉戏，一些则翱翔在松林间。屋前屋后的竹子——蛮子叫它们"硬头黄"——发亮的叶片上面，不时滴滴答答落下一些由雾气凝结的小水珠儿。

秀儿扣着俗称"尖头桃"的钮子出门儿，看见蛮子滚动的肌肉，用两只凤眼盯他："想通啦！"

蛮子不答话，也不开腔，埋头打各人自己的青石。见秀儿肩担一对木桶儿咿咿呀呀挑水去了，他飞快跑进屋，随即双手抱个布包儿又跑出来，钻入猪圈儿里。来宝总想跟进来，蛮子就把它撵出去，关在屋里。他再跑出来时，几只生蛋的老母鸡扇着翅膀扑出去老远，尘土的精灵就在阳光下弥漫起舞了好久，一阵清风吹来，遂隐藏于树荫下，隐藏于草叶间了。

猪圈内遂响起一片叮叮当当的錾子声来。没人晓得蛮子是在那里面藏宝贝。

等秀儿担一挑井水，摇晃着回家时，看见蛮子已经坐在门槛上抽他那拇指粗的叶子烟儿了。空气里遂漫溢着辛辣而芳香的烟草味儿。秀儿问："烟儿也吃得饱么？"

"能！"蛮子闷声闷气回答，脸上表情很怪地笑了笑。他现在啥都不用操心了，就希望这种担惊受怕的日子快点儿过去，让丢失宝匣的人忘记它。如果那宝匣对于丢失的人来说，并不十分重要的话，那就太好不过了。

秀儿埋怨说："一口气干完嘛。还要歇气？顺便把堂屋漏雨的洞洞儿补一下。常言说得好，一年之计在于春，一日之计在于寅，一家之计在于和，一身之计在于勤哩。"蛮子说："晓得，晓得，等一会儿，歇歇气再说。早上吃啥子？"秀儿是急性人，她说："吃屎！快各人干自己的哟，恐怕不到晌午，你是完不了活路儿的。"蛮子嬉皮笑脸地说："这鬼天气又下不成雨了。放心！"秀儿很生气，她说："总是件活路儿呢，趁太阳不大，快些弄完，了桩事嘛。皮得很！——来宝在屋里叫啥子？我刚才没有关屋门啊？"

蛮子去开了屋门，把来宝放了出来。他问："没得米下锅，我去找老么借？"秀儿说："还有点猪儿吃的苞谷面儿。红苕，那些丘八儿也没看上，而且床下我还藏得有点儿米。你快起来继续弄嘛！"女人急得直跺脚了。

秀儿认为，蛮子啥都好，就是有一点儿犟，还有一点儿皮，做事慢拖拖的，她不喜欢。她曾经对蛮子说过，犟，那只是个性，然而一个人一旦皮得很，那就是懒惰的开始了。她从来都不喜欢懒人。懒人最终的结局就是讨饭，就是做乞丐。所以，第一次到莲华寺去烧香，当秀儿看见那些乞丐叫花子时，她一点儿都不同情。她说，泥鳅、黄鳝连只脚都没有，它们还要求生活呢！好脚好手的，做啥不好，偏偏做叫花子？当时，蛮子就用异样的眼光看她。

"做活路儿，"蛮子伸个懒腰，微笑着说，"就来，就来。"说完，他在地上敲掉烟锅巴，顺手将烟杆儿插在后腰上，重新钻进猪圈儿修葺起来。

为了防止来宝进去捣乱，蛮子还加固了猪圈的栅栏门。不久，他又去后阳沟抱了青色的瓦块，上房顶补漏。秀儿时不时也被他召唤出来，当他的下手。来宝见蛮子两口子不跟自己玩耍，觉得很无聊，就在一株桃树的绿荫下眯眼睡了，耳朵不时扇动着，驱赶走那些讨厌的苍蝇。

毒辣辣的阳光仍旧照射在大地上，仿佛要把人们全都晒蔫儿一样。

整个上午，蛮子吃了碗苞谷稀饭，又接着干。不久他又下来，到猪圈儿里去看一看，就舍不得走。直到秀儿叫他吃晌午饭时，人还没走进去，蛮子倒先吼起来："你莫进来，就出来吃！哦，莫进来，莫进来，我晓得出来！"秀儿又有些生气了，她问："不是早干完了嘛，还在圈儿里干啥子？"蛮子嬉皮笑脸说道："看猪儿长胖没有！"秀儿说："你神经！"蛮子笑着说："我才不发神经哩。我正常得很！"秀儿说："下午太阳大，你就莫上房了。"蛮子非常得意，他说：

"还是婆娘心疼我。"

吃完晌午饭，蛮子在家休息了很久，只是没有睡着。他一边望着午睡的秀儿，一边想着宝匣，心中十分快活。太阳打阴并且偏西之后，蛮子才重新上房顶补漏，还是感到像蒸笼一样，汗水爬满全身。直到太阳落坡之后，他终于干完一天的活路儿，就打水在院坝里冲了个冷水澡。现在，蛮子心里舒服极了！

吃夜饭的时候，秀儿看见蛮子扯开嘴巴傻笑的脸，觉得很是奇怪，各人自己的脸上又不花，有啥看头？想精想怪的！她又不好意思追问他。

蛮子饭前拿炒干胡豆晕了两杯烧酒，脸就犹如猪肝一样胀得绯红发亮。

月亮升起的时候，蛮子抱住秀儿早早地睡去。秀儿心里高兴，男人总算又听了一回儿话，虽说言行是有点儿古里古怪的，但还算勤快。她就让蛮子在身上撒了回野。很快，他们就做完了床上的事儿。清冽的月光从窗户外面照进屋里，年青的婆娘秀儿半敞开前胸衣襟，露出两只洁白的奶子任蛮子抚摸。之后，秀儿又说："再来一盘儿！"于是，以未来儿子的名义，两人又再来了一盘儿！许久，秀儿问：

"这回儿，总该有娃儿了吧？"

蛮子说："那当然，我费了劲儿呢。"秀儿说："有空，我们去上上香。来年正月十五元宵节，乡里不晓得还来不来耍龙灯的。都三年多啦，也该有娃儿了。还是去上上香，拜拜菩萨才行。"蛮子问："观音灵验不？"秀儿来了兴致，她说："灵灵，灵得很！东头那老婆娘又上香又给耍龙的礼钱，春月间不是就生下个白胖崽儿来吗？人有善愿，天必佑之。"蛮子说："关键是她野男人劲大嘛。万一我今晚黑就种下了呢？你说是不是？再去拜菩萨，不是又花冤枉钱啦？瞎子脸上的眼镜，多余的圈圈儿！"秀儿哧哧笑了两声。她说："不得行，要去。未必闲时不烧香，急时抱佛脚啊？如果你不想去，我各人自己晓得路！"她拿开男人粗糙的大手，心满意足地睡去。

蛮子两只眼睛死死盯着窗户外面的北斗星，白翻翻的很是骇人。他不想睡，心头总惦记着木匣，眼前也老是显现那些珠宝首饰、票据。他啥也不想做，就想成天守在猪圈儿里面。他甚至还怕那宝匣像猪儿一样，一天天长大起来，他就不好再隐藏它了。那颗光头在填满绿豆的枕头上滚过去，滚过来，他心里难受得很，于是起床，又去猪圈儿看了一看，除了猪的哼哼声，没有啥意外情况发生。蛮子转身进屋，关门上床，又睡，心里依然高兴得难受。然而不久，实在是累困了，他才慢慢合下眼皮，打起响亮的鼾声来。

寂静的山丘。晚风吹在树叶上沙沙乱响。蛮子家前后左右都种有竹子，除少量楠竹之外，最多的就是"硬头黄"。起初，蛮子以为这是土话，后来被村长家的二少爷刘正盈知道后，他对蛮子说，据《巴县志·卷十九·物产·竹类》记载："硬头黄，质厚，极有力，但不易老，数年始可用。"由此可见，土话俗语也是能够上书的。蛮子就说：

"佩服，佩服，看来刘家凼真是卧虎藏龙啊！"

竹林在月色中摇晃着婀娜的身姿，一阵阵把细语似的平和之声的触角伸进到蛮子的梦中去了。月色笼罩的村庄就泛起一片青白的幽光，像要把刘家凼这片风水宝地，隐藏在自己怀中一样。

圣　地

今天正好是八月初九，农历六月十七日。蛮子带上秀儿，跟随上香拜佛的人们，有说有笑，兴致颇高，穿过了石坊。他们前面有很大一个莲池，左边山丘有一个亭子，翠晓亭，再前面就是四乡闻名的莲华寺了。

莲华寺位于清静优雅的老君山，是一处远近闻名的佛教圣地，庭栽栖凤竹，池养化龙鱼，一年四季都吸引着无数善男信女们烧香拜佛。

莲华寺始创无考，农历万历己亥年，即一五九九年重修，康熙时建新寺。环寺皆修竹嘉树，极其幽邃。单是竹子就有楠竹、水竹、黄竹、慈竹、琴丝竹、桃竹、凤尾竹、斑竹、苦竹、黑竹、刺竹等；树木有香樟、楠木、松树、柏树、杉树、枫树、杨柳、桐树、榆树、黄葛树、桑树、椿树、苦楝、棕树、罗汉松、白棘等。四时，花卉常开，香草常绿，如春天的木梗海棠、迎春花、川茶花、兰花、牡丹、玉兰、萱草，夏天的芭蕉、荷花、鸡冠花、十三太保、茉莉、栀子花、木槿，秋天的麻叶海棠、桂花、菊花，冬天的蜡梅、水仙、红梅，等等。

平时，莲华寺有僧众几十人。清同治五年修关帝殿，民国三年修大雄宝殿，民国九年重修法堂。每年农历正月初九日，各乡镇码头主办"龙灯"

的会首，都要将供奉在庙里的龙头合上龙身，焚香点烛，行跪拜礼，以酒祀之，称之曰"开光"，然后才燃放鞭炮，敲锣打鼓为"龙灯"出行，因此这天也叫作"上九"。

山门处，"福地清都"四个颜体大字格外醒目，这是一座石坊，两边镌刻有颇雅致的一副对联：

白云常驻东西岭，
明月不分上下楼。

联上面的字体，也是用颜体草书写就。书法遒劲豪迈，气势豪壮。方圆百里都晓得这是莲华寺根净禅师手书。那根净禅师，文武兼备，博学多才，书法自成一家。练习书法时不用纸笔，而是设一大沙盘，用一只十斤重的铁笔，悬肘写字，写后便把沙盘推平以备重写。如此反复，凝气炼力，寒来暑往，从不间断，而且深研魏碑与柳、欧、赵等大书家作品，博采众家之长。特别得力于颜真卿风神，对囊中所藏《裴将军诗贴》用功最勤，临池不辍。每年端午节，马岭两河口龙舟尾端旗帜上绣出的船名，皆出自根净禅师手笔。

蛮子同秀儿走上几级台阶，刚想进入寺门，不料蛮子却被一群人围住了。三五成群的乞丐叫花子，正在寺门外向富家人讨钱。秀儿并不理会，觉得有手有脚的，还不如黄鳝、泥鳅会生活，脏人。她径直走进了寺门。

随后，蛮子也跟了进去。他对这些乞丐并不感兴趣，只用眼睛余光打望着一位妖娆的少奶奶，她撑了一把红色油纸伞，身穿一件莲藕色湖绸缝制的对襟礼服，高耸着双乳，面若桃花，在阳光下面宛若亭亭玉立的一支荷花，煞是迷人。大抵选他肌骨好，不傅红粉也风流。

那位妖娆的少奶奶身边还带有两位女人。一位四十开外的奶妈，抱了她主人的小儿子。一位十七八岁的丫鬟，提了只红色油漆油过的竹篮子，里面放了好些上香的东西：纸钱、香烛和麻油。因为一岁多的小儿子要拉尿，奶妈遂坐在一块干净的青石上，口中嘘嘘地吹着，等奶娃娃儿尿出来。

佛殿。金碧辉煌，灯明烟袅。

神龛上供奉有送子观音。她怀抱婴儿，慈祥和蔼，手下还有一位"送生哥哥"，装的是男仆模样，肩上背有装满泥娃娃儿的布褡，似乎在听候观音的差遣，准备送子与人。

蛮子从用"硬头黄"编制的小竹背篓里，拿出礼信，递给小和尚两瓶上等小磨麻油。随后，他拿出三炷香交给秀儿。婆娘就在红烛跳跃的火苗上将香点燃，很虔诚地下跪许愿早生孩子："观世音菩萨，你大慈大悲，保佑我来年早生贵子。南无阿弥陀佛！"

等秀儿慢条斯理插好香退在一边时，蛮子把小背篓从肩上取下来放在地脚下，要秀儿照看好。他各人自己也点燃香，上去跪下，许了一次愿。他的愿仅仅在嘴里咕哝，没有哪个晓得，除非他各人自己。只是拿香的手抖得很凶，仿佛抱着的不是香，而是那只枣红色的檀香木宝匣！宝匣里面是他后半生所有希望之所在呵！

秀儿站在一边，强烈的求子愿望使得她满脸通红。她的脸虽有些黑，但模样还算标致，有点儿发黄的头发在后脑勺巴巴实实绾了个髻子，用青黑色的发网罩起，刘海儿不短不长贴在额头上，使两只凤眼更加俏丽，只是嘴巴稍略显得大了些，既不是米牙，也不是小脚。所以，起初到刘家凼时，除了蛮子，没有哪个男人把她看上眼，包括地保老幺，也包括暂时收留她的村长刘鸿鸣那个骚兮兮的孤老头儿。当然，最初是蛮子的婶婶对她起了恻隐之心，否则，秀儿的下场可能很苦。当然，蛮子不嫌弃她，她也不嫌弃蛮子。那时候，她只想找个地方好生睡一觉，最好从此不再醒来。

现在，秀儿站在那里，注视满脸笑容的观音。观音菩萨身后的一副楹联极尽其妙地道出了人神关系和求子原理：

我本一片婆心送这个孩儿给你，
尔必百般善事要留些阴骘与他。

因为是夏天，又无特别的日子，只是礼拜天，所以整个大殿进香的人并不多。蛮子和秀儿只对送子观音感兴趣，并不想到别的殿去拜佛，就站在那里观看别人烧香。那位妖娆的少奶奶走在殿中来，烧香还了愿，也就出去了。她并不晓得，离她不远处的蛮子看见了她这副乖模样，激起了不可言状的性欲。蛮子对她想入非非的，就连手脚都不晓得该往哪儿放了。蛮子回头看见婆娘秀儿并没有察觉，只好将小竹背篓提在手中，好遮挡一下别人的眼光，同时，也就在各人心里面骂自己是混蛋！但他心里还是想着男女交媾时的场面，想着那未知的娃娃儿。

蛮子太想要个儿子了！

这一回儿烧香，是蛮子和秀儿他俩第二次来莲华寺了。殿内的空气中弥漫着很浓的檀香味儿，这使蛮子更加惦记隐藏在猪圈儿中的宝匣来！殿内的光线也不大好，烟雾袅绕，显出一派神秘的气氛。先前，头一次来上香时，他们两个人在心头还都有点儿害怕呢。

这一家两口子，男的看上去三十左右快四十，女的二十上下。他们就是蛮子和婆娘秀儿。蛮子因为挂记着宝匣，就催促秀儿早些回去。秀儿理解错误，以为是蛮子陪各人自己来拜了送子娘娘后，回去好和各人自己上床，心下就喜欢。于是，两人准备办完事情之后，快些回家交欢。

"南无阿弥陀佛……"

"南无阿弥陀佛……"

蛮子同婆娘秀儿走出寺庙大门时，"南无阿弥陀佛"的念佛声回荡在幽深的莲华寺上空。

一路上，蛮子心里放不下一个人，一个女人。她就是在莲华寺里看见的那位妖娆的少奶奶。她的出现，令蛮子既兴奋又紧张。令蛮子兴奋的是，在刘家凼，甚至在马岭两河口一带，还没有看见有她这么漂亮的女人。而令蛮子紧张的却是，自从把宝匣藏起来之后，只要他一看见生人，他的内心就会无缘无故地慌张，生怕别人看穿了自己心中的秘密。

蛮 子

　　蛮子是刘太平的外号。他父母早亡，跟了叔叔、婶婶直到成年。因为十八岁那年上遭"鬼剃头"，秃了乌黑的头发，十几年都没有说上堂客。而没有说上堂客更主要的原因，是无钱成亲。这并不是说蛮子婶婶家没有钱，而是她要留下，等嫁了两个女儿再说。

　　从八九岁开始，蛮子到了叔叔家，就像他家里的长工一样，脏活累活全干，起早贪黑地干。十多二十年前，蛮子的叔叔推说去重庆城里做生意，哪里晓得，他一去就不回，杳无音信。蛮子听乡里人讲过，好像叔叔是嗨了袍哥，还参加了同志会或者是叫中国同盟会的革命组织。又有人讲，叔叔留学东洋去了，虽然时间很短，但辛亥光复后，还是当上了重庆蜀军政府的小头目。然而，不管怎么说，反正蛮子的叔叔他失踪了，丢下两个如花的女儿和似玉的婆娘，仿佛风尘中的一粒细沙，消失在茫茫人海那来去匆匆的脚步之中，消失在天与地之间。

　　年辰过得飞快，蛮子慢慢长成了真正的男人。长成了真正男人的蛮子，就时常在梦睡中看见姑娘儿妹崽儿们。面目是看不清的，非常模糊，大概同两个漂亮的表妹儿一样，颈子背后拖两根乌黑发亮的辫子奋奋儿，红底绣花的贴身小棉袄，湖蓝色镶边长裤，玄色弓鞋。蛮子朦胧地意识到，她们就是他要耕作的土地。他上前搂住了她们中的一位小脚女人。这女人，蛮子仿佛在哪一次梦中见过：一天，她就像一阵儿清风那样，飘进蛮子的性梦里，还拿些风流的言语挑逗各人自己。蛮子心下虽然喜欢她，但也觉得她太大胆了，有些像窑子里面的姐儿！他一时不知所措，红着脸颊，流着大汗，傻兮兮站在那里，须臾又坐下，使劲搓着双手，并大口喘气。那面容模糊的女人便无声无息地轻轻走过来，挨着蛮子身边坐下，还又伸出玉色的小手来拉他。蛮子稀里糊涂也就随她坐下了，回头看见她已经退了衣裤、裙子。原来还是个大脚女人。蛮子刚要站起身来，却被那大脚女人拉在软软的怀里，又翻过身来，坐在了他健壮的大腿之上，像棉花一样，也是轻飘飘的。蛮子有些按捺不住自己了，全身上下硬硬的，仿佛要爆炸了一样。那大脚女人搂住蛮子的上半身，雪白的双乳紧贴着他的胸口，又放出一只尖尖玉手来，扯蛮子的裤子。就是铁石心肠的莽汉儿，蛮子也快忍不住了。蛮子心慌，大口喘着粗气，已经汗流浃背，感到整个身子也更加强硬起来，遂将大脚女人抱在床上，替她脱掉大红底刺绣绿牡丹花儿肚兜。蛮子也不答话，刚想摸摸大脚女人白莲花似的胸脯，摸摸大脚女人玉色新鲜莲藕般滑腻的胴体，然而，大脚女人却发话了：

"我的银簪子呢？"

蛮子从来没有被人冤枉过，更没有看见她头上还有什么银簪子，便摇摇头。大脚女人不依教，破口大骂，还伸出右手抓住蛮子的耳朵，她说："你得赔我一根儿同样的！"蛮子心里一急，终于醒了过来，恍兮惚兮，心头也怦怦乱跳。他开始怪罪地保老么，不该把自己引到那种地方去。因为蛮子听说窑子里的小姐儿，身上都很肮脏，于是一连几天，他都用桉树叶子熬水洗澡。心想：要是今后地保老么再约他去窑子，他也就推脱自己没有钱。再说，如果被婶婶发现了，还不把自己赶出家门去啊！

蛮子需要一个能够遮风避雨的家。至于是满清政府统治，还是民国政府掌权，他才不管那么多。因为他觉得，那些东西离自己太远了。只要有一个女子晚黑能睡在自己身边，只要有两三间大瓦房住，只要有四五个儿子孝敬他，只要有一百两银子埋在地下不被外人发现，只要有一些散碎银子能够当零花钱用，他这辈子就能够安居乐业，尽享清福了。因为蛮子觉得，一个人一旦拥有了这些东西之后，再想别的，就是不知足，进而贪得无厌了。

然而，那些东西在哪里呢？当时，蛮子看不到一丝丝儿的希望。

看见蛮子成天无精打采的样子，村里就有人替他在婶婶面前说好话，比如田寡妇说："蛮子他也该娶个堂客啦，不然你家妹儿要遭殃哟。常言说得好，男大当婚，女大当嫁！看他的身子，发育得就像一头牯牛。他打望女人的眼神呵，恨不得不要水，就把人家浑吞下去！吞下去，还都不打嚼儿哩！"

而且，村长刘鸿鸣也为蛮子说了几次好话。

蛮子婶婶刘赵氏听后，只撇撇嘴，说道："哪来钱为他娶女人呀？再过两年我还要跟两个妹崽儿准备嫁妆呢！再说了，一年到头来，天不愁，地不愁，嘴上吃的，身上穿的，哪样不是我们帮补他蛮子，请个长年，也只是给一点儿工钱。我是看在他屋大伯子面子上，又没得多余的亲戚，才收养他。不然的话，老实说的话，他还不是沿街当叫花子，讨饭去了。那他蛮子才喊造孽呢！"

久而久之，蛮子的脾气也变得古里古怪的了。偶尔，他还敢跟婶婶争嘴，顶上一两句。婶婶说东，他就说西。婶婶说拿笤箕，他就偏偏要拿簸箕。婶婶也在小事面上退让蛮子几分，把各人自己的两个女儿看得梆紧。自从自己男人离家出走之后，她不想再出啥家丑了。

刘赵氏逢人就又说了："蛮子他其实心也还好，只是那副长相，就连乡里妹崽子都看不起，何况外乡人？不过嘛，只要有好一点儿的，又看得上他，我何尝不想跟他娶房堂客呀？手背手心都是肉，还是亲亲的侄儿呐。我是一点儿私心都没有的。我勒紧裤腰带儿，都要给他操办婚事儿的。你们拿二两棉花去访一访，看一看，我是大善人呢！虎身犹可近，人毒不堪亲。我勒紧裤腰带儿，都要给他操办婚事儿的，不信看！"

然而，一拖一晃，蛮子就三十出头。婶婶的大女儿，也已经嫁到重庆城里去享清福去了。过门三天回娘家，那是四人抬的大轿呵，蛮子见都没有见过！婶婶也去过重庆城，但是三天之后，婶婶独自回了刘家凼。她放不下这个家产，还有二女儿，还有蛮子，还有更多的东西和人。

常言道，无娘儿天照顾！哪晓得，蛮子傻儿有傻福呢。前年子刚一开春，蛮子还真的娶上了堂客。看见人家并不嫌他丑，也不嫌他是光头，蛮子更加高兴了。

那女人大家都喊她秀儿，由一个跑滩匠引来，说是在涪陵老家活不下去了，上重庆城找个婆家。城里人哪里看得起她呢？黄毛达须，又土又苕气，就引到邻近的乡下碰碰运气。人们起先想到的是地保老幺，因为婆娘跟人跑了，现在也算是光棍一条。但老幺他不干，嫌人家丑，嘴大，又不是小脚女人。人们就转说蛮子。

婶婶刘赵氏觉得各人自己脸面上过不去了，价钱又不贵，人又是天足，还可以添个帮手给家里做些事情，就很爽快地答应下来。也没问蛮子的意见，先垫付了钱，暂时寄养在村长刘鸿鸣家当佣人。这是婶婶的打算和主意。因为刘赵氏要看看秀儿是不是勤快，而村长刘鸿鸣也高兴家里多个帮手，又不付工钱，他也不说啥了。再说，他还要看蛮子婶婶的面子呢，否则，一个礼拜七天的偷情，就黄了。那样的话，村长刘鸿鸣再想勾引一个女人，还得费时间和更多的钱财呢。因此，秀儿在村长家呆了三个月之后，蛮子家办了个简简单单的婚礼，就把秀儿娶回家来。

几个月过后，蛮子婶婶看见秀儿还能织一手好夏布，屈指一算，并不亏待各人自己，比请两个长年强多了，心一软，说话更客气多了，仿佛就是自己的大儿媳妇儿一样。牡丹花好空入目，枣花虽小结实成。她就等着享清福，然后，等着蛮子和秀儿，给自己养老送终。

常言道：人无千日好，花无百日红。谁知十几个月之后，刘赵氏一病不起，倒死掉了。而村长刘鸿鸣，以为各人自己克妻。因为他本想过些时间，就把蛮子婶婶娶进屋来的。因为他看上了蛮子叔叔家那份并不算太殷实的家财。而以后蛮子婶婶要养病，就把田地卖给他，改成向他租赁耕种了。村长刘鸿鸣认为，这样的结果也好，总算自己没有白费心思。因此，在蛮子婶婶的丧事上，他还真心哭了两次，使得他的形象，在村民，尤其在女人当中，更加良好起来。

蛮子婶婶刘赵氏的两个女儿，早先一个嫁到重庆城里，小的一个，四五年前，不晓得被人贩子拐到哪里受罪去了。这倒应了一句老话：天有不测风云，人有旦夕祸福！也许蛮子婶婶伤心之后，寂寞了，才肯收养秀儿的吧？

然而，等婶婶一走，在刘家凼，蛮子就没有了亲人，巴心巴肠和婆娘秀儿相依为命。秀儿心里想的，也是如此！虽然两人没有了田地，但有一座像模像样的瓦房，还有猪鬃生意，这就已经足够了。池塘积水须防旱，田土深耕足养家。两人的奋斗目标就是，生一大堆儿子出来，有一天把属于自己的田地赎回来，再远一点儿，就是和村长刘鸿鸣家比个高低。

由于蛮子没有文化，秀儿就把《增广贤文》上面的那些道理背给他听，又教他识字写字。时间一长，蛮子像换了个人似的，他也更加心疼秀儿了。

蛮子两口儿身强力壮，日子也还过得将就。另外，蛮子农闲时还收些猪鬃，累积多了，然后再到悦来场上去卖给收购行。加上七杂八杂的收成，他们的生活也还算是过得去了。只是这些年辰，税捐多得吓人，蛮子一家两口儿才感到有些苦，时时想：如果继续这样下去，恐怕日子会越来越糟的。只不过一想到这里，两人就会叹气，认为各人自己的命不好，也生不逢时。蛮子甚至还这样认为，如果他生在隋唐时期，实在活不下去了，他也可以去做另外一个程咬金！

早在十多二十年前，蛮子的叔叔，推说去重庆城里做生意就一去不回，杳无音信。听乡里人讲，好像是嗨了袍哥。蛮子从二少爷刘正盈那里知道，袍哥（汉留）也就是在四川及重庆的哥老会。而哥老会又是天地会的支派之一。二少爷还透露，天地会是清代至民国初年的民间秘密结社之一。因"拜天为父，拜地为母"，故名天地会。以"反清复明"为宗旨，因明太祖年号洪武，故对内称"洪门"。其支派除哥老会之外，尚有小刀会、红钱会等名称的支派。辛亥革命前后，有些地区的派系受中国同盟会领导，参加过各次起义。

二少爷还向蛮子透露过，他的拜把子兄弟之一老幺，就是哥老会成员。在武昌首义之后的重庆起义时期，即农历十月初二，蜀军攻打朝天观，接受清吏投降时，老幺手拿火铳，就走在由石青阳与卢汉臣等人秘密组织的敢死队队伍的最前面。

当时，二少爷兴奋地对蛮子说：

"是日，重庆城居民遍悬白汉旗，欢庆胜利。蜀军设军政府于巡警总督，众人推举同盟会会员、重庆府中学学监张培爵为都督，推举同盟会会员、四川新军龙泉驿起义排长夏之时为副都督，通电全国，宣布重庆独立。"

特 赦

当一九一一年十一月二十二日重庆蜀军政府成立后，不久，成都也于一九一一年十一月二十七日宣布独立，成立"大汉四川军政府"，革命果实竟然落到以蒲殿俊、罗纶等为首立的立宪党人手中；而由清朝任命的四川总督赵尔丰，依旧"居住署拥兵"，一旦变乱，背叛革命，关系全川的安危。于是重庆蜀军政府决定率师西上，为川民请命。

正当重庆蜀军政府积极组织军队，准备讨伐成都的时候，十二月五日，蜀军内部却发生了一次严重的危机。

本来这次军事行动，原定由夏之时以副都督的身份亲自领兵出征，改编蜀军各标为三路司令，以但懋辛为参谋长，兼中路支队长，而以蜀军总司令林畏生（绍泉）兼任北路支队长，改第一纵队长向寿荫为南路支队长。但是，林畏生却对此安排发生了误会，以为摘掉了自己的总司令职权，大为不满。本来林畏生参加革命就是出于被迫的，根本没有什么觉悟，及至当了蜀军总司令，他自以为过去在新军中的地位比夏之时高，因此，常对夏之时出言不逊，态度非常傲慢。

现在，林畏生又误认为副都督夏之时在故意压制他，一怒之下，即将支队长的委任文书和一切印信当众撕毁，并且破口大骂，持枪握拳，闯入军政府，声言要找夏之时拼命，被朱之洪祖胸喝阻。而且，林畏生手下有一两个标统（清兵制，三营为一标，标置统带官，称为标统，相当于现在的团长），更是横行霸道，无法无天，纵容士兵四处扰民。标统舒伯渊的随从老么，也就是其中的害群之马。

当时重庆到处街谈巷议，人心惶惶不安。而张培爵和夏之时对此却毫无办法，刚刚成立不久的蜀军政府，差不多陷入了无政府的状态中。

其实，在重庆蜀军政府成立以后不久，都督张培爵一再函电催促吴玉章（永珊）前往重庆共事。此时，吴玉章已经知道一九一一年十月十日武昌起义成功，全国纷纷响应。他觉得自己必须与领导全国革命的总机关取得联系，才好进行工作。于是，吴玉章把内江起义后的工作安顿好，便于同年十二月二日起程，连夜赶往重庆。而正当同盟会员吴玉章赶到重庆的时候，正巧碰到了这件事情。

十二月八日，重庆蜀军政府都督张培爵见吴玉章来重庆，非常高兴，连忙要吴玉章想个办法。吴玉章听完介绍之后，严正地说："只有严明纪律，才能维护革命政权，现在必须召开一个紧急会议来讨论这件事情，并准备实行军事裁判，整顿军纪。"张培爵听后，表示很同意吴玉章的意见，这时虽已深夜，但张都督扔立即下令召集全体负责军政人员开会，不许携带任何武器，并令守卫要妥为戒备。一会儿，人们都到齐了。会议刚要开始时，卫兵报告，"舒伯渊标统的随从要进来。"张培爵问："啥子事情？是哪一个？"卫兵说："好像外号叫什么老……对了，叫老幺。他说舒标统生病了，正发烧，他不放心，必须进来。否则他要在外面放炸弹了！"吴玉章忙问："是谁啊？"张培爵指了指对面的石青阳，笑了，说：

"外号老幺，是他妈个牤子！"

石青阳苦笑道："昨天还是我的手下。"前几天，石青阳的敢死队已经改为义勇军，他是标统，即团长。这时，他不好意思地对吴玉章说："十几天前，蜀军攻打朝天观，接受清吏投降时，敢死队员老幺，手拿火铳，身绑炸弹，就走在敢死队队伍的最前面。今天舒标统生病，早上才从我手里要过去的。他就看中了这个牤子！"舒标统佯装没有听见，继续闭眼养神。吴玉章笑着说："既然是革命功臣，让他进来听听也无妨。——我听张都督说，他的问题也不少。让他进来，受受教育也好！——不准带武器，更别说什么炸弹了！"

于是会议正式开始。副都督夏之时首先报告了事情发生的经过，最后他说："中外军制，支队长名义，乃分道出师之领队长官，有以一镇成一支队的，也有以一镇再加步兵若干成一支队的，其名义不卑，其范围不小，何况任命林支队长的文书，亦并无取消司令官语意，而且事先汇集参谋部署，声明林支队长出师时，随营佩带司令官关防，是司令官出师，并加支队长名号，事权不为不重，委任不为不专。请全体讨论后解决。"

这时，蜀军总司令林畏生毫不在意地站起来大声说道："我林畏生罪多得很！砍关防，其罪一也；撕委任状，其罪二也；辱骂都督，其罪三也；大闹军政府，其罪四也。看你们敢把我林畏生怎么样？"他气势汹汹，说完就坐下，点燃了一支香烟。

过了许久，却没有一个人敢起来发言。

吴玉章看见这种情形，非常气愤，心想：既为革命党人，对清朝反动政府都敢起来革命，为什么对林畏生这样一员悍将就不敢斗争了呢？于是，他抑制着愤怒，从容地站起来说道：

"我们革命的宗旨是推翻清朝专制政府，实行民主政治，解除人民痛苦，并不是以暴易暴。我们革命党是不侮鳏寡，不畏强暴的。扶正义，打抱不平，正是我们革命党人的本色。如果我们今天刚一胜利，就横行霸道，甚至欺负人民，和清朝官吏一样，实在违反革命初衷……"

吴玉章沉痛地讲了两个时辰，最后主张执行革命纪律，把这个会议变为军事裁判。全场热烈鼓掌，表示同意。这时，林畏生才不时地看看吴玉章，对他这样一个陌生人的讲话，感到惊异。

夏之时说："我是当事人之一，应该回避，不便主持裁判。但作为副都督，我提议，请最近由同盟会总部派来的、孙中山先生亲密的朋友吴玉章同志作裁判长。"大家立即表示赞成。不过，这却完全出乎吴玉章的意料。他心想：由于我的提议，才召开了这次会议。现在要我来主持裁判，这岂不是故意把杀人的事情，要推给我做吗？但他接着又想：如果自己推辞，旁人也是一定不干的，事情又怎么解决呢？于是，吴玉章便毅然接受了大家的推举。他向大家说道：

"虽说我同意了，但是，第一，我说明犯罪的行为时，必须得众人的同意；第二，我判决的处罚也必须得众人的同意；第三，判决后犯罪人得申诉或声明不服，并说明不服的理由；第四，判决后一定要遵照执行。必须大家都赞成这四个条件，我才能就职。"

大家都说："这是最公正的裁判法，我们赞成！"

于是，军事裁判就立即严肃地开始了。吴玉章详细地说明林畏生的犯罪行为，违背了革命宗旨，危害了人民利益，无异于企图推翻革命军政府，应该遵照军政府规定的军法，处以死刑。吴玉章环顾四周，问道：

"大家同不同意？"

大家表示赞成。于是吴玉章又问林畏生："你是否服罪？限你两分钟以内讲话。"此时，林畏生却沉默了。又延长了五分钟，他仍不讲话。经过再三催促，他才说："说我想推翻军政府，我没有这个心思。"吴玉章说："我不能知道你有没有这个心思。但判断犯罪是否成立，以客观行动为标准，你的行动，是危害军政府的。而且你平日跋扈，外间树党，拉小集团，早有所闻你有密谋哗变之意，检查的证据有几件了。虽然不充分，但我们正在收集之中。"林畏生听后，知道事情已经败露，就再也没有讲话了。于是，吴玉章就请夏之时执行判决。

此时的夏之时，却犹豫起来了。他结结巴巴地说了几句应该特设什么什么的话。他的意思是说，裁判既是特设的，执行也应该特设。因为他说得不清楚，有些人就将"特设"听成了"特赦"，以为夏之时主张"特赦"林畏生。于是，他们鼓起勇气，反过来为林畏生辩护，说林畏生也是参加了起义的人，应该从宽处理，赦免他。吴玉章坚决反对，他说："大家刚才约定的条件，不应该马上就自己推翻。"

大会又辩论了一个多时辰，还是没有结果。

此时，坐在标统舒伯渊身后的老幺，再也忍不住了。他站起身来，愤慨地说："我说，特赦就特赦吧。大家都听得很清楚。如果再有意见，少数服从多数，大家举手表决。像你们这样懦弱畏缩，都怕得罪人，再耽误舒标统看病的时间，我就拿炸弹来，把大家炸死算了！"

大家又纷纷反对老幺。也有人笑他，说他真是妈一个牛子！

吴玉章说："不必性急，你就是老幺吧？你的问题也不少，等有机会再说。——我试问，像林畏生这样蛮不讲理的人，如果这次特赦了，谁能保证他以后再不做乱事呢？"

这时，舒伯渊标统由老幺搀扶着，他站起来说："我保他，我们四团所有的人，都保他！"

他话犹未了，卫队中几个士兵就齐声说："就是这个家伙最坏！还有他那个随从，前几天，公然调戏良家妇女，这个家伙也总是睁只眼闭只眼，装忙！"因为士兵们说话时过于激动，挤得刀枪碰击作响，那位舒标统生怕有人打他，急忙把头低下去躲藏，猛地一下碰到桌子角上，流出许多血来。昏暗之中，大家以为士兵开了枪，都赶快逃避。部长梅树南，手持暖炉，大惊，手炉翻倒，与李湛阳、江潘仓皇散去。石青阳尤为可笑，竟然把茶几顶在头上，也跑了出去。

老幺见状，连忙撕开自己的内衣，替舒标统包扎了头部。一边包，舒标统还一边说："老幺，跟我，没错。我不会亏待你。别怕，有我！天亮之前，我没有回去，他们晓得，该怎么办的。"

老幺点点头。当他再抬头看时，整个会场上，除了卫兵和他们两人，就只剩下吴玉章、张培爵、夏之时、林畏生四位负责人了。而这时的林畏生，也和张培爵、夏之时两人一同劝士兵归于安静。

一个卫兵还不解气，他对吴玉章说："就是那个舒标统，劝林司令做坏事，准备哗变。今天也应该让他受军事裁判。"吴玉章说："那好，现在我宣布，暂时把舒标统及其随从老幺扣下，另案办理。今晚还是要把林畏生这个案子结束。"几个卫兵上来，不由分说，就把标统舒伯渊和老幺带了下去。几个卫兵又把石青阳、谢持、朱之洪等人，都请了回来。好在，设立于巡警总署之内的蜀军政府戒备很严，没有一个人逃得出去。等大家重新坐定后，吴玉章看林畏生、舒伯渊刚才并没有趁这次扰乱逃走的意图，或者有什么不好的表现，也就有从轻处罚的意思了。因此，吴玉章就和大家商量："有人刚才说，要特赦林畏生，我并没有坚决反对，或者说不通人情世故。但是谁能替他保证呢？"

谢持、朱之洪说，他们愿意担保。夏之时也认为，林畏生自龙泉驿起义后（当时他为赵尔丰的清军教练官），也曾帮助过蜀军，还算有点功劳，理当特赦。

这时，石青阳站起来，说他也愿意担保，还担保舒标统今后不再犯错误。至于那个老幺，由于以前是自己的手下，既然嗨了袍哥，那么，如果老幺真是奸污了良家妇女，那就犯了袍哥的忌，要"三刀六个眼，自己挖坑自己跳"。

吴玉章说："关于那个舒标统，有人密告他和多人勾结，正准备哗变，我们正在秘密调查，暂时不说他。至于那个老幺，才去他那里第一天当差，当不在准备哗变之列。香规约定，袍哥弟兄，平等对待，所谓'大哥不大，幺满不小'，但袍哥讲'嗨皮不现皮'，就是说不要露出下流兮兮的样子。我看还是应该按照香规，严惩不贷！"

都督张培爵说："至于说到袍哥，诚足诟病，但我们在座的几乎都是，今后对外还是收敛一点为好。但只是表面上收招牌，实际上暗地里继续发展壮大。四川还是要以大局为重。我们革命党人，最终不是为袍哥革命，也不是像林畏生那样为争权夺利。我们难道是为位置而革命的吗？都不是嘛！"

副都督夏之时也说："我们正准备成立'大汉公'的袍哥公口。像老幺这样的革命党人，现在又是义勇军，还是应该网开一面才好！"石青阳说："那么，本人落实一下，如果老幺真有哪些乱七八糟的事情，念其是革命功臣，砍个小指头，也是应该的，以儆效尤。"吴玉章说："但是即便如此，也是有条件的，那就是，老幺不能在重庆城里继续混下去。我怕他，依然管不住自己的裤腰带！革命，既不是为了位子，更不是为了银子和女子！"

大家都说这样最好。

只有夏之时说："还是应该落实清楚，别冤枉了革命同志！"张培爵说："这件事情，交给石青阳办理最为妥当。"吴玉章说："依我看，诬陷他的可能性很小。好吧，就这样定了，交给石青阳处理。至于林畏生嘛，我看，既然谢持、朱之洪说，他们愿意担保。那么死罪可免，活罪难逃。"

张培爵说："那么，我建议，立即解除林畏生的总司令职务，由副都督夏之时兼蜀军总司令，姜登选为副总司令。"

吴玉章想了想，说："我同意！我还是那个观点，派人送林畏生回湖北原籍。——如果老幺罪名成立，也当如此。"大家相互对视了一下，基本没有意见。

吴玉章心想：这件事情充分地表现了当时蜀军政府的软弱无力，也表现了当时这些革命党人的畏缩、妥协。然而，经过了这一次严重的斗争，蜀军政府总算得到暂时的巩固，更重要的是重庆人民都高兴为他们除去了一个祸害。

第二天，天刚蒙蒙亮，寒气逼人，蜀军政府便得到朱登武密告（龙泉驿起义时，他是革命军副总指挥，协助总指挥夏之时），遂派欧阳尔彬逮捕了标统周维新。当时，周维新还在客馆和妓女睡在一起。他的秘密往来书信，也还没有来得及销毁。经过审问，军政府一些人准备拉拢林畏生哗变情况属实，标统舒伯渊、周少鸿、周维新，教练官汤维烈，以及防军统领田征葵等，阴谋推翻蜀军，颠覆政府，罪该万死。

吴玉章明白，这时已是一九一一年的十二月了，南京已被民军攻克，中华民国临时政府正酝酿在南京成立。孙中山先生也已经从国外回来，首途前往南京。因此，吴玉章也准备到南京去。于是，重庆蜀军政府就让他和杨庶堪作为重庆代表，到南京去参加临时政府的工作。

发　誓

常言道：大风吹倒梧桐树，自有旁人说短长。蛮子和婆娘秀儿去莲华寺烧香拜佛求子一事，闹得刘家凶沸沸扬扬的，秀儿心里很是生气。她心想：假缎染就真红色，也被旁人说是非。两三年不下崽儿，别人要说闲话。现在去拜送子娘娘儿，别人还是要在背后说风凉话！其他人这么乱说，她还可以理解，最气人的是，就连暗暗喜欢各人自己的地保老幺和刘叔叔，也对我指指戳戳的！未必老子生了娃娃儿，你们就能够占我便宜了嗦？办不到的！好言难得，恶语易施。平生只会说人短，何不回头把己量。蛮子虽然丑点儿，但他有力气，勤快。关键是，他心肠也好，在刘家凼更没人比，也许在整个县里都难找到几个哩！

不过，一想到没有生下一男半女，秀儿还是觉得心里乱糟糟的，就怪各人自己为啥不早些拿出办法。这样想着，她发誓要早点儿怀上！最好生个男娃娃儿出来，给嚼舌根儿的人们看看。来说是非者，便是是非人！

一想到这里，秀儿脸上就有些发红。于是，她对外面的蛮子喊"挑水"，各人自己就走进厨房忙活起来。按照秀儿的想法，她早点儿做晚饭，吃了两人也好早点儿睡觉休息。当然，先得做做那种事情才好，最好多来儿盘儿！

蛮子正在院坝子树荫下做一只新木盆。木盆已经成型，还要箍竹篾条使之加固。最后才刷两三遍桐油，防漏水，防虫蛀。农闲时，除了收购猪鬃，蛮子也是要做点儿木匠活路儿的，村里如果有人盖新屋，建瓦房，只要喊他帮忙，他都高兴去，也无工钱，最多只是吃两顿，回家醉醺醺的，秀儿就非常不高兴，二天就要理麻他。秀儿不喜欢懒人，更不喜欢醉汉和酒鬼。

秀儿下厨弄了顿简单的晚饭：一碗回锅肉，一钵丝瓜汤，一碟泡紫姜。蛮子仍然用沙炒干胡豆，下了一大半碗高粱酒，舌头就有些绞，在嘴里弯不转。按照秀儿对"喝醉酒的标准"的理解，蛮子就已经醉了。那标准还是她屋老汉儿查三爷说的，秀儿记性好，所以现目前都还记得。爹爹曾经对秀儿说：

"喝醉酒的标准，或者看一个人所谓醉与不醉，只看'三绞两宽'——说话舌头绞，捻菜筷子绞，走路脚杆绞；马路有好宽走好宽，床有好宽睡好宽！——所以今天老子没有喝醉，不许把酒杯给我藏起来！秀儿，快去把杯子给我拿回来，老子今天要罚你给我倒酒！"

现在，蛮子刚倒好第二碗时，秀儿一来心疼他，二来自己心烦，就一把抢过去，一仰颈子，两口就将半碗六十度高粱白酒喝了下去，眼泪花花儿直见在眼眶里面打转转儿。

蛮子晓得秀儿心烦，又努力劝了她一遍："莫傻、傻了，喝、喝酒伤身体。"秀儿拍了拍胸口，缓了缓气。她问："三杯通大道，一醉解千愁。我高兴喝，你管得着吗？"蛮子关心秀儿。他说："老幺乱、乱说话，你也跟他计、计较啊？不、不理睬他嘛！他有啥子、有啥子资格说你、你？"秀儿正色道："他再乱说，我就给他两耳屎，把他的神光退了！"蛮子诡异地说："刘叔叔，老不正经，也得预、预防点儿。他要是喜欢说、说，就等他去说！又、又不伤你一、一根毫毛！"秀儿叹了口气。她说："三年前我就开始防他了，不过还好，当时他心里只有你婶婶。"蛮子咕哝道："胡说！我、我婶婶守妇道。以后你、你别这么傻了，抢、抢酒喝！"秀儿傻笑着说：

"你管得着吗？我高兴喝就喝！"

蛮子转过脸去，说道："你喝多少，我、我都不拦你。拦你，也拦你不住。药能医假病，酒不解真愁。亏你这、这三年，把那些道理背给我听！"秀儿说："那你还说个屁渣啊？"蛮子把脸又转过来。他说："我、我怕把我儿——子喝死了！"秀儿方才醒悟过来。她说："那我去吐了就是，用手抠喉咙，就全吐出来了！"蛮子说："那、那你个人自己早点儿、早点儿睡。"秀儿不高兴了。她说：

"不，我发誓，今晚一定要怀上！"

蛮子就不答话，刨了两碗干饭，肚子饱了，脑壳里面却一片空白，醉醺醺地坐着抽叶子烟儿。不久，秀儿也吃完饭了。吃饭前，她并没有去把酒吐出来。

现在，秀儿一边走进厨房洗碗，一边对蛮子说："我要洗澡。你去担水！"蛮子晓得秀儿想什么，就傻傻地笑了。笑过之后，他担起水桶儿，高高兴兴，歪歪倒倒走到老黄葛树下挑水。

乡村的黄昏，在闷热而潮湿的空气里扇动着蜻蜓的翅膀。田埂周围的水田里，干渴的泥土张着大小不一的裂缝，已经收割后的稻桩上空荡漾着一团团、一簇簇摇动的蠓蠓。蠓蠓掺和着蛙鸣与草虫的噪声，仿佛黑夜降临时的前奏曲。群山黛色的身影沉没在雾霭的幕帐里。夕阳早已下山，将一角暗红彩霞的裙裾挂在西天，引来一些繁星的意绪的眼睛，注视着这充满清新气息的黑黝黝的黄昏，也注视着像蛮子这样的普天之下的芸芸众生。

等蛮子担水回家时，老远就听见秀儿在厨房里哼着她涪陵老家的山歌《十二月许郎》。秀儿甚至还跟蛮子说过，这首歌其中第二节第三行"三家者来以雍彻"，语出《论语·八佾第三》："三家者以雍彻。子曰：'相维辟公，天子穆穆。奚取于三家之堂！'"当时，蛮子见秀儿之乎者也，摇头晃脑，就越发觉得好笑。同时他也认为，既然涪陵离重庆城老远老远的，居然还在山歌民谣里，把孔夫子，孟夫子等人都请出来了，可见秀儿在涪陵老家时，的的确确，名副其实是大小姐了。现在，蛮子听见秀儿是这样唱的：

正月里来是元宵，
吾郎吾郎初相交。
帮君为了君子好，
许郎许郎花荷包。

二月里来惊蛰节，
留郎留郎我家歇。
三家者来以雍彻，
许郎许郎花蝴蝶。

三月里来桃花开，
约郎约郎后园来。
桃之夭夭把花栽，
许郎许郎一双鞋。

四月里来秧子青，
约郎约郎把书名。
人不知来而不问，

许郎许郎花手巾。

五月里来是端阳，
美酒美酒兑雄黄。
孟子见来梁惠王，
许郎许郎汗衣裳。

六月里来是三伏，
情哥情哥来得苦。
威威乎来荡荡乎，
许郎许郎大绸裤。

因为蛮子的酒气还没有全消，他就粗鲁地一脚把厨房门踢开。他看见，秀儿赤条条坐在旧木盆子里面洗身子。她一边洗澡，一边继续哼歌。蛮子呆呆地站在那里，脑子里面像进了一群蜜蜂一样，嗡嗡作响。他打望着秀儿，看见她露出那凝脂一般的光滑身子，手臂白白净净的，好像藕节一样，那油光发亮、光润洁白的两只奶子，随着上肢的运动而活蹦乱跳，两点乳头也红得可爱，像刚刚成熟的红樱桃。蛮子感觉各人自己下面的家伙也兴奋起来。他将水倒在水缸里，准备又去挑水。他出门时，在秀儿白生生的奶子上摸了一把。秀儿就舞了好些温热水在他背上。等蛮子一走，秀儿继续唱道：

七月里来是月半，
留郎留郎吃早饭。
有酒事来先生赚，
许郎许郎钱几串。

八月里来是中秋，

约郎约郎下苏州。
父母在来不远游，
许郎许郎花枕头。

九月里来是重阳，
菊花菊花造酒香。
夫子温良恭俭让，
许郎许郎象牙床。

十月里来小阳春，
情哥情哥打单身。
劝郎两家把媒请，
许郎许郎早成亲。

冬月里来大雪飞，
得见得见小郎回。
今日同郎得相会，
许郎许郎打堆堆。

腊月里来去一年，
啥样啥样都要钱。
二十七八吃年饭，
许郎许郎大团圆。

　　蛮子远远地听了，心里非常高兴。如果顺利的话，秀儿将给各人自己
生好多儿子和女儿出来。他走在田埂上，闻到唐菖蒲独特的香味儿，这令
他联想起婴儿身上散发的奶香味儿来了。蛮子心想：这是一个好兆头啊！
他在心里还多多少少有些感谢自己的婶婶了。因为不是婶婶开恩的话，他

蛮子就是有天大的本事，也不会遇上秀儿，更别说把她娶进门来了。蛮子一想到秀儿，心中就感到异常的兴奋和幸福。

担水回家，蛮子看见秀儿已经洗完了澡，坐在暮色笼罩的坝子中一把竹椅上扇着蒲扇，跷着两条白腿儿乘凉。蛮子手忙脚乱将各人自己洗干净，光着上身走出来，一边揩胸前的水珠儿。秀儿笑道："等你好久！"蛮子并不答话，走过来，站在秀儿身后。秀儿弯过手去抱了他。男人就伏在她怀里，摸摸索索脱了她的白布短裤。

山乡的夜幕下得早，空气就像是从水里捞出来的一样，湿漉漉的，也拧得出水来。除了院坝前面的一丛丛竹子，除了那棵两人高的桃子树，除了远处眨着眼睛的灯火之外，什么也看不清楚了。

秀儿笑起来，站起身，拉着蛮子的手进了屋。蛮子进屋时，顺手将房门关上，锁好。最近地保老么，村长刘鸿鸣等人都经常来摆龙门阵。等蛮子回过头来后，早看见秀儿已经赤条条仰睡在床上，满嘴酒气，嘴里哼哼着，像害了病一样。蛮子遂将各人自己略微发抖的身子贴了上去。秀儿嘴里继续哼哼着，像啜泣一样，将两只脚勾在蛮子背上。秀儿正叫得热闹时，蛮子呼呼喘着大气，已经趴在女人身上一动不动了。秀儿打了他肩膀一巴掌，说："再来一盘儿！"蛮子借着酒劲说："要得！"于是，秀儿将手伸下去，捏了捏不争气的男人。她细声细气地说：

"我的儿，老子想死你了！"

她被各人自己的大胆举动吓了一跳，但是她并不感到害羞，因为她和蛮子一样，太想早日有个奶崽崽儿了。如果能够接二连三地生出来，更好：儿子再多，她都不嫌麻烦。秀儿认为，添张嘴巴，不过就是多添双筷子而已，没有啥事情，难得住她。自己涪陵老家的爹爹一死，她啥苦都尝遍了，还在乎多几张嘴巴吗？

"我的儿啊，你在哪里啊？老子想死你了啊！"秀儿又喃喃地说。蛮子一本正经道："你也想儿子了啊？我就在这里！"秀儿放开他，大笑道："想当我儿子？我还没有那么老。"蛮子非常认真地说：

"我发誓，上辈子，你就是我的亲妈！"

乡 场

　　大天亮了，蛮子背了小竹背篓，和婆娘秀儿去悦来场上购买东西。两人看见田寡妇等一行人，有说有笑的，远远地走在前面，一会儿能看见他们模糊的背影，一会儿又只能听见他们更加模糊的声音。两人也并不急于追赶他们，只是自己说各人的话，摆老实龙门阵。

　　悦来场在本县并不算太大。场上有一条凹凸不平的青石板老路，习称青石老街，略南北走向，并不是笔直的，到南端时，又几近东南方向了。石板街宽处七八米，窄处仅两三米。所以，走在古镇的石板街上，所见房屋，高低错落，鳞次栉比。街道两边参差不齐立有一些木质的和泥抹的平房，只有少数几处为一楼一底的青砖高楼，比如"得兴号"典当铺，这在悦来场上已经很起眼了。这些房子新旧参半。除明清风格建筑之外，还有川东特色民居，俗称"穿逗房"。沿街店铺林立，匾额古色古香，但都已很陈旧了。

　　由于悦来场是赶二、五、八，今天恰好又是逢场天，所以从上午七八点起，就开始人头攒动了，而到了十点左右，简直就是场拥人挤。

　　此时，蛮子和秀儿也在人群之中穿梭。不久，不晓得是从哪个庙子里出来的三个和尚，每个和尚都手捧一个升（读印）子，表情都不一样，慢慢行走于街中。前一个和尚升子里装满了一升白米，泪流满面；中间那个和尚升子里只装了半升白米，不哭不笑，神态自然；而走在最后面的那个和尚，手里却端着一个空升子，欣喜若狂，手舞足蹈。蛮子、秀儿跟人们一样，都傻傻地站着，闹不清和尚们的把戏，到底象征着什么，只好眼睁睁看着三个和尚表演，直到他们慢慢远去，消失在人们一片议论声中。

　　人们议论什么呢？除了议论这三个和尚行为之诡异，还议论杨森军长背时，战败重庆，逃往湖北，手下官兵四下逃窜。这种空乏的议论，其实并无实际效果，所以临近中午时分，人们渐渐散去。除少数商贩还在坚守摊位之外，也没有多少人走动了，只有太阳火辣辣高挂中天，只是临街的门面依然不屈不挠开门迎客。

本县及重庆地区夏季炎热，冬季少雪，风力不大，雨水偏多。于是平房瓦顶、四合院、大出檐，成为本县民居的主要形式。阁楼多有贮藏和隔热的作用。由于本县多山，山区民居不十分讲究朝向，因地制宜，且天井纵深较浅，以节省用地面积。四合院住宅的屋顶相连，雨天可免受雨淋之苦，夏日不致使强烈的阳光过多射入室内。而且宅出檐及悬山挑出很大，也可防止夹泥墙或木板墙、桩土墙遭雨水冲刷。

所以，本县及重庆民居，多为穿逗式屋架。而本县的人们在建造民居时，善于利用地形，因势修造，不拘成法。常常在同一住宅中，地平有数个等高线。住宅基地的退台有横向、有纵向，造成屋顶高低的配合。加上屋檐一般不高，绿影婆娑，润泽可悦，使人感到温适而明快。本县、重庆及川东山区的民居，并不注重朝向，依山崖而建，吊脚楼伸出很大，有的层层出挑，气魄宏大，雄伟异常。

今天，蛮子一眼看见的就是酒馆儿。本地白酒的原材料，以高粱为最佳，也有用苞谷（玉米）、红苕的，但风味稍差，都不如高粱酒好喝。酿酒之后的酒糟可以喂猪，而猪粪又是庄稼的上好肥料，这就自然而然地形成了一个良性循环的生态系统。所以，酿酒作坊一般都圈养了几十上百头猪，算是殷实人家了。县里好多读新式学堂的学生，家里也是酿酒的。蛮子认为，他们就是悦来场、马岭两河口或县城里面的村长刘鸿鸣了。

在酒馆儿对面是一家油坊。主要卖的是菜油。而悦来场上的油坊并不多，榨油全用人工操作，但主要也就是分三种：一是菜油，一是芝麻油，一是桐油。这家油坊的门边油浸浸的，左边上是一家很大的日杂铺：店里有针头麻线，草帽、蒲扇、斗笠、草鞋，各种竹器，叶子烟儿、皂角籽儿、洋油、香胰子、蜂糖、自流井的川盐、豆油（一种酱油）、保宁米醋、云南红糖、郫县豆瓣、涪陵榨菜、忠县腐乳、茂汶花椒、下关沱茶，等等。

还有草纸，即一种以新竹杂以稻草为原料，能制粗劣的白纸，其余就是草纸，用来在一根长凳改做的模子上，敲打制作纸钱之用。日杂铺隔壁有家茶馆，再后就是米店。米店再走几家小店，包括一个竹凉板搭的肉摊，就到了另外一家铺子，主要卖各种农具：梨辕、驾担、浪耙、耙子、搭斗、风簸、水车、水轮等，兼卖少量日用杂货。

秀儿在一家布店前站住了。她希望买一段布料回去，缝一身那位妖娆的少奶奶身上一模一样的新衣服。因为秀儿在莲华寺里打望到的那位少奶奶，穿一件莲藕色湖绸缝制的对襟礼服，非常好看，连秀儿都喜欢她了。一想到她，秀儿在心里就有些惆怅，有些失落感。这并不是说她后悔嫁给了蛮子，而是自己离开了涪陵，失去了大小姐的身份。要不然，她现在可能也是少奶奶哩。

然而，蛮子现在却没有时间去想那位妖娆的少奶奶。蛮子看见的是一楼一底的"得兴号"典当铺，他就在心里盘算着在啥时候，将那宝匣里面的东西，逐步典当出去，好脱手换成现钱，给各人自己，也给秀儿买好多想要的东西。"得兴号"羊掌柜正在底楼店面里算账。清脆的算盘声噼噼啪啪如精灵的脚步踩响蛮子心悸的疼痛。

许久，蛮子对秀儿说："还走不走？"秀儿不开腔，也不动身。蛮子说："你身上的肉又没露出来！马上就要到冬天家了！还要买夏装的料子吗？明年再说吧。我会想办法的，保管你如意。"秀儿有些泼烦了，她说："喂，话不要说得怎么难听嘛，我又没要你给我买！"蛮子傻笑道：

"等几天，我会给你买的！"

秀儿听后，又有些高兴了。她说："那今天我们去看看！看一下嘛，又不一定非要现在买！"蛮子却拉长了脸说："既然今天又不买，那还有啥子好打望的？看好了又不买，等于白看！"秀儿心里又不高兴了，她说："看看都不行啊？"蛮子说："不行！"秀儿说："那，那你等我！"说完，她也不理睬蛮子了，径直走进布店。她在店里转了两圈，除本地的夏布、绸缎外，还有洋布：土耳其红布、羽绫、哗叽等。她就看上一匹爱尔兰市布。最后，秀儿还是快快地走出来。看见蛮子蹲在地上抽闷烟儿，遂生气，径直往小石桥方向走去。

悦来场整条街上，除了那条凹凸不平的青石板路和那些木质的、泥抹的、青砖的房子外，完全没有一棵树木，只有一些青黄色的狗尾巴草在房顶上颤抖。但四周，特别是南北两头的树木却非常茂盛：南边有许多挥舞着硕大手掌似的叶子的梧桐树，北边小石桥旁，有几棵粗壮、遒劲的盘龙似的老黄葛树，一条汩汩流淌着清水的潺湲的小溪，日夜不停地在树下、桥脚浅吟低唱着单恋者的情歌。

一只灰扑扑瘦骨嶙峋的黄狗，静静爬在树荫底下吐着舌头歇凉，眼光呆滞，几只红头苍蝇在它鼻子、耳朵和身体上爬着，爬着，忽然飞起来，又停在它身上某一处地方，舔着汗液。然而，停滞的空气中凝固了炎热的苦衷。

没有一丝丝儿的风。太阳在暗蓝色的天空中挂着火辣辣炽热名字的表象。

蛮子和秀儿两人，在悦来场上几近浪荡了一中午，逢着熟人就打哈哈儿。最后还是决定回刘家凼吃晌午饭。蛮子的小竹背篓里面，除了打两斤桐油和一瓶保宁醋外，只买了两把叶子烟儿装在里面。秀儿为此埋怨了他很久，说尚好的料子，就是这样烧没有了的。而那两斤桐油，则是蛮子用来油新木盆的。他要为遥远的、未知的儿子准备好些东西呢。

一只黑色的鹞子从麦田边上的洋槐树上斜插下来，扑向一个鸟雀声音的庞大的阵地。鹞子也就是鹞鹰，也叫钻天鹞，比鹰小；但却比鹰飞得高。它在俯冲时，鹡鸰和麻雀等小鸟儿尘土似的四散开去。麦田太开阔了，掩饰不了迅雷不及掩耳的公开的秘密，那鹞子也许飞累了；也许是耍一个人人皆知的阴谋？它径直停在一个稻草人笔直的手臂上，收回翅膀，环顾四周的敌情。很快，一些老练的鸟雀就在麦田的另外一端停息下来，继续跳跃、穿行于麦草之间。鹞子便看见在远方的麦田里，还有几只胆大包天的山雀隐蔽在麦草中间觅食，它就扑扇着翅膀追了过去。一支黑色的箭镞晃过蛮子的视线。鹞鹰的黑色的影子也惊飞了那几只山雀。这一次，鹞子不再徘徊，它只紧盯着一只小山雀穷追猛打。田鼠已经被鹞子吃腻了。小山雀急忙回转身来，试图逃避鹞子的攻击。可是，鹞子已经锁定了目标，就在半空中翻了个身来，冲向那只小山雀了。鹞子用那双利爪终于捕获到了惊慌失措的猎物；一些金属般的叫声便镶嵌在空旷的田野里。很快，鹞子就返回到麦田边上一株高大少枝丫的洋槐树上美餐去了。空气中就弥漫了一股血腥的况味。大自然眼见着这血腥的杀戮，依旧宽容地瞪大了雪亮的眼睛，默默无语。很久以后，另外一群鸟雀又飞到麦田上空。它们在鸟鸣的幕布里像尘埃一样徐徐落下，投入到鎏金的翡翠里——青青的麦田已经有了一些金黄色的麦穗了。远远的，蛮子只能够听到它们反复而杂乱的鸣啭；看到麦浪中间骚动的黑色符号。蛮子和秀儿并不能仔细分辨它们，也不知道它们到底是鹌鹑、鹡鸰，还是黄鹂、麻雀。

在回家的路上，眼看着西方天空渐渐暗下来，黑云边上镶嵌了红色彩边的褶皱，乌云一团一团飞过来，使蛮子和秀儿原本清亮的心情也随之黯淡起来，随身边的树枝一同荡漾在山雨欲来的乡场之上。蛮子小声说："快要下雨了，快点儿走啊。"秀儿喃喃地说："淋点儿雨，怕啥子？你是金贵吗？还是从来都没有淋过？"蛮子急了，他说："怕把儿子淋跑了。"秀儿眉飞色舞地说："那小家伙，他才不像你，还没有你那么娇气哩！二天，你要给我买些爱尔兰市布，大红色的那种。喜庆！"蛮子大声说：

"好，快跑吧！"

一股狂风吹在树林间，扯乱了他们的衣衫，整个天地间飞扬着黄色尘埃的翅膀，须臾，一阵沙沙沙沙的骤响，如军队的脚步声由远而近充斥了两人的耳畔，大颗大滴的雨点儿从天而降，打在干涸的大地上。泥土上面瞬时腾起灰尘和更细小的水珠儿。小水珠儿随即被干燥发烫的泥土吸干。大地上就有了星星点点儿的，如铜钱一样大小的湿漉漉的水迹印儿。

蛮子连忙脱下上衣，将那两把叶子烟儿包好，放进小背篓里，又用身体遮挡着小背篓，跑到荷田里摘下两片荷叶，回来盖在衣服上面。这才松口气，感到雨点儿打在脸上、身体上揪痛。

一眨眼儿，雨下得更大了。天空扯着龙形的电闪，炸着响雷，蛮子拉着秀儿的手，奔跑在田埂上面。好在不远处就有一大片已经收获了的西瓜地，在瓜地旁边一个小山包上，守瓜人搭建了一座极其简易的茅草屋。两人心领意会，向着茅屋跑去，躲在低矮的檐下。大雨倾泻，整个天宇黯淡下来，茅屋里面下着小雨，但也比在露天里淋雨强呵。

蛮子在心里面总算松口气，地里的庄稼有救了！但他非常害怕下雪弹子（冰雹），如果落下来，辛苦经佑的庄稼也许会颗粒无收呢。

第三章

脱　手

这年冬月，寒风萧瑟。刘家凼下了场很小的瑞雪。本县及川东历来少雪，就是下了，雪也并不大，尤其是本县，积雪也不多，只在高山顶上或者迎风处有少量的脏兮兮的积雪，杂以枯草或树叶，但也凝得并不深。而在几十公里远的重庆城，更是七八年难于看见一回儿雪景。

对于纷繁复杂的战事，人们也逐渐淡忘。

初雪停住了。快放晴的时候，天空依然还是灰蒙蒙的，但顶上有了些光。这倒真是应验了那句农谚："有雨天边亮，无雨顶上光。"坡上山顶墨绿色的松林，积了薄薄的一层白色的雨的精灵，随着北风的呼啸，树梢上面一块块逐渐融化的积雪，又降落在树下枯草丛中，滋养大地。山下黑黢黢的屋顶上仅剩下些残雪，在那些草房用麦草或者稻草做的屋檐上，不住地往下滴水，滴滴，嗒嗒。蛮子家是瓦房，北风一吹，雪化得快，所以天亮之后，屋檐水往下滴得并不算太多。

川东山地的瑞雪并不罕见。冬季，人们也没有多少活路儿可干。冬闲，男人除了准备犁冬水田外，成天守在家里烧闷烟儿，摆龙门阵，赌博。有些男人勤快，就做做木匠活。女人们则一针一针纳千层鞋底解闷，再就是织布——购买国外或者上海、武汉的棉纱子，以人力用旧式木机纺织。除供给本地乡人享用外，多数运销云南、贵州。各乡镇农家妇女，多操作纺机。茅屋里、篝火旁，机声扎扎，邻里相闻，此起彼伏，半夜三更，尚不停息。手脚快的女人，织一天的布匹所卖而得的收获，可得七八千文制钱，也就是四五块现大洋呵。贫苦人家，多以此为生！——所以在冬季，很少有人出门走动。性急的人们，则在悦来场的逢场天去买办购置年货。冬至以后，家家户户杀过年猪，熏腊肉、灌香肠。临近除夕，泡糯米，推磨汤圆面儿，再就是准备年夜饭。

由于地势空旷，少有人走动，刘家凼整个村庄呈现出一片荒凉萧瑟的景象。只有丝丝缕缕的炊烟儿，好像命若游丝的病人，躺在地上缓慢喘着粗气。远处，不时传来噼——叭两响爆竹声，久久在群山里回荡。间或有三四声狗叫，五六声公鸡的啼鸣。

是一个夜黑风轻的晚上，偶尔听得见几声狗叫和奶娃娃儿的啼哭声。时辰已经很黯了。蛮子披衣下床，把一根事先准备好的猪骨头丢给来宝，免得它也嚎叫，随后，径直钻进黑黢黢的猪圈儿里面，两只粗壮的大手在垒圈的青石缝中摸索，随后用一把生锈的小刀捅松了干泥巴，抠出一些干硬的碎泥块儿。一块青石板咔咔咔咔地松动起来，被他取下轻轻放在地上。两只大黑猪哼哼了两声，又睡去。蛮子拿出一个长方形的布包，露出那只枣红色的木匣，感到沉甸甸的，想到明天如果要将里面的东西全部脱手的话，怕至少也有几千块现大洋呵，各人自己的心就轻飘飘的好不自在，安逸得很哩！仿佛这些金银细软注定就是他各人自己的东西一样。蛮子脸上浮现出满意的笑容，两眼放光，嘴鼻里面白色的热气也徐徐涌出来，扑打在木匣上，凝成小小的汽水珠儿。因为蛮子感到自己的手，潮湿得很呢。

蛮子觉得，他那只要有一百两银子埋在地下的目标，已经提前实现了。

其实，蛮子并不急于将宝匣里的东西全部脱手。这样做实在是太危险了！他摸出唯一的十几块现大洋拿在手上，掂量了两下，嫌太少，随手又翻出一根银簪子和一对青玉手镯，再盖严匣子，依然放进石穴里去，随后从荷包里摸出一块旧布来，将那几件东西包好，同现大洋一起藏入破旧油亮的藏青色棉袄中。完了，他又用手按一按，心里方才感到踏实，感到可靠。

随后，他又重新抱了青石板，盖好，才用碎泥块把石缝填妥。这一切都是他摸黑做完的。这一道道工序，在他心里演习过不晓得有多少回儿。他不想点蜡烛或者煤油灯儿，也害怕点。他担心火光惹人注目，招来很大的麻烦呢。即便是秀儿看见，也不行！因为她会担心的。

蛮子什么事情，都想一个人担当。

他甚至还认为，担心的事情，受苦受难的事情，由一个人来承担，总比两个人担惊受怕划算。

于是他返回家去。刚推门进屋的时候，远处传来几声狗叫，来宝也跟着叫了两声。一阵风过来，把竹子和桃树的叶子吹得沙沙作响。他就打了个寒颤，像夜猫子一样，一头钻进屋去。他也不洗手，只在裤子屁股后面抹了两把，脱衣上床，又将棉袄叠了，枕在头下。

婆娘秀儿，被蛮子光溜溜的上身凉了一下，翻身，嘴里咕哝着啥梦话，又呼呼睡去。蛮子松口气，一来是宝贝儿东西已经压在各人自己头底下了，放心，二来还没有吵醒秀儿，要不然，她又要喊再来一盘儿了。蛮子泼烦"再来一盘儿！"因为，他心里放心得很，他们总会有一男半女的。这是他最后一个生活目标了。

蛮子泼烦婆娘喊他"再来一盘儿！"这就像本来只吃得下两碗干饭，人家非要你吃三四碗一样，虽然也吃得下，但是心里不愉快。不愉快就是受罪了。他晓得不愉快的感受。而有些人虽然也晓得，却无意反抗，只好忍受，所以他们天天都在受罪。天天受罪，倒不如死了好。蛮子心想。他曾经逮到一只刚刚试飞的小雀儿，比麻雀儿还小一些。他用手抓住时，感到那小生灵心跳急促。他用筲箕把它盖在空空如也的饭桌上面，就外出办事儿了。等他回家再打望时，那只小雀儿已经死得梆梆硬。蛮子估计它要么就是吓破了胆子，要么就是自己赌气，活活把自己气死了的。蛮子尊敬那只刚烈的小雀儿，就把它埋葬在竹林下面，还为它做了个小小的坟包儿。

第二天，恰好又是悦来场的逢场天。这是蛮子算计过的。

清晨，秀儿已经在煮猪食了。蛮子匆匆吃完早饭，摸摸来宝的头，背了小竹背篓，放上两只老母鸡，就离开秀儿去赶早场，顺便也想在"得兴号"典当铺将那包东西典当出去，脱手换成现大洋。出门前，蛮子招呼秀儿，喂完猪食，一定要把猪圈的栅栏门关好，免得来宝进去捣乱。秀儿听后，就骂他"神经"。她说：

"来宝怎么乖，比你懂事！"

蛮子走了两个时辰，来到悦来场上。当他把那包东西递给"得兴号"羊掌柜的时候，他很害怕要发生啥事情，而偏偏羊掌柜的生意近年来每况愈下，孬得很，就一边翻看那枚银簪子和那两只青玉手镯，一边同蛮子吹牛。这在蛮子眼里，简直就是在盘问他了，心里就对羊掌柜有些烦，觉得他讨厌得很！

羊掌柜问："婆娘的嫁妆都当呵，兄弟？"

蛮子想：这年头，哪来恁贵重的嫁妆呀，日你屋妈！

可他脸上却堆起笑来，生怕老板不典当现大洋给他。

羊掌柜又问："猪鬃生意还好做吧？听说近来货贱得很，好些大户囤积的黑猪鬃都卖不出去了，积压在重庆、涪陵等地的码头上面，是不是呵？"羊掌柜神秘兮兮地眨了眨好像刚才哭过的双眼。蛮子说："不好，不好。好像有那么回事儿。日子不好过呢。过年猪儿都想喂肥一点儿才杀呢。川猪又多，当然贱啦。又不比你们不愁吃，不愁穿的。"蛮子心里憋了口气，说道："日子过得紧巴得很哟，要不然，还需要典当婶婶留下的东西吗？"羊掌柜翻起两只鱼泡眼，说道："大家彼此彼此。照我看，还是你们好些，最起码来说，地里有菜，家里有粮，只是缺一点儿钱零花罢了，不像我们，买一斗大米就得花掉铜元 4700 文，买一斤菜油，也要出脱 500 文，就连买几个萝卜煮白水汤喝，都要花钱呢！"羊掌柜说完，然后收了东西，将十几块银元和铜元在手里掂了掂，哗哗作响，又神秘兮兮地招呼道："莫露了骚子呵，会遭人抢的！"停了停，使劲把手中的东西攥得紧紧的，"晓得不，吴佩孚已经将杨森的部队编为一混成旅，驻鄂西了。他正四处招兵买马，准备反攻重庆呢！"

"杨森他不是川军吗？怎么守湖北了？"蛮子轻蔑地说道。

羊掌柜瘪瘪嘴："八月，四川联军邓锡侯、田颂尧、唐廷牧、陈国栋攻占重庆，第二军杨森先是退到万县，但不多久，万县、奉节又被第一军但懋辛攻占，杨军长只好退宜昌，投靠吴佩孚了，狼狈得很。据说，他二十日在宜昌上岸时，除了一枚'杨森之印'的象牙章外，一无所有。"

蛮子道："我听我们村长讲，什么善后会议闭会了。不会再交火了吧？"

羊掌柜道："是四川军事善后会议，决定川省取自治态度，仍推刘成勋为总司令。至于还开不开火，没有人敢保证得了。"说完，才老大不愿意地递给蛮子。蛮子双手接过一看，并不是清一色的袁大头，还杂有孙头和小头（孙中山和黎元洪头像），另外，还有几块民国二年铸造的当二十文的铜元。他也搞不清楚当铺的价目，就忙把钱放进内衣荷包，心里面有说不出的高兴，遂又说道："抢都抢过啦，再抢，就没得生路了！"蛮子说完，想跨出门去，没想到被门槛绊了一下，差点儿摔一跤，就听见羊掌柜嘴里还在念一句诗：

"自古未闻粪有税，如今只有屁无捐！"

蛮子匆匆离去。羊掌柜嘴里念的歪诗，蛮子还听得懂，也明白，更了然于心。他晓得大家对多如牛毛的苛捐杂税深恶痛绝，心头恨！但是，有啥办法呢？他蛮子原先在婶婶刘赵氏家里，就连发发牢骚，都是要背住人的，并不敢当众发作。除非把他惹冒火了，才敢跟婶婶对嘴，顶撞几句。

"这世道儿……"

羊掌柜还在咕哝唠叨，而蛮子已经钻入人群中去了。据说，羊掌柜祖上是很发达的，甚至于官至州同，从七品，比知县虽然还差一小篾片儿，但属州官，听起来也比县官叫得响一些，这就好比皇帝身边的奴才出京，再大的地方官都要怕他三分一样。进入民国以来，也就是到他这辈子才逐渐开始颓败，心里头也就不免有些牢骚和不满，而且，甚至于有些留恋前清了。

酒　馆

冬天，川东盆地的天空总是灰蒙蒙的，时常被一派灰白色的厚云蒙住，从早至晚，从昨天到今天，从今天至明天，老是一个模样样；有点冷风，不算很大，万没有将这黯淡的云幕略为揭开的力量。天呢，很少见过太阳花花儿开出来。即便有，也被一层似雾似云的暮霭遮挡住了。直到正午，或是人们都吃过了晌午饭，可能才会有微微的阳光洒下来，眼睛不好的人，比如羊掌柜，在地上都很难找到各人自己的影子。本县方言，天上只出来个太阳烘烘儿。

太阳出来的时候，映照着氤氲的田野：小春既未长出，若是冬水田哩，便蓄着污水。从远处望去，除了枯黄的大地、山坡之外，便是一方块一方块，一弯一弯映着天光的田畴。不过，像松树、柏树等常绿植物还是很多的，每个农庄、每家庭院、每户茅屋，都是被常绿树与各种竹子包围着的孤岛，隔不多远便是绿得黑黢黢的一大丛，活像塞外诗人眼中的绿洲。

这天，太阳烘烘儿还没出来，蛮子卖了老母鸡，想到时辰尚早，就在悦来场上闲逛，顺便买了些杂货，诸如叶子烟儿、洋火儿、盐巴、菜油、白蜡烛之类的东西，在百货铺和布店前转了两圈，狠狠心，又买了几件洋东西。它们是，一块香胰子，四尺爱尔兰市布，一盏美孚油灯和两斤煤油，另外还在肉铺里割了刀上好的宝肋肉。他在悦来场上几近浪荡了一上午，逢着熟人就打哈哈儿。人家也看出来了，他今天心里高兴。虽然并不晓得他为了啥事情兴奋。是为了那两只老母鸡吗？它又能值几个铜板的钱呢？

"总是遇到喜事才恁么爽嘛！"有人这样猜想着。

天空中，一只鹞鹰黑色翅膀的灵魂在低垂的云际盘旋。它踽踽独行着，把挥不去的阴郁和孤寂的意象笼罩着大地。

"还买香胰子、洋布呀？"退出人群的时候，有人问蛮子，"这都是些时兴货色呵！"

蛮子并没有回过头去扭头看他，就晓得来的是地保老幺。老幺拍了拍蛮子的肩膀。蛮子回过头来，看见老幺穿着一身半新旧的袄子对自己笑。近来，老幺的日子也似乎好些了。

蛮子说："讨婆娘欢喜！"他说完，各人自己心里就像喝了蜜糖水一样甜，眼里遂浮现出女人的两只大奶奶，还有一个活宝一样的小男孩儿。这也就是他打望到黄妈，上次奶小儿子时的表象。

地保老幺拍拍蛮子的肩膀，神秘兮兮地小声说："玩'姑娘儿'去？"蛮子摇摇头。虽说是拜把子兄弟，但蛮子有各人自己的主见：以前去过一次，尝尝鲜，也就够了，还需着去第二次吗？另外，"玩姑娘儿"那种地方，蛮子他四五年都没有去过了。现在，就更是没有胆量跨进窑子大门一步。

他心想：自家婆娘不是更体贴人吗？姑娘儿？姑娘儿对我笑，还不是对着我荷包里面的银钱笑啊。如果老子包包儿里面没有银钱，她们还笑吗？自古婊子无情，戏子无义。这是秀儿说的。没错！

但是，当蛮子遥遥地看见地保老幺钻进一家窑子破旧的小门时，他摸摸荷包里的钱，心里就不免恍惚起来。他又开始想那位妖娆的少奶奶了。他站了很久，回想到以前办的那件鸡巴傻事儿，摆摆头，各人自己也笑了。

上一次逛窑子，蛮子还真是被那位大脚女人讹诈去了一只银簪子的钱。当时，刚做完那件骚事儿，那位大脚女人就说："我的银簪子呢？不见了，刚才还在这里。你得赔我一根儿同样的！"蛮子从来没有被人冤枉过，更没有看见她头上还有什么银簪子。那位大脚女人又说："你要是不出点儿'血'，我们就去见官！"蛮子真出血倒不怕，就是不想出"血"，也就是不想从包包儿里面掏额外的银子出来。然而，蛮子毕竟是享受了，也晓得女人是怎么一回儿事情了。他更怕姊姊晓得之后，撺自己出去。于是蛮子只好掏钱出来。他心想：偷鸡不成，倒蚀把米。不过，蚀财免灾，也好！

此时，在悦来场的天空中，有一只鹞鹰黑色翅膀的灵魂依然在低垂的云际盘旋。它踽踽独行着，将挥不去的阴郁和孤寂的意象笼罩着大地。当它高亢悠扬的鸣叫穿过天幕飞渡的黑云时，有金属的碎片嵌入人们的肉体。刹那间，一抹散射的日光在云块的褶皱间灿烂，那鹞鹰就透过太阳散射的余晖映入大地眼帘。它俯瞰群山，乌黑发亮的翅膀一动不动，懒散在空中，猛然，又顿悟似的把翅膀一抖，直冲向那墨汁一般的黑云。人们思绪的羽翼还没有张开，鹞鹰却展平了双翅，闪电般从天空中斜插下来，好像要劈断那乡场外边高岗上的一株孤独的苦楝树。蛮子回头还看见了鹞鹰两胁间夹杂着的白色羽毛。一大群噪山麻雀儿，从乡场身后的一片灌木林中扑喇喇惊起，灰尘般散落在四周荒野上。偌大的天空中，只留那鹞鹰如散板的音符一样，盘旋在无形乐谱的天际。

　　蛮子就在肚子里想：为啥鹞鹰与天地的抗争，都是单打独斗，独立独行的呢？他想到自己，也想到秀儿了。他心想：自己宁愿做鹞鹰，也不愿做麻雀儿，更不愿做小鸡崽儿。

　　临近晌午，蛮子也并不急于回家。他心想：吃肉，下馆子！老子今天也吃一回儿肉！这样想着，他的脚步不知不觉就移向一家小酒馆儿，随即钻进低矮的屋檐。蛮子刚走进一家小酒馆，一位姓李的老板就满脸堆笑道："这位哥子，今天吃点儿啥子？卤肉、麻辣兔丁、凉拌心肺？"蛮子故意高声叫道："切盘卤猪头肉！"李老板又说道："还来点儿啥子？喝不喝酒？今天我们刚刚进了六十度'几江牌'高粱白酒，巴实，安逸得很！"蛮子坐下，想破一回儿例，就说："打碗'几江白酒'，再加个凉拌豆腐干儿，海椒重一点儿呵！"遂找张无人的空桌，坐下。

　　李老板高兴地跑进厨房去了。

　　李老板的大名叫李景修。他在开小酒馆儿之前，是做棉布生意的坐商。当地的棉纺织业，原来大部分为农村家庭副业。在《唐志》和《元和志》中，有重庆以棉布作为贡物的记载。进入民国以来，外国商人竞销棉布，以英国和日本为最。李老板以前主要就是包销日货，每销一件包布（十四至五十四），给佣金半两至一两银子。他包销的主要品种有福星图缎子、六一青绒、洋红扣布等。

很快，酒、菜都上齐了。卤猪头肉是本味儿，凉拌豆腐干儿，则加了鲜红色的海椒油、花椒面儿、火葱花儿、小磨麻油和豆油，闻起来麻辣、喷香。蛮子他开始端起盛酒的土碗儿，慢慢晕起味儿来，一边还在肚子里头笑地保老幺：龟儿子，只晓得嫖，是个傻儿！各人自己的肚皮都不顾，笨死了，你娃娃儿！

午时左右，悦来场上的外乡人也逐渐散了。陆续就有客人进来吃饭、喝酒。

蛮子发现，近年来，乡下也到处可以看到洋东西了，有土耳其红布、花标毛丝布、羽绫、哔叽、红棉呢、充驼绒等，有海参、西洋净参、白云母等，有五色染料、黄铜扣、铁丝、美孚油、鸦片灯等，有香槟酒、咖啡粉、威士忌酒、口立沙、固齿白玉膏、二字鲍鱼、大餐用的刀叉，等等。

蛮子又稀奇，又气愤："洋东西怎么好，可又怎么贵，乡下人哪里买得起呢？"然而，在蛮子稀奇和气愤的火苗儿中，多少又显露些向往的火星子来了。

但是，蛮子他是不晓得的，本县是重庆近邻县，而重庆府自从一八九一年开埠，已经三十一二年了。外国人大量输出日用消费品和纺织品到重庆，又从重庆进口他们急需的四川土特产，如盐、糖、生丝、蜡、茶、蛋品、肠衣、花生、芝麻、烟草、牛油、桐油、青麻、草帽、棉花、头发、木材、竹、杏仁、棕丝、猪鬃、鸭毛，牛、羊毛、兽皮，各种药材，主要是麝香、五倍子、当归、大黄、川芎、附子、黄连、贝母等，前期还包括鸦片和矿石、矿砂，进行资源掠夺。

单以洋纱一宗，就已经足以抵消输出土特产的价值，而一切洋货又逐渐畅销于四川盆地，其掠夺程度由此可见一斑。

小酒馆儿里慢慢进来许多客人。有人甩上三五十文铜元，要来"单碗"——只喝烧酒，没有切菜。这些人往往是下力的穷人、脚夫——拿他们各人自己的话来说，就是"给脚杆儿加点儿钢"。也有客人要凉拌豆干和卤黄豆，而多数仅秤点儿炒过的沙胡豆下下烧酒而已。

满屋高谈阔论，烟雾袅绕。饭菜味儿、酒香味儿，刺鼻的烟味儿，满身的汗臭味儿，纷纷凑合在一起。最引人注目的是东桌那几位陌生的客人，要了一桌卤花生米、卤猪头肉、卤黄牛肉和凉伴三丝儿，还有就是，红苕打底的粉蒸肉，盐冬菜打底的烧白肉，此外就是一大钵排骨炖"酒罐萝卜"汤，还有烧酒。他们一边坐了吃喝，一边围着一位壮汉儿，谈川楚白莲教徒及魁伦的死，声音之大，压过了本来就有些喧嚣的谈话声，进而使得屋里热火朝天起来。

当时那位壮汉儿脸红筋胀，大声武气地说道："魁伦，晓得不？他是全川总督哟，自杀啦！"想来，他也是个见过世面的家伙儿。满桌人就都点点头，又摇摇头。搞不清楚他们到底是惋惜呢，还是赞同！

那壮汉儿说起了劲儿，打开了话匣子，一边喝酒吃菜，一边摆起龙门阵来。他说不到两句话，就要朝地下吐口水，白翻翻的唾沫，已有很大一摊了。

那壮汉儿又说："你们晓得不，冷天禄，骑在马背上突围。不想额勒登保心狠手辣，望着他的背心就是一箭射去。那小儿力气大得很，只一箭，就射穿了冷天禄的背心。唉，呸！"他手舞足蹈地说，又是一口唾沫吐在地上："可怜了冷天禄这条好汉儿。唉，不摆了，不摆了，喝酒，喝酒！"

满桌人就叹口气，也表示惋惜，随后将碗里的烧酒一口灌下去，又倒上一碗。白帕子裹着的头，就有些晕。

蛮子埋头吃菜，并听不太懂他们的谈话。蛮子也不敢搭腔，害怕那些人有来头，是袍哥人家，惹不起的。想想身上剩下的银元，他就寻思，早点儿回家去见婆娘秀儿。因为银子既然都到手上了，接着就应该是儿子了。蛮子觉得自己未来的儿子还是虚无缥缈的虚空，或者只是一个空缺。他一旦想儿子了，就会想到秀儿的奶子，或者是黄妈的乳房。这样他才有儿子的具象。总不能把自己未来的儿子，想象成一根儿猪鬃，或者是一个大木桶儿吧？

在另外一桌上几个乡绅也在高谈阔论，什么第二军杨森与第一军但懋辛战于万县一带啦；什么杨森军长败第一军但懋辛，但部自惠州退向梁山绥定，继而退顺庆、渠县，与成都各军联合啦；什么七月十一日四川第三军刘成勋及邓锡侯、赖心辉、田颂尧、刘斌、唐廷牧、陈国栋等通电痛斥第二军杨森，邓为北路总指挥，赖为东路总指挥，进攻泸州。第一军但懋辛为前敌总指挥，进攻重庆啦；什么四五天之后，第二军杨森通电请停战议和啦；什么川军邓锡侯、刘成勋等拥护熊克武、但懋辛啦；什么七月底四川邓锡侯等打败第二军杨森，占领泸州啦……蛮子听不懂，刚要起身离开，门外进来一位瘦高瘦高的算卦先生，四周望了望，径直踱到蛮子桌前，站在他身边，堆笑着说道：

"小兄弟，来一卦？"

蛮子回过神来，还没开口说话，算卦先生又接着说："小兄弟，来算一卦，今明两年定会发财的。包准！不准，不收你钱，看你这脸福相嘛，主要是鼻子生得好，两边宽。"算卦先生左手拿着幌子，右手拿把纸扇，满脸堆笑，充满了不可言说的欲望。而且他还想继续说下去，直到蛮子心动为止，直到蛮子安心坐下来，听自己扯南山盖北海，一派打胡乱说为止。

蛮子就在肚子里盘想：他在悦来场上住？还是本县里头的？我啷个从来都没有见过他呢！

蛮子各人自己也觉得不对，这算卦先生一定也是个陌生人，还是跑江湖的。他讨厌跑江湖的，秀儿之所以背井离乡，就是被跑江湖的亲戚长辈，骗上了重庆。他遂急忙说道："下次，下次，今天我主要是有急事儿。"说完，他就背起小竹篓，将土碗儿里的一点儿剩酒，一仰颈子喝完，又把装凉拌豆腐干儿的碗端起来，将佐料喝了两口，不仅香，而且辣，还有几粒葱花儿颗颗儿。他一边嚼，一边迈出了门槛儿。他扭头再打望那位算卦先生时，原先那张笑脸已经缩回去了，重新又填装上了满脸的怒气。蛮子再也不敢回头打望他，遂一路小跑离开了李家小酒馆儿。算卦先生追到街上，还在喊：

"你前世是文昌禄星哟。"

蛮子就想：老子要不是前世修来的福气，娶了可怜的秀儿，又捡了点儿泡财的话，现在，也没见过簸箕那么大的天！还说老子的前世，是啥子红星、绿星（禄星）？我怎么记不起了呢？扯谎！

欲 望

刘家凼家中的蛮子婆娘秀儿，正站在屋檐下，一边做鞋垫，一边巴望着蛮子能够早一点儿回家。她把"砍脑壳的死鬼"这句话，不晓得念了多少遍。她放心不下蛮子，而且她也没有要蛮子怎么长的时间离开过自己。她不喜欢蛮子受累，更不喜欢他有啥三长两短。她只喜欢男人每天晚黑都能痛各人自己。她想生个男娃娃儿，最好早一点儿生，最好多一些生。这种"养儿防老"，"早栽秧，早打谷；早生儿，早享福"和"多子多福"的三大欲望，彻底占领了她的整个意志和神经大脑。她感觉下身又开始潮湿起来，并且痒。

秀儿自言自语道："他耳根子也不发烫？背时的，犯了走马星呀！"

三十来岁的女人黄妈，牵了个蹒跚学步的小男崽儿，正在院坝里玩儿。黄妈同她开玩笑："秀儿，蛮子还没回来呀。管好哟，莫像翅膀长硬了的麻雀儿那样，飞啦！"她身边那小娃娃儿，虽说巾巾吊吊穿得孬，但却白白胖胖的，红头花色的，很逗人喜欢。村里来了玩龙灯的队伍时，像他这样的小娃娃儿，时常会被驮在龙背上，跟求子的人家冲喜！

秀儿毫不示弱，对黄妈说："快回去吧，把刘富夹紧点儿！"她这点儿口才，也是入乡随俗的佐证。黄妈也不生气。她说："刚才刘富跟我讲，有人在乡场上，看见蛮子他在吃酒儿。还没回来呀？他莫色迷心窍，逛窑子，耍'姑娘儿'去了哟。老幺就时常搞那个名名堂。拜把子的兄弟儿，人家去，蛮子还有不去的道理？看紧点儿，否则染了花柳病，再传给你，医治不好，一辈子都恼火。你还年轻，又不是七老八十。对了，你还不晓得吧？村长刘鸿鸣婆娘的死，还有蛮子婶婶的死，到底是不是刘老头儿给传染上的，都难说。这世道儿，怪现象多得不得了。我听说易家沟儿那边，有位老爷暴死了，家人一开始还认为是有人下的毒，请郎中打开肚子一看，所有内脏都已经化成血水了，这才晓得，害的是啥子热病！"

秀儿听了，倒是吃了一惊。因为秀儿十五岁那年，屋里老汉儿查三爷，也就是突然得了热病，一命呜呼的。许久，她才说："我家蛮子呀，他有那个心，也没那个胆儿，瘾大胆子小。你不晓得么，我清楚得很嘛！放心。我一千个放心，一万个放心！"

此时，蛮子的身影却已经出现在村头老黄葛树下了。他的光脑壳上，包了块白帕子抵挡风寒。

黄妈远远地见了，就说："那不是蛮子啊？还不快去接？"她走了老远，还回过头来朝秀儿喊："有好东西呢！"秀儿咕哝道："各人自己不晓得走路呀，啥子好东西，没见过？稀奇！"

然而蛮子带回的东西，还是的的确确让婆娘秀儿高兴了好一阵儿。夜里，她就让老公在洁白喷香的肉身上撒了几回儿野。

第一回儿，两口子也不多言多语，双双相拥着翻滚到床上。在一阵笑骂之后，秀儿厚着脸皮子解开了蛮子的裆儿，随即两人就在铺盖里相互摩挲起来。秀儿想要一个小男娃娃儿的本能和欲望，已经填满了她的大脑，像潮水一样，汹涌奔腾，逐渐淹没了自己。秀儿仰面睡在床上，脑子里面仿佛游弋着一条红色的小毒蛇。她的猎物就是蛮子。她绯红着脸，呼吸急促，胸脯快速起伏。她说"来"，遂用手抱住蛮子的光头儿，将他往下按。蛮子见了，兴奋异常。于是，两人俯仰着身体，拼命地扭动，极像野地里纠缠打架的蛇。很快，蛮子就感到各人像酒醉一样快活了。他感到自己飞了起来，随即呼吸急促，大口喘气，脚也有些抽筋了。

第二回儿，秀儿掀开铺盖，说热得很，翻身坐在蛮子身上。蛮子仿佛就看见了两只在夜幕里上下翻飞的白色鸽子，兴奋得大口喘气。很久，秀儿好像是累了，弯下腰，遂一把搂过蛮子，双手死死抱着他的后背，用嘴咬他，用指甲挖他，抠他。两人就都感到异常地快活，秀儿甚至还说："我就要怀娃娃儿了！"事情结束之后，他们又双双心满意足地睡去，都觉得怎么会就怀不上娃娃儿呢，奇怪！

蛮子迷迷糊糊，恍兮惚兮睡在床上。但他夜里总是难以入睡，睡着了也不踏实，心里老惦念着那些宝匣里面的金银首饰，就想怎么样才能分批分批去悦来场上当钱脱手。银锭和票据是要到马岭两河口兑钱才好的！他甚而至于还在肚子里面想象，想象着每一次去脱手时的情形。掌柜会说怎样的话，各人自己怎样回答。他心里盘算，也许要明年子，才能将匣子里的东西全部除脱掉！他这样想着，想着，自己也累了，就迷迷糊糊闭上双眼，睡了。

第三回儿，蛮子被人推醒。他睁眼一打望，又是秀儿。蛮子晓得她又有需要了，不觉得腰间那家伙也已是卜卜乱动。他就将她白生生的两腿架在各人自己肩头上。他说"我要儿子！"秀儿也说同样的话，"我要儿子！"许久，两人身上都有了一些汗珠儿，黏黏的。直到蛮子呼呲呼呲大口喘气，肆无忌惮嗷嗷叫了两声，秀儿才十分满意，将蛮子赶下身去，一动不动瘫在床上，随手将铺盖牵来盖好，各人自己也偷偷笑了，仿佛看见了儿子的身影。

两口子刚完事儿，秀儿像念经一样，在心里默默念道：儿子，儿子，儿子！

蛮子却感到很累了，傻兮兮躺在床上，像死人一样，动也不动。他从窗户望见了一粒很亮的星宿儿，晓得天也就快亮了。秀儿还在摸着蛮子的乳头。不久，她又问："还来一盘儿？"蛮子就只有求饶，他说："老子是天上的星宿儿，又不是种猪！"他从那粒很亮的星光里，仿佛看见了他拥有的银子的光亮。银子，银子，银子！

秀儿又抚摸了他一会儿，自己也哈欠连天了。她问："你是哪颗星宿儿嘛？"蛮子高兴地说："你看哪颗星宿儿是绿的，那就是我！"秀儿说："日鬼哟，你是颗星宿儿？老子还是月亮呢，你信不信？而且我爹妈就是太阳！"蛮子大笑着说："天上只有一个太阳！你哄我不懂？"秀儿也笑了。不过，她又认真地说："你没有智识，天上以前有十个太阳。"蛮子问："有十个啊？那后来呢？"秀儿说："被一个叫后羿的坏家伙，射下来九颗。"蛮子听了，就叹气，他说："原来，你屋涪陵的老汉儿，就是被后羿杀死的啊！没有关系，反正我们快有儿子了。他以后也要结婚生子，也要做别人的爹爹！"

于是，两人心安理得地搂抱着，甜甜地睡去。

睡前，秀儿还说："你买的香胰子太好了，我从来都没有觉得，还有比今晚怎么开心过的事情！"她说的，倒是实话。因为她用香胰子还是第一次，因为她已经模模糊糊地意识到，自己未来的儿子，一定都在各人身体之中孕育起来了。但她隐隐约约还有些担忧，千万别像自己屋里的妈那样，尽生女儿。不过她并不怎么很担心，看看蛮子健壮的身子，儿子女儿都会有的！再说，自己还年轻呢，有的是精力，有的是时间！

蛮子懒懒地说："快睡吧，我困啦！"说完，他就眯起眼睛，假装睡了。他心里充满了各种各样的欲望，甚至还是贪婪、下流和无耻的欲望。因为在最后一回儿，他闭上眼睛，就开始想象被他压在身下的，并不是秀儿，而是那位妖娆的少奶奶。因为他闻到了香气，因为他觉得只有这样，自己才更加兴奋。而更加兴奋就意味着儿子会早日来临！不过，蛮子也觉得自己很自私，更玷污了人家良家妇女。这是不应该的肮脏想法，再想要儿子，也不能拿人家那位妖娆的少奶奶的表象，来当婆娘的肉体。他又觉得，这样既对不起那位妖娆的少奶奶，更对不起婆娘秀儿了。因为自己不过是颗星宿儿，而人家秀儿，却是月亮！

蛮子觉得各人自己的确很荒唐，发誓以后再不想那位妖娆的少奶奶了。他就开始盘算，将来那些钱能够派些啥用场。他甚至于都不晓得，一个人拿那么多钱来干啥用才好呢？他就在心里骂各人自己贱！没钱时，想钱。有钱了，自己还不晓得怎么开销了。他心想：钱多一定会压死人的。

"贱皮子呢！"蛮子轻声细语地各人自己这么骂了一句。

秀儿迷迷糊糊地问："说啥子呢，你？"

蛮子说："我说，我也是坏人，更是贱皮子！"他努力不去想别的女人。然而，快要睡着之前，蛮子还是又想起了那位妖娆的少奶奶。他本来觉得秀儿就是天下最漂亮的女人了，怎么可能还有比秀儿更漂亮的女人呢？这天下不公平，蛮子心想：绝对的不公平。村长家的二少爷刘正盈，就经常把"天下为公"的口号挂在嘴边，还说那是孙文，即孙中山先生说过的话。而中山先生又是他和大哥刘正丰最为佩服的一个伟人。

只不过，蛮子心想：正是因为天下还有不公平，比如地权，所以才喊出"平均地权"，才喊出"天下为公"的口号。如果天下都平等了，再提"天下为公"就没有了现实意义。而希望天下都平等，这也可能仅仅只是一个欲望或者奢望而已。但愿自己想要一个儿子的愿望，不会只是奢望！

不久，蛮子就睡着了。他仿佛在充满各种各样欲望的森林之中，逐渐迷失了方向。

追　问

朝晨，天还刚麻麻儿亮，自家的红尾大公鸡就喔喔喔地啼叫个不停。蛮子就被婆娘秀儿摇醒。他翻个身儿，狂眉狂眼望着她。起初，蛮子还以为刘家凼附近又在开仗，有了啥新的战事呢。或者就是，秀儿又想再来一盘儿了。这个婆娘，想儿子都快想疯了么？

婆娘秀儿阴起一张脸，一边穿衣，一边数落蛮子。她说道："宁可正而不足，不可邪而有余。我跟你讲，昨天都想问你的，看你兴致那么高，也没好意思问你，主要是怕扫你的兴。现在我来问你，你哪来的钱买香胰子、洋布那些金贵东西？莫干傻事儿哟。善事可做，恶事莫为。穷，也要穷得伸抖（方言。这里指清楚、明白），不要偷鸡摸狗，干些没脸皮的事儿呵！你不要脸，我还要！你不晓得口水都会淹死人吗？墙有缝，壁有耳，好事不出门，恶事传千里呢。"

蛮子的脸红了，身上发热，摸摸光头，喃喃地说："是卖了鸡嘛……"

秀儿的脸越发沉下来，说道："少啰唆，我还不晓得两只老母鸡值几文烂钱呵，又不是天鹅，也不是凤凰。快点儿老实说！善有善报，恶有恶报，不是不报，日子未到。你要老实交代了，兴许，我还能给你想个法子来弥补一下。你也别哄老子，说那些钱是你捡的！"她今天不像是在开玩笑的样子。因为她的脸盘子，就跟冰冷的月亮，差不了多少。

蛮子嘴硬，他说："就是卖了鸡嘛……"

蛮子还要想赖，他不想秀儿晓得，是因为怕她担心。很快，蛮子就被婆娘秀儿一爪扯了耳朵，唉哟哟直叫唤了，只觉得耳根发烫。蛮子心想：迟早都会被秀儿发现的，想不到来得怎么快性。

秀儿一边揪蛮子的耳朵，一边还狠狠地说："为人莫做亏心事，半夜敲门心不惊。你从来没得怎大方，就说明心里有鬼。快些说，钱从哪里来的……偷的？还是抢的！人到公门正好修，留些阴德在后头。你还想要儿子不？想要就得好生坦白！"

蛮子看来瞒是瞒不住了，就在婆娘秀儿耳边，轻言轻语把事情的经过原原本本说了出来。婆娘目瞪口呆地耐着性子听下去，两只手把蛮子的手臂揪得生疼。听完了，秀儿细声细气地说："是真的？我们有钱不再受穷了？再不佃刘叔叔家的田啦？还可以把田地赎回来吗？"她很泼烦东家那双骚兮兮的眼睛。还有就是，当她听黄妈昨天说的那些话之后，不管是真相还是传说，不管是假象还是事实，总之，她已经打定主意，要对村长刘鸿鸣敬而远之。更何况，她还怕各人自己年纪轻轻就染怪病死掉了呢。再说，死并不一定可怕，万一真是惹了一身的脏病在身，那样的死，即便在阴间，她怎么还有脸面去见自己的父亲查三爷啊？

蛮子得意地说："还哄你？不信你各人自己穿起衣服到猪圈儿里去看嘛。"

秀儿这样说："不信。我不信。"心里却希望真有这回子事儿！

蛮子大声说道："真的不哄你，我起誓嘛。你各人自己去翻出来看……再不信就算啦。"

秀儿连忙捂蛮子的嘴，她说："信，信，信，我相信！黄河尚有澄清日，岂可人无得运时。万万小心点儿，太吓人啦。以后啷个办？别个主人家找起来，怕是要命的事情！这下啷个办才好啊？你说，你快说！"秀儿这么说着，还真是有些心慌暴躁的了。

蛮子说："哪个办？凉拌！我心里也没得底底儿，整天提心吊胆的，也没敢跟你说。找起来？我鼻子脸上又没写字，怕啥子！一不偷，二没抢，三不反对革命党，就是现在的国民党。你不说，我不说，天知，地知，没有哪个鬼晓得。东西也要少动，我们要装穷，躲过不是祸，是祸躲不脱！"他声音压得很低，只在喉咙里打转转儿。他还真想：为啥一件好事，却像祸事儿了呢？

秀儿笑道："我又不是外人！哪个出去说嘛。要装，是要装，还要装像一点儿呵，装得越像越好……只不过呢，有时还是用些呵。"

蛮子说："我之所以没跟你讲，是怕惹你担心。一直紧倒去'得兴'当东西，又怕人起疑心呢。"停了停，他又说道，"又没得哪个来拦我们，用点儿怕啥子？硬是只有别个来抢我们，就是可以的么？再说，丢宝物的人，日子一定过得舒舒服服的，他还怕蚀这点儿小财吗？"蛮子心里面就想起被抢的半柜子大米和腊肉来，他说："要是非常重要的话，他会不小心保管吗？"

秀儿小声说道："蚀财的人好着急呵。毕竟不是小数目。唉，不过呢，祸兮福之所倚，福兮祸之所伏。"

蛮子说："这些钱财，对他们来说的话，简直就是大腿上面的一根毫毛而已，他们随便走进一个大户人家，掳去的东西，也比这些值钱得多！着急？这个你又不懂了。兴许，他还不是抢人家的！一准儿是三师打过来那回儿，从马上掉下来的。哪个让他们抄小路走呢？坡又陡，又是些难走的路。对了，当时他们还停下来找了一会儿。找个屁啊找！鸡公叫，鸭公叫，各人找到自己要！哪个捡到，这是上天安排的，反正我不偷不抢！"

两人就睡在床上说闲话，又沉默了许久。

之后，婆娘总觉得有人在偷听，就将铺盖拉上来，捂着头。两人又在铺盖窝里继续说话。这是蛮子先说："都不晓得是哪位大官丢下的。师长？还是团长？你猜猜看呢。"

秀儿笑道："先到为君，后到为臣。谁人不爱子孙贤，谁人不爱千钟粟。管他妈的。我们又没去抢人钱财，未必你还想还他？人无横财不富，马无夜草不肥。其实他都搞不清楚怎么蚀的财。算你命大，福大，造化大！村里哪个人捡到了，都是不会交出来的。交出来，只怕自己找官司吃！听说老幺不是也捡到东西啦，交给哪个了？近水楼台先得月，向阳花木早逢春。还是嘛，捡到的东西就是自己的，总不是拿刀，拿枪，谋财害命得来的不义之财。有了这些钱财之后，你我也应该知足了。粮田万顷，日食一升；大厦千间，夜眠八尺。如果有个儿子，我这一辈子，啥都不想了。不求金玉重重贵，但愿儿孙个个贤。我们本本分分过日子。"

蛮子说："我也是这么想的。只不过，不是一个儿子，而是四五个，起码三个，四个才好要！你常常对我说，得宠思辱，居安思危。只要有几个儿子，一两个女儿，我啥子都满足了。不过呢，说到地保老幺嘛，虽说是我拜过把子的兄弟，但是不好说他。反正，他总是神神秘秘的样子。你还是少同他打得火热！"

秀儿笑道："你吃醋了？你同黄妈嘻哈打笑，我哪个没有说一句闲话呢？己所不欲，勿施于人。"

蛮子也笑，他说："我是怕你今后，得意忘形，说漏了嘴！"

秀儿收住笑容，说道："这还差不多。"

蛮子说："你以为我心里没有你，只有地保老幺吗？"

地保老幺同蛮子，不仅从光屁股起就在一道玩耍，还是拜把子兄弟，也算是老朋友了。只是老幺爹妈死得早，留下一点儿家产，逐渐养成好吃懒做的恶习。十几年前，十七八岁上下，他还到重庆城里去干过惊天动地的大事情：攻打朝天观。不过，几年之后，他又回到刘家凼，也成了家，倒也老实些了。没有想到几年之后，从易家沟儿嫁过来的老婆，却跟人跑了。老幺也无后人，也不想再找婆娘，说是被女人整寒心了。于是，他成天逛窑子，设赌局耍。因为没有后人，所以至今还是光棍一条。而蛮子成家以后，就很少同他打交道，也很少同他深交来往。只是每天春天，蛮子要租地保老幺的耕牛犁田。然而蛮子并不讨厌老幺，因为他听村长二儿子刘正盈说过，地保老幺还参加过什么保路同志会，也许是嗨了袍哥，反正在重庆城一度吃香得很。蛮子甚至听见二少爷刘正盈还说，别看老幺现在是地保，又养着一大群牛，可是穷得叮当响，当然并非都是把钱花在了女人身上，而是他一直都在暗中救济革命党，也许就是以前保路同志会那一批人。

自从一九一九年十月，中华革命党改组为中国国民党之后，因为要重新登记，而他又无脸面见以前那些同志，就一直没有去。因此，他才被逐渐疏远了。村长刘鸿鸣甚至还认为，或许他还是什么实业公司的小股东呢？但也没有人能够彻底搞清楚地保老幺的底细。

当时秀儿就对丈夫说："我会非常小心的！多亏早点儿烧了香！"她停了一停，又说，"就是身边还没有逗起好耍的娃儿。也不晓得上次去拜观音娘娘灵不灵。我担心得很。有了娃儿，又有了钱，我们还图啥子呢，是不是？近来学得乌龟法，得缩头时且缩头。乡下不好过，我们就进城，到你堂妹儿那里去，找点儿小生意做，本钱儿也是有的了。再就是，从涪陵接妈上来住。"秀儿说着，心里免不了又伤心起来。

蛮子说："娃儿会有的，会有的。莫担心嘛。"蛮子又安慰她，"进城的事儿嘛，以后再说。有了钱，哪里不是一样呢？我还想置办一点儿田产呢，像刘叔叔那样，在刘家凼风光一下呢！田地佃给朋友种，租子可以少交就是。别人骑马我骑驴，仔细思量我不如，等我回头看，还有挑脚汉。我们做个比上不足，比下有余的人户才好！我也想过了，等一段时间，接妈上来住，就是你，还晓得回家的路不？你老家涪陵那地方，也倒是稀奇古怪的，一个地名，哪样不可以叫，却偏偏叫'酒店'。我说，我是'酒店'的女婿，别人都笑死毬了！"

秀儿一边摇头，一边细声细气地哭了起来。蛮子劝了许久，秀儿才说："到酒店乡我就认识路了。贫寒休要怨，富贵不须娇。盼明年有没得娃儿，这事儿，就看你屋祖坟埋得好不好了。"她长长出口气，接着又说：

"闷得很！"

蛮子就把铺盖掀开，望着女人的光胴胴傻笑。秀儿给蛮子一巴掌打过去："自己的老婆还打望啊？又不是没看过！"蛮子说："就是没看过。这回儿香！"秀儿就咪咪笑起来，说："来嘛！"

两人云雨之后，秀儿懒洋洋说道："哪天去赶悦来场，买个猪肚子回来吃。感觉捞肠寡肚的！"蛮子笑道："害喜呀？猪肚子怎么吃呵？一股屎尿臭！还是保肋肉好吃些！"秀儿说："笨！把糯米和莲子用水发胀，放在猪肚子里面炖汤喝。时间要炖长一点儿，炖得软溜溜的，猪肚子才好吃。"蛮子说："好！是滋阴的好菜！"秀儿笑道："你晓得个屁！莲子，也就是恋子呵！笨蹉蹉的！"蛮子嘿嘿笑了。

于是两口子穿衣起床，做各人自己该做的事情。

盘　算

蛮子这段时间日子过得匀净，村长刘鸿鸣也晓得了，搬指拇一算，光是蛮子一年到头来收的猪鬃，到收购行去卖了，起码也有几十上百块现大洋的进项，心里就有些不安逸。

有一天，村长刘鸿鸣抽着那只水烟儿筒，给二儿子刘正盈讲了各人自己的苦恼。二儿子就说："老汉儿，你想哪个办他，尽管说。严格来讲，我们还是他的'娘屋家'哩，秀儿要不是在我们家里养了三个月，养得白白胖胖的，他婶婶也不会要她。不会要她的话，那么他蛮子现在还不是光棍一条啊！而且，我家白白养了秀儿三个月，他们现在就应该感恩才对。"

村长刘鸿鸣想了想，就建议二儿子刘正盈去找蛮子商量，要他的猪鬃卖给村长家。这很清楚，村长刘鸿鸣的意思是，由他村长家牵头，再统一收购一些其他人户及地方的猪鬃，山货，一累儿卖给重庆的"古青记"山货行。这样就能够减少些中间环节，也就是说，不给那些中间商留下好处。而对他村长家来说，也就是吃那么一点儿中间差价，一年算下来，也是一项不小的进账，且不薄。村长刘鸿鸣认为，关键的问题是，首先要拿蛮子开刀。别看他平时傻兮兮的，可脾气犟，骨头也硬。"自从娶了秀儿之后，他还有些小聪明了哩！"村长说。

二儿子刘正盈听后，觉得非常为难。他晓得，这并非蛮子在无理取闹，而是父亲心凶，也并不占理。谁收谁不收，收多收少，单卖还是统一卖，成本高还是成本低，那都是别人自己的事情，凭本事找钱吃饭，一无乡规卡死，二又不犯国法，因此各人自己颇感为难。再说，蛮子还是自己大哥拜把子的兄弟啊。当然，还包括有地保老幺。

因此，二少爷刘正盈喃喃地说："想来嘛……这本也是一件合理的事情，而且非常符合吴玉章'组织协社'的理想纲领，哦，就是合作互助。但是，但是……那只是理想，我们这种山旮旯里头的人，怕一时还想不通的。再说来，我也不便和蛮子这些没有智识的人，扯破了脸皮，以免他狗急跳墙。况且，蛮子、老幺两人，同大哥还是拜把子的兄弟。我还怕大哥日后骂我，骂我不给他面子呢！大哥有枪杆子，不像我，只是耍笔杆子的酸秀才，我可惹不起他！"

"没用的东西！"

村长刘鸿鸣说，一边抽着那只水烟儿筒，一边就恨了二儿子一眼，怪他没有他哥哥刘正丰干练："没用的东西！使口不如自走，求人不如求己。你不去？我去。他还佃老子的田种呢。他不干？可以！收回来。他吃屁！兴许婆娘都会跟人跑了去呢，就像老幺那样的下场！"

二少爷刘正盈冷笑了一声，也不知笑谁，他说："这样做，最好！只是不可来硬的。忍一句，息一怒；饶一着，退一步。蛮子很犟，发起猫儿毛脾气来，天王老子都不认得！他和他朋友老幺，不但同我大哥是拜把子兄弟，而且老幺也早就是嗨了袍哥的了。听说十一年前，就是在宣统三年八月十九武昌首义之后，天下震撼；而后重庆起义，农历十月初二日攻打朝天观时，老幺手拿火铳，就走在由石青阳与卢汉臣等人秘密组织的敢死队队伍的最前面。过后嘛，老幺因为奸污了良家妇女，犯了袍哥的忌，本来要'三刀六个眼，自己挖坑自己跳'的，但蜀军政府有人站出来为他求情，传言还是蛮子的叔叔，或者就是石青阳本人，念其是革命功臣，所以就网开一面，只砍了个左手小指头，但是即便如此，也是有条件的，那就是老幺不能在重庆城继续混下去了，所以，他因为有了这样的原因，才重新杀回刘家凼来的。我前次上重庆城办事儿去，晓得了好多事情，没有给你讲，以为大哥都给你来信说过。现在市面上复杂得很，比如，现在的民国，实际上只是各省联盟，既无王朝，又无领袖，更没有实际上的执政党，听说明年或者后年，孙文先生还要改组国民党的。所以，逃难那天，我说这世道儿还得变。因为，按照中山先生的讲法，'文明有善果，也有恶果。'但是，于今的状况却是，'善果被富人享尽，贫民反食恶果，总由少数人把持文明幸福，故成此不平等的世界。'"

二少爷刘正盈缓了一口气，又说："另外，今年八月初，中国共产党中央委员会在杭州西湖举行特别会议，对国共合作的方针和办法做出了正式决定，共产党员以个人身份加入国民党，用这种形式实现国共合作，组成统一战线。我说了这么多，我的意思是，趁现在时局混乱，我们不但要赶快抓钱，还得有人，笼络好人心。第三，还要看国民党、共产党怎么合作，各自怎么走，再考虑加入不加入，还要再考虑加入哪一个党派才好。另外，乡里头的议事会，说了快十年了，一直都没有搞起来，县长都埋怨你拖后腿了。然而这些，都是要人去做的！因此，如果爹爹你自己去说，退一步讲，如果说僵了，我还可以从中调停。虽然我没有跟他拜把子，但大哥跟他们都拜过了。毕竟我和老幺也是兄弟称呼的，将来说不定这些同乡关系，就能派上大用场！蒿草之下，或有兰香；茅茨之屋，或有侯王。说不一定啥时候，我们刘家凼也会出个大人物哩！"

村长刘鸿鸣抽着那只水烟儿筒。他一直皱着眉头，并不言语。听完二儿子的高论之后，他就放声大笑，他说："想不到，你韬光养晦，却比你大哥强多了。耗子生来会打洞，长江后浪推前浪。你这才算是老子的儿！"

二少爷刘正盈正色道："另外还有一件大事情，现在国民党时兴'联俄、联共、扶助农工'，我们就要考虑各人自己的政治成分问题。过犹不及，占个中游就行了。不过呢，这不仅符合你的脾性，而且与我家的实际情况，也是蛮吻合的。你要晓得，我的话，定然有一番大用意的！"

"啥叫……政治成分？"村长刘鸿鸣收住笑容，问儿子。

　　二少爷刘正盈说："我给你打个比方吧，所谓地主，就是有田不各人自己耕作，而将田地租给无田的人耕作之人，'坐分其所获之泰半，谓之租'。所谓自作农，就是土地皆属自有，所谓'耕者有其田'，此辈是也。所谓佃农，此辈无田，租赁它人之田而耕作，占今日农村十之八九。所谓半耕农，老于农耕者，不足以自给，不得不兼营其他行业，为一家温饱之计。所谓不耕佃农，由别人代为缴纳田地押金，转租给别人，反客为主，实际也是地主。所谓雇农，被别人雇佣耕作，以博取区区劳动的酬金，勉强维持生活者，为雇农。"

　　村长刘鸿鸣说："这个不难，我们在自作农和半耕农之间。"

　　二少爷刘正盈故意问他："为啥子这样说呢？"他故意问的目的，就是想看看自己的父亲，到底清醒不清醒。

　　村长刘鸿鸣说："你聪明一时，糊涂一世！你我亲自耕作过没有？耕作过嘛！你前些年也栽过秧，打过谷，村里人哪个不知道，哪个不晓得？我们刘家能够发达起来，还不是我们勤俭持家的结果，抽大烟儿，逛窑子，赌博，这些事儿在我们一家人身上，哪一个沾染过了？就是田地多一点儿嘛，那也是为了帮助他们，比如蛮子婶婶，才逐渐收到我家来的，并无巧取豪夺，估吃霸赊之事。至于'不得不兼营其他行业'，这个……我另有打算，就是想要你去说的关于收购猪鬃的事啊，我们殊途同归，想到一起去了。我们做事儿，要在人前，不落人后啊！"

　　"佩服，姜还是老的辣！"

　　二少爷刘正盈竖起大拇指夸奖他爹。村长刘鸿鸣说："那我就亲自去，探探他的口风再说。好事不在忙上。另外请你也放心，我这一辈子，能够做到这个地位，挣下这份家产，也是小心了又小心的，任何人也得罪不起，正所谓'三十年河东，三十年河西！'说不一定，哪家今后就有出将入相的崽儿，到那时，我搬出曾经给他家的恩惠，他还不对我感激涕零啊！"

　　二少爷刘正盈说："这样做，最好！忍得一时之气，免得百日之忧。万事还是小心为妙啊，前清那些官员，以前作威作福，风光得很的嘛，好多人在革命之后，日子比农民还要难过！"

村长刘鸿鸣说："就是，就是，你终于明白了！不过对地保老幺，你千万也要小心一些！凡人不可貌相，海水不可斗量。"

二少爷刘正盈说："我小心得很！除了拜把子没有顺他，从小长到大，我哪点儿没有依他？只要是不触犯王法，不触犯家规的事儿，我都顺着他的毛毛儿抹。所以，我们现在的关系，还是处得不错的，也包括他蛮子。毕竟他们两个都是大哥的拜把子兄弟啊。"

村长刘鸿鸣说："我并不是指这些事情，而是老幺一见你婆娘，口水就流出来了，一副色迷迷的贱相！黄妈都看不惯他。"

二少爷刘正盈说："老幺没事儿，你老放心！他就是喜欢占点儿小便宜。这是人性的弱点，不是道德问题。否则，他还可能在蜀军政府里当官发财哩！"

村长刘鸿鸣说："我亲眼看见的，就是躲灾那天也是如此，还不说平时没有看见了。你能忍，我还不服气哩！再说，如果没有一个人站出来主持公道的话，刘家凼还不翻天啊！还有……就是你婆娘，对地保老幺那个笑哟，肉麻！你也得管一管了。击石原有火，不击乃无烟！"

二少爷刘正盈说："那是她看老幺像看小丑一样，所以忍不住就笑。我都问过她了。你也是，在这些事情上还放不开吗？我看未必！刚才，你还说得白泡子翻天的，怎么遇到这种小事儿，却又当真了哟？除了我大哥洁身自好，哪有男人不喜欢女人的呢？而且我也除外！"

村长刘鸿鸣不高兴了。他抽着那只水烟儿筒，说道："不是我放不开，平时说笑打闹，嘻哈打笑，也是本县民风。但总得有个尊卑！先说到这里，你防着老幺点儿，最好！否则，不说你的面子，就是我这张老脸，也没有地方搁！人言可畏啊！"

二少爷刘正盈说："流水下滩非有意，白云出岫本无心。那我叫老婆，今后不对老幺笑就是了！"

谈　判

　　一日，淫雨连续下了几天几夜，还没有意思放晴。晌午过后，蛮子穿身儿天蓝棉袄正在屋里坐了烧叶子烟儿，屋里遂漫溢着烟草的芳香。蛮子就在肚子里又考虑起将来的打算。婆娘秀儿穿一身儿半旧的月白棉袄儿，面带笑容，各人自己在缝制用那段大红爱尔兰市布剪裁的新罩衫，准备过年时套在棉袄儿外面穿，喜庆。

　　这时候，村长刘鸿鸣抽着那只水烟儿筒，推门进来，将撑花儿（旧时的油纸雨伞）放在门后，笑嘻嘻跟蛮子他两口子打招呼："两口儿还在忙呵。哟嗬，好巴适的洋布！是比土布好呵！细腻，像女人皮肤样儿！"他一边摸布料，一边用眼角打望着秀儿。秀儿月白色棉袄偏小，紧裹着她的胸部，令他心里痒酥酥的，难受死了。

　　秀儿红了脸，笑道："不忙，不忙！刘叔叔坐！"

　　蛮子说："刘叔叔，请坐！"

　　两口子对刘村长刘鸿鸣热情接待。秀儿还站起身来，为村长让座。因为秀儿曾经在村长家呆了差不多三个月，所以平时不叫他村长，而是叫刘叔叔。既然婆娘秀儿这么叫，蛮子就没有理由不跟着她叫了。何况在刘家凼，凡是姓刘的人家，三四百年前，兴许还是一家人呢！

　　村长刘鸿鸣说："不坐，不坐，不客气，我站会就走……秀儿，你忙各人自己的吧，我跟蛮子兄弟商量点事儿。"他站在那里，环视四周，抽着那只水烟儿筒。在那烟筒上，有一根黄铜做的长长的烟杆儿，翡翠的烟嘴儿。整个水烟儿筒，被他长年把玩着，早已经是锃亮锃亮的了。

　　秀儿微笑着说："刘叔叔好久没来耍，稀客！人也长胖啦！"说完，秀儿继续埋头赶制各人自己的衣服。其实在她心里，还是比较感激村长的。甚至于他比她涪陵的两个伯伯，还要和善一些呢！另外，村长刘鸿鸣抽水烟儿时发出的声响，令她想起那匹大白马儿咻咻的鼻息。

村长刘鸿鸣笑道："你这是反话。就是嘛，不像你们，喝水都要发胖。蛮子兄弟，园坝儿里走走？"

村长刘鸿鸣其实并不胖，晾衣竿儿一样，瘦高个儿，说话没有中气，一张脸惨白。一看就是鸦片烟儿烧的，然而他从来都不承认，而且他还好色，还不是一般的骚！刘家凼漂亮的姑娘儿、媳妇儿，都在他布置的内心的天罗地网中，插翅难逃。有好些人是被他上了手的，但秀儿却从来没有给他一丁点儿机会，开点儿玩笑是可以的，但要动手动脚吃豆腐，占小便宜，秀儿的脸马上就会拉下来，训斥他。因此，村长刘鸿鸣心里还是有些怕秀儿的。可越是这样压抑各人自己的冲动，村长刘鸿鸣就在心里面越想她，越想，心中的欲望的毒蛇就越是逐渐成长，壮大起来，以至于现在看见秀儿，下面的家伙也不争气，慢慢就硬起来了。

村长刘鸿鸣和蛮子两人，各人自己打了一把撑花儿，就在坝子边上两块青石上面蹲好。村长就把自己的打算对蛮子讲了："今天找你，也没有啥子别的大事情，就是，你的猪鬃，我想，由我们刘家统一收购，再去直接卖给'古青记'。这样的话，就能够减少一些中间环节，不给那些中间商留下好处。当然了，我的收购价自然要高一些的，我们相互都有个赚头。钱财如粪土，仁义值千金嘛。怎么能够让你蛮子吃亏呢？是不是？好生想想吧！啊？而且……正盈还说了，这种联合叫、叫啥子东西'组织协社'，想来嘛，也是今后发展的方向了，我们只是先走一步，带个头儿，要敢为人先啊！"

蛮子大吃一惊，心想：如果照村长刘鸿鸣他的想法做了，那么给多给少，还不是他一句话了？以后再反悔，那就是各人不对了。自己还想在老虎嘴巴边拔胡须吗？只怕不要命了！他讷讷地问："这样的啊？刘叔……，我才起步，你得周全才是，刘叔。"

村长刘鸿鸣说道："这不是还在跟你商量嘛！又不是抢你的生意哟。你直接卖给'古青记'，货少，成本就偏高，还得耽误时间，不划算哩。你不直接卖，留给别人利润，也是不划算的。我来做个总，大家都好哩！

而且我本来盘算，把田寡妇佃的那几亩水田也转给你的，主要是怕你忙不过来，再说，秀儿一旦有奶娃娃儿了，你洗尿片都洗不过来的！我没别的意思呵，只是这么打算！"说完，他把个水烟儿吸得咕咚咕咚乱响。

蛮子脸上的笑容没有了，就如同灿烂的艳阳天刹那间布满了乌云。他在肚子里就想：田寡妇那些瘦田，租来也没有啥子大用场。他就对村长刘鸿鸣说道："刘叔，你看我做得正顺手呢，是不是打个让手儿，莫……"

村长刘鸿鸣打断他的话，说道："莫啥子莫？蛮子小兄弟呵，我又没亏你。价钱也好说，甚至更高些，也并没有断你的财路呀！我跟你，还有秀儿，难道不是一家人吗？"

蛮子说："这个……不在乎价不价的，我……"

村长刘鸿鸣说："就是说嘛，乡里乡亲的，还在乎价钱？又不是外人。真算是有点儿损失么，那几亩田地也给你补回来了的，还有不少赚头，又不劳你亲自去卖货，少些麻烦，且又少些盘川呢！"

蛮子说："不行呀，刘叔叔……"

村长刘鸿鸣说："话说白啦，我是看在同你婶婶原来的私人关系不错，才这样大方的。你还不干呀？现在，单打独斗是吃不开的，听说地保老么也在啥子公司入股了。你就当入股那样想，乡里乡亲的，总是为你好嘛，我又不是支瞎子跳崖。我有那么卑鄙吗？我的为人处事，你也是晓得的。就是在本县，我也是刘善人哩！我并没有自吹自擂，自我吹嘘，刘善人是黄妈最先说出来的，简直就是不胫而走，现在大家都晓得了。"

蛮子说："不是我不干，正顺呢……几个老交情……也好趁机走动，见见世面。"他说完，不停地抽着叶子烟儿，更希望秀儿马上出来打圆场才好。

村长刘鸿鸣停了停，心想：真是近水知鱼性，近山识鸟音。他耳边仿佛又响起二儿子刘正盈的话来，他就生怕两人都把话说僵了，不好收拾残局。况且，他还真闹不懂收购、出货的流程和行情，毕竟隔行如隔山。只是他心中嫉妒，才想了这个法子。所以他也是投石问路的意思。

这时，秀儿打了把红色的油纸伞，给村长刘鸿鸣煮了两个醪糟荷包鸡蛋，用碗装了，端出来请他吃。村长刘鸿鸣说："过意不去，实在过意不去！才放下碗筷呢！蛮子兄弟，你真福气呵！秀儿又乖，又听话，你今后要向婆娘看齐哟！"秀儿笑道："没啥子好东西招待刘叔叔！趁热吃吧！"

村长刘鸿鸣也不客气，放下手中的撑花儿，又把那只水烟儿筒递给秀儿拿着。蛮子马上替他打伞。村长刘鸿鸣端了碗，三口两口，很快吃完，又喝完甜醪糟水。秀儿把猪油和红糖放得多，香！煮醪糟荷包鸡蛋，一定要放熬好的化猪油。猪油是用来压鸡蛋腥味儿的。

不多一会儿，秀儿收了碗，把那只水烟儿筒还给村长，返回去继续做各人自己的罩衫。她一边做，一边下细听外面的谈话，一边还在心里感谢涪陵的妈，从小就手把手教各人自己做衣服。先是给两个妹妹做，练手艺，过后她就可以独立缝制了。

过了很久，村长刘鸿鸣舔舔嘴角上的一小粒蛋黄儿，笑了笑，对蛮子说道："也好，我不抢你的生意啦。田寡妇做不动，那三亩四分田，过年后，我还是转给你，乡里乡亲，又不是外人。你不是也想多佃些田嘛！"说完，他在心里就想：饶人不是痴汉儿，痴汉儿不会饶人，再等两三个月，等我弄明白了收购、出货的流程和行情，看你我两个哪个争得赢。你那点儿板眼儿，哼！老子心里头装着的鬼，还没卖完呢，难道，我那么笨，还来买你手上提着的鬼吗？

蛮子也不客气，他说："多谢刘叔叔哟！"村长刘鸿鸣满脸堆着笑容。他一边抽着那只水烟儿筒，一边说道："还说那些这些。老实的，我还忘了给你讲，粮银（田租）涨啦，你可能也听说过了的。过几年还准备一年三征，或者五征呢！"蛮子抽着叶子烟儿，迷茫地问道："好多？"村长刘鸿鸣说：

"一亩二十一个现大洋！"

蛮子听完差点儿原地跳起来："是正税连带附加吗？能不能少些呀，种田本来就薄利。"村长刘鸿鸣正色道："噫，吧吧吧……蛮子，我又没有敲你竹杠。你秤两斤棉花，随便到哪里去访一访，哪点儿都是这个价。过了明年，后年也许还要涨呢……佃不佃由你！又不是我各人自己规定的，大行情就是这样啊，不信你就去问问人家嘛，问黄妈、刘富他们两口子好了。如果你还是不信，就去问地保老幺，问县太爷也行。我这个人没有多少优点，但办起事情来，绝对是公平的！"

蛮子急忙说："佃，佃！"心里就有些急。他在肚子里面就开始骂村长刘鸿鸣："你个屁巴虫！骚鸡公！锤子幺幺的！"他在心里面就心疼起那碗醪糟荷包鸡蛋了，而且秀儿还是打了两个蛋儿哟！然而，蛮子一转念头，又觉得多了几亩田，虽然粮银高了许多，好生操持，年终下来，也许并没亏待各人自己，况且每年至少一担值四五十块现大洋的猪鬃生意他也没有抢去。他心想：如果十担百担呢？过不了多久，老子也盖得起楼房，修得起大院儿！这样想着，他就赶忙谢村长刘鸿鸣，请他一道消夜吃晚饭。

村长刘鸿鸣说："不啦，不啦……二儿媳妇儿正在害病呢，也不晓得哪个搞的，就是怕冷。"蛮子这才忽然想到，是不是各人自己在人情世故上面，犯了严重的错误？他遂赔笑道："刘叔叔，明天我叫秀儿来看我兄弟媳妇儿！"村长刘鸿鸣笑道："不麻烦你们了！"蛮子说："那是应该的。我嘛就不来了，我叫秀儿来！"村长刘鸿鸣听说是秀儿来，心下高兴，他说："那明天就叫秀儿来坐一坐吧！好了，今天我也该走了！替我谢谢秀儿。谢谢她煮的荷包鸡蛋。"蛮子说："刘叔叔，慢走！"他又对着屋里喊，"秀儿，刘叔叔要走了！"秀儿从屋里追出来，说："刘叔叔，消夜才走？"村长刘鸿鸣笑道："不啦！蛮子不喜欢我在这里呢！"秀儿说："哪里话呢？刘叔叔在我家吃饭，那是赏脸！"

"还是秀儿乖，嘴巴甜，又听话！"

村长刘鸿鸣一边说，一边转过身来，又对蛮子说："刚才的话，各人自己好生想一想！啊？我这个一村之长，从来都是把大家当成自家人一样看待的。三百年前，我们的先人也许还在一个铁锅里面舀饭吃哩！"

秀儿和蛮子都说："是是是，刘叔叔再见！"

村长刘鸿鸣抽着那只水烟儿筒。他点点头，心想：若争小可，便失大道。好汉不吃眼前亏，君子斗智不斗勇。用心计较般般错，退步思量事事宽。他就一步一拐走在泥泞的小路上。虽然他心目之中的重要谈判，并没有谈成，但秀儿乖，又煮荷包鸡蛋给他吃，兴许还对他有意思了？村长刘鸿鸣心想：要不然为啥端碗时，他趁机摸了一下秀儿的手，她还继续微笑呢？

礼 信

村长刘鸿鸣来后的第二天，一大清早，秀儿就穿了连夜赶制好的爱尔兰市布大红罩衫，背着小竹篓，提了两只染有红黄色环形花纹的竹篮子，分别装了五十个鸡蛋和两只老母鸡，去看望二少爷刘正盈家的二少奶奶，顺便也有感谢村长刘鸿鸣的意思。

昨晚黑，两口子刚完事儿，秀儿就对蛮子说："再来一盘儿！"她赤裸着身体下床，取一张干净帕儿，把身子揩了一遍，重新又上床来。透过天光，蛮子看见秀儿水汪汪的大眼睛，雪白的乳房，还有健壮有力的大腿。过了一阵儿，蛮子看得神魂颠倒，欲火如焚。完事之后，秀儿十分满意，想到未来的儿子终于快来了，就将蛮子赶下身去，以免影响未来儿子着床、坐胎。她一动不动瘫在床上，脸上露出傻笑，脸红红的，自己都察觉发烫。两人静静地睡了半晌，秀儿说：

"再来一盘儿！"

"格老子，"蛮子不耐烦地说，"睏觉！"

现在，秀儿正从"百寿牌坊"下走过。百寿牌坊建于清乾隆三十一年，即一七五七年，因主梁前后浮雕有一百个不同字体的"寿"字而得名。百寿牌坊全部是用青色鱼子状石灰岩石料构成，结构为四柱三间三层楼阁式。牌坊中间跨度大，走车马，两侧跨度小，过行人。上部有单檐，重檐，歇山顶，戗角起翘，是一座民族形式的"牌楼"巨型石雕。

牌坊上的图案，采用浮雕和透雕相结合的技法，除雕有狮子、龙凤、仙鹤、行云外，还有牡丹、梅花、松石、竹石、宝象花、唐蔓草以及商，周，秦，汉时代的金石图案。仙鹤自古是幸福，长寿，爱情的象征，它与祥云联系在一起，寓"福寿万年"之意。龙，威武严肃，象征男性的坚毅刚强，凤，艳丽多姿，象征女性的美貌温柔。

牌坊四个立柱的八个夹板上各雕有一幅花鸟图：牡丹蝴蝶，芙蓉牡丹，梅花喜鹊，竹梅绶带，春燕桃花，绣球锦鸡，水仙海棠，秋葵玉兰。构图丰满，手法写实，生动逼真，分别寓意富贵无敌，荣华富贵，喜上眉梢，齐眉到老，长春比翼，锦绣前程，金玉满堂，玉堂生魁。

这样一座精美的牌坊，竟起因于一个辛酸的故事：刘李氏，也就是村长刘鸿鸣的太婆婆（本县也叫祖祖），"年二十六亡夫"，"守节三十五载"。刘氏宗族为维护家族秩序，建坊表彰。因此，这类牌坊属于道德牌坊中的"贞节牌坊"。

秀儿带着礼信去看望二少爷刘正盈家的二少奶奶，顺便也感谢村长刘鸿鸣对蛮子的照顾。她正想敲开刘家大院儿的门，只见田寡妇哭着，开门跑了出来，后面还跟着一个三十来岁的女人黄妈，正在说："想开一些，想开一些，找老幺佃，莫来头，莫生气啊。"黄妈见了秀儿，立即就把话止住了，笑着侧身让她进去，返身又把门关上。

黄妈笑道："这么早？昨天把你老公夹紧点儿没有？想不到秀儿打扮出来像朵花儿似的，难怪有不少人打你主意呢！"秀儿毫不示弱，小声在黄妈耳边笑道："人是桩桩，全靠衣裳！你穿好看的衣裳，还不是一样迷人。昨天他把你畬够没有？"黄妈笑着问："他是哪个？"秀儿说："刘富啊，你以为我说刘叔叔唆？"黄妈说："黄泥巴都埋到我的颈子上啦，还有那心思？你才差不多，人又胖了，脸也变白了。蛮子的劲儿恁么大，搞起来才舒服！"秀儿听后，哈哈大笑道：

"好像你和他搞过一样！"

黄妈听后，就捏了秀儿屁股一巴掌，说："骚货！"秀儿笑了。她说："回头我们再摆龙门阵……"就径直走进堂屋。村长刘鸿鸣早就坐在那里抽着那只水烟儿筒了。秀儿"刘叔叔，刘叔叔"叫个不停。

城乡各个家庭，多习惯于祖孙三代同住，更以四世同堂、五世同堂为荣。有血缘关系的同一族姓，多以相近居住。宅院中的正屋由长辈居住，厢房由晚辈居住，如有楼层，则由姑娘居住。正房正中为堂屋，寝室设在堂屋左右。堂屋是会客、宴客，婚礼，家祭和教训子孙的场所，堂屋正中，设有神龛，供"天地君亲师位"牌位，左右分别为"历代昭穆宗祖"，"古今文武圣贤"神主牌；神龛下供长生土地神，称为"家神"。神主牌，多是木刻黑漆、金字，贫寒户则多用红纸黑字或加装裱；富豪之家，不惜千金，精雕细刻。有些家庭的"天地君亲师位"牌位两边有对联，比如"珍珠玛瑙珊瑚现；祀祖福神祯祈祥"。

村长刘鸿鸣一见到秀儿今天的打扮，心里就升起一种原始的冲动。接过鸡蛋篮子时，又摸了摸秀儿的手，虽说有些粗，但心头愉快得很。他心想：画水无风空作浪，绣花虽好不闻香。当初秀儿被蛮子婶婶买到手之后，又放在我家当了几个月的佣人，老子真是瞎了眼，被蛮子婶婶迷惑了心窍，哪个以前没把秀儿收下，做个填房呢？唉，算了算了，许人一物，千金不移。

一阵寒暄后，村长刘鸿鸣叫来黄妈，让她将秀儿送来的两竹篮、一小竹篓礼信拿走。

黄妈出门时，二少爷刘正盈从外面进屋来。黄妈双手提了竹篮对他说："这是蛮子家秀儿，来看望二少奶奶的礼信。"二少爷刘正盈说："他们太客气了！好好，先放厨房里吧。"他走进堂屋给父亲请过安后，回头对秀儿笑道："大嫂这么客气？我蛮子大哥没有来吗？请过来要！"秀儿笑道："一点儿小意思，本来也拿不出手的。就当千里送毫毛，礼轻仁义重。好在刘二哥并不计较！蛮子他在家瞎忙，没空来哩！"二少爷刘正盈也笑道："那是那是。是亲不是亲，非亲却是亲。我们两家哪里还分你我？去叫大哥过来喝酒？"秀儿说："不啦，他忙完活路儿，又去睡回头觉了，也许还在睏觉呢。昨天晚黑也有点儿风寒。这天气不好将就啊！"

"要不，我去看看蛮子？"

村长刘鸿鸣一边说，一边就上前拉秀儿的手。秀儿连忙摆摆双手，说："他算啥子东西？我给他喝过姜汤了，还拿陈艾煮鸡蛋滚过背，现在正发汗呢！不如，我们去看看小宝宝？"

二少爷刘正盈说："好啊！我叫黄妈来引你去看。我还要和爹爹谈点儿事情！"秀儿笑着说道："我各人自己去，又不是找不到路。"村长刘鸿鸣说："秀儿又不是外人，可以可以。"秀儿说："那我进去了？"就退出堂屋，绕过几间房子，来到二少爷刘正盈各人自己的屋前，敲门，听见屋里应了一声，就推门进去，对躺在床上养病的二少奶奶李凤华问长问短。

二少奶奶李凤华，是位二十出头的年青妇人，跟秀儿的年纪差不多。她稍微有些胖，头上裹着白色的毛巾，穿一件红色棉绸袄儿，鹅蛋儿似的脸红润润的，眉毛很粗且黑，高鼻梁，两边有少许雀斑，双唇略显有些厚实，但透露出质朴的本能。她年少时，曾经是本地的小美人儿，在她嫁到刘家后，村里人个个都这么说她漂亮。现在，她正偎在铺盖窝儿里喂婴儿奶水，雪白肥硕的胸乳上有一圈儿暗红色的乳晕，跟着婴儿吸吮的红嫩小嘴儿蠕动。她怀里的婴儿头戴一顶红色镶黑边的细绸棉胎帽，正皱着眉头，闭了眼皮子吃她母亲的奶水。

黄妈正在一盆木炭火上烤着洗净的潮湿尿布，一缕缕水蒸气飘上来，整个屋里遂充满奶香，肥皂味儿和尿的气色，更显得暖融融的。秀儿一直都向往这样的生活，一时又想起涪陵的老家来了。

秀儿看着这一切，满心喜悦，上前问东问西。三个女人一台戏，总有摆不完的家常话。一个民族生生不息的燎原之火，一个民族关于生命诞生的启蒙教育，就是这样传承下来的。

过了很久，见时间不早了，二少奶奶的病也不严重，秀儿说要走。二少奶奶李凤华留也留不住，就叫黄妈包了一大包杂糖给秀儿。秀儿推不掉，谢过之后，接了。黄妈转身拿回秀儿装礼信来的那两只竹篮，一个小竹篓。秀儿接过，将杂糖放入右边的篮子里，心里颇为高兴，背上小竹篓，道别出来，却撞见村长刘鸿鸣。他微笑着对秀儿说："吃了晌午饭再走嘛！"秀儿说："谢谢刘叔叔！蛮子在家没人管，我要赶回去煮饭！"村长刘鸿鸣说："秀儿心灵手巧，哪天给我也缝身儿衣裳？"秀儿说："只要刘叔叔喜欢，看得起我秀儿的手艺，我随时可以做的！随叫随到！刘叔叔，我真的走了，改天再来看你！何况你家还有病人需要经佑呢。"村长刘鸿鸣喃喃地说：

"好吧。……秀儿，我心疼你！"

秀儿说："刘叔叔，我晓得你心痛我。不光是现在，以前，以后都心痛。我真的走了，刘叔叔！"村长刘鸿鸣说："那……好吧。以后我有事儿就找你。"秀儿说："逢山开路，遇水搭桥，扶危救困，贤者多劳。刘叔叔，只要我能办到的，今后随叫随到！正如刘叔叔经常讲的那样，我们是一家人哩！既然是一家人，就不要太客套了。是不？"村长刘鸿鸣感到非常高兴。他说："能办到，能办到！"秀儿微笑着说："刘叔叔，再见！"村长刘鸿鸣使劲抽着那只水烟儿筒，他说："去时终须去，再三留不住。好，慢去，二天来耍！"望着秀儿的背影，村长刘鸿鸣心想：秀儿说可以随叫随到？那就好办了。他觉得这"礼信"，比五十个鸡蛋和两只老母鸡，金贵得多。因为在刘家凼，现在只有秀儿还漂亮一点儿了。其余的女人，老的老，小的小，黄妈已经在自己的手心里，迟早跑不掉。

第二部

1923

民国十二年（1923）四月六日，二军军长杨森统帅旧部及驻鄂北军反攻入重庆。

森于上年七月内出走武汉求助于吴佩孚，佩孚拨驻鄂北军数旅助之，森遂于是年三月，由夔、巫进攻万县。时一军军长但懋辛部队在万县约万余人，闻森率北军至，仓皇退避，不敢迎敌，森乘势进逼，一军尽弃梁、垫、长寿等地。四月三日，直抵江北之张关、铁山坪，一军无斗志，小有抗拒即行退却。五日尽撤江北前故军队，并将嘉陵江浮桥焚毁，由西路退出重庆。六日午前，森偕北军将领赵荣华等整队入城。

七月十三日，师长周西成自江津分兵两路袭重庆。

西成隶石青阳部，原驻江津，突于是月分兵两路猛扑重庆。一由所部毛旅率刘团陈、王各营顺流东下，自南岸铜元局上游登陆，进据铜元局，分令各营下驻海棠溪、玄坛庙、弹子石一带，又分兵下扼木洞，防重庆出兵，由后路抄袭；一由西成自将至铜罐驿渡江，驰至佛图关下一再猛攻，杨部留守军士及北军等竭力抵御之，计不得逞。周师始向马王场退去，至大渡口渡江与毛旅合，日日在南岸以大炮向城轰击，大江横隔，不能飞渡，重庆援师复大至，西成知独力骤难攻下，乃于二十一日夜间，取道鹿角、界石、公平、龙冈等乡退入綦江。其驻木洞者，由风门退入南川。周部占据铜元局凡八日，饱载铜元约四十余万钏而去。

八月二十一日，周部复由南川出据县属东里凉风凹、长生桥，次日即踰南岭山凹，进据南岸铜元局、海棠溪、弹子石等处。

是时，南岸黄葛凹等处，虽有三师九团林翼如、十二团张遂良、独立团孙贤颂等分兵戍守，但非全部，兵力甚薄。先是周部已遣便衣队数十人，各挟手枪潜入南岸伏匿民家，突以一团之众，于二十一日夜间驰至山凹向守兵猛攻，便衣队闻两军接触，亦乘夜在后方鸣枪夹击，三师将领仓皇失措，遂放弃南岸，急退入城。周师仍在南岸海棠溪等处，以大炮击城，城中守备甚严，不能攻克，乃于三十日尽攫铜元局所有，仍向东里退去。

九月四日，周部三至南岸海棠溪等处。

不时以巨炮隔江射击，视前加厉，城中颇受损失。议者以周部不过欲占据铜元局，攫取铜元以济军需，其本志不在夺城，故城内居民颇为镇静。

二十三日，熊部前敌总司令赖星辉率同盟军数万攻入巴县西部，直抵佛图关，日夜猛攻南岸，周师亦分兵渡江来会。

时，一军三军合组同盟军，推前督军熊克武为总司令，赖为前敌总司令。星辉率一军三军各师旅取道璧山，由凉亭关、虎峰山各隘侵入县境，杨部退却。赖部遂夺取高店子要隘，直达沙坪坝，分驻小龙坎、石桥铺一带，派兵攻击佛图关，日夜不息。南岸周师再乘黑夜径渡黄沙溪，梯崖履石，蛇行匍匐，潜至关侧，密图登城，守兵巡夜侦得之，力击乃退。前二军军长刘湘至城，意在调和息战，一军不允，湘亦参加杨军，协谋防御。重庆被困历二十余日，西南两路交通断绝，城中食物价增四五倍，人们惶惧不知所出，其犹未至绝食者，幸江北一路尚通。

十月十六日，杨森、刘湘、邓锡侯、袁祖铭及北军将领赵荣华等退出重庆。

森等为同盟军所困，连日抗战，饷弹俱乏，乃于是日放弃重庆。川、黔军由江北退至梁、万，北军由轮舶东下。同盟军入城后亦以作战日久，疲劳殊甚，咸思憩息，未即出兵追击。时驻城军队，部分复杂，不无骚扰情事，赖总司令委任一军团长鲁瀛为城防司令，瀛执法严峻，人心稍安。

十一月十五日，杨森、邓锡侯、袁祖铭等，自万县反攻入重庆。

森等败退后，同盟军不加追击，退至梁、万，遂得以集众休息。被命四川督军刘存厚时在万县，复助以枪支子弹，于是重整军旅反攻，十一日进据江北。时同盟军意见分歧，各怀观望，无心拒敌，于十四日夜间撤退。十五日，森偕邓锡侯、袁祖铭等入城，逾数日，刘湘、刘存厚亦至。湘被北政府任命为四川善后督办，旋在重庆就职。

——向楚　主编《巴县志·卷二十一·事记》（1923 年）

第四章

元　宵

　　第二年，即民国十二年，岁在癸亥。

　　本县有条件的乡镇，从农历正月到二月还要耍灯舞。灯的种类有龙灯、狮灯、蚌灯等，这是本县人在原籍的彩灯习俗流传至今。此外，还要举行大型庆典活动舞龙，有彩龙、火龙、水龙、脱节龙和和上川龙之分。

　　农历正月十五日，即一九二三年三月二日。早晨，刘家凼上空响起一阵又一阵的鞭炮声，家家户户门前挂好红纸糊成的檐灯。而村长刘鸿鸣家，则挂的是玻璃灯。引起很多村民围观，赞叹。人们说笑着，欢庆这一年一度的元宵佳节。

　　而在蛮子家里，他的笑声，更是逗得婆娘秀儿也跟着大笑起来。这发自内心的欢笑，洋溢在憨厚、质朴的脸上，好像要把积压了许多岁月的欢悦全都一下子表现出来一样！秀儿第二次穿身红色洋布罩衫，显得非常标致！平时，她才舍不得穿这身用爱尔兰市布缝制的大红罩衫呢。

　　在蛮子家里的黄色土墙上，多贴了一幅木版彩印的"麒麟送子图"，画上两边还有一副对联：

> 天上麒麟儿，
>
> 地下状元郎。

　　屋外的鞭炮声霹雳砰砰像炒干胡豆一样炸开了锅，而且还杂有掀天响的锣鼓声，"咚咚，锵锵哧锵锵哧，咚咚咚……"

　　地保老幺，穿了一双圆口的新布鞋，跑进蛮子家里，笑眯眯地说："秀儿，快去给耍龙灯的钱！"说完，照旧跑出去看他的热闹。

　　"锵锵，锵锵哧……锵锵哧锵锵哧锵锵哧……"

　　那帮耍龙灯的班子是走乡串村的。民间传说过年玩龙灯可祈求五谷丰登，避六畜瘟疾。各乡镇码头都有玩龙灯的习俗。于每年农历正月初九日出行。龙灯出行的仪仗，视筹资多少而定，至少也要有四只牌灯。筹资越多越排场，如扎制"水八仙"灯，即八仙人物立于鱼、虾、蟹、蚌、龙、蛟、蛙、龟八灯之上，车车灯，牛灯等随行，走乡串村。龙灯便在鼓乐鞭炮声中起舞弄倩影，四乡尾随而至的人们围而欢之。除玩龙灯之外，民间还有耍狮班，也于春节期间走乡串村，向乡民献技。耍狮班有较高的技巧，尤以"高脚狮子"，即踩高跷舞狮，最引人注目。表演之后，主持者，也就是主人家，除酒肉款待外，还要封红包以资鼓励。但耍狮班又多习惯将此"利实"置于高台或长竿儿之上，有意让"大头笑和尚"逗狮上台，或由"孙猴三"攀竿儿摘取，以惊、险、奇、逗取乐于人，以图喜庆。有时，主人还将红封喜钱挂在长竹竿上，狮子登高用嘴叼下红封。

　　过去，四川民间多在正月初八以后耍狮子耍龙灯，奇怪的是，民间习俗以狮为大，龙灯遇上狮子要回避，实在无法避开时，龙灯要给狮子"挂红"。

　　四川狮子舞多受南方狮子舞的影响，一般称为"耍狮子"。狮子造型为大头，凸额，钩角，身形色彩斑驳，狮头外壳由竹筐扎成，砂纸贴面，绸布作皮。耍狮子需要三人：一人舞狮头，一人舞狮尾，一人扮大头和尚。耍狮人戴上乐哈哈的大头和尚面具，手拿大蒲扇或彩球逗弄狮子，动作滑稽可笑。狮子舞有"文狮"和"武狮"两种，"文狮"着重刻画狮子温驯的神态，如搔痒、舔毛、汀滚、抖毛等动作；"武狮"则表现狮子勇猛的性格，有跳跃、跌扑、登高、腾转、踩球等动作。耍狮子时常有另一人扮小狮子，小狮子随着鼓点起舞，摇头摆尾、翻滚跳跃。狮子舞的动作技巧性高，最精彩的有：狮子上高桌、登高台，即用几张方桌搭成塔，最顶上的一张桌子四脚朝天，狮子盘旋舞耍而上，在最上面的桌脚上玩跳，表演杂技或哑剧，十分惊险。

四川民间的龙灯主要有大龙、彩龙和草龙几种。大龙又名花龙，分成龙头、龙身、龙尾三部分，用竹木、纸绢扎糊成形，再用绸布连结。龙身彩饰，腹中点灯，因此称为龙灯。龙头由善舞者持掌，龙身由若干节组成，一般为单数，一人拿一节，耍龙尾的多为滑稽小丑。在龙首前，有一个拿"元宝"逗龙起舞的人。锣鼓声中，龙灯上下翻舞，或单龙起舞，或二龙抢宝，甚为热烈。彩龙体形小，一般是五至七节，耍时一人舞龙头，其余的每人舞两节。干草扎成的草龙用草绳相连，灵活轻便，不受场地限制。民间习俗中有"草龙为大"的说法，大龙或彩龙遇见草龙要回避，否则就要献礼。

在川东、川南还流行"板凳龙"，即将长板凳的一头扎朵红绸大花作龙头便成，或用竹、木、纸在长板凳上扎糊成龙形，或将长板凳锯成三节以铁环相连，两头安上龙头、龙尾即成。

耍龙灯的习俗，反映了百姓期望风调雨顺、庄稼丰收、生活富足的美好愿望。

玩龙灯从农历正月初九日到正月十五日夜，乡民闹完元宵，烧完龙灯为止。平时走乡串村，或向富户贺年，各码头乡镇间相互拜贺。因而今天是玩龙灯的最后一天了。

刘家凼的村民，都出门打望，看热闹。除了偶遇战事逃难，很少有这么人声鼎沸的时候。即便婚丧嫁娶，也没有这么热闹。虽是同村，除了刘姓人家占多之外，还有黄家、王家等，毕竟不是一家人，总有亲疏之分，所以并不是一遇到婚丧嫁娶，全村人都要聚合在一起的。

离蛮子家不远的地坝上，黑压压围了一圈人。人们喧嚣着，人头攒动。圈子当间，那班穿着五彩花色的精状汉子，把一条大红色的纸龙玩得飞转。

村子里，耍狮子，车车灯，打连厢的，正在村长刘鸿鸣家门前的大道上玩得热火朝天。村长刘鸿鸣则点燃两串一千响的鞭炮，在门口迎接，仿佛枪子永远打不进他家一样。——每遇战事的时候，他都要写张"革命军属"的条幅贴在门上，并在院里放些食物和现大洋，因此多少能够起到消灾的作用。再说，家里除了家具摆设，也无多少现钱。而那些当兵的，甚至于当官的，也不晓得刘家是哪一部分的军属，官有多大，因此既然收了孝敬部队的东西，也不便进一步骚扰了。

秀儿上次逃难，故意留下一大块鸦片在屋子里，也就是跟村长刘鸿鸣家学的。

此时，鞭炮声，欢笑声，呼喊声，鼓掌声汇聚在一起，整个村庄热闹得很，人声鼎沸。

不久，蛮子拉了婆娘秀儿挤进圈去。

有人喊："来了，来了！快给钱！"

地保老幺就用手中的叶子烟儿，点烧了一串五百响的鞭炮。蛮子将红纸包递给婆娘。秀儿笑眯眯双手交给班头："辛苦啦！我都盼了好久，眼都望穿啦！"

班头行个礼，回头大吼一声："起……"

锣鼓声顿时敲得人心打颤，大红色的纸龙也舞得更欢。有人执一竹竿儿，竿长七尺许，竿端用红绸条扎个彩球，名曰："宝。"彩球上下左右引龙而舞，龙头随宝转动，引动龙身翩翩起舞，宛若巨龙抢宝。

"请，当中去，当中去！"班头跟蛮子婆娘秀儿说。

有人也推秀儿："想要娃儿的，中间去站！"

秀儿就红着脸走进去。

不一会儿，纸龙围绕着秀儿舞了一圈，然后，慢慢将龙身缩短。那个跟秀儿开过玩笑的女人黄妈，把男娃儿抱到龙背上骑着，退回人群中，跟刘富站在了一起。大红纸龙驮着那胖嘟嘟，白生生的小崽儿，就又在秀儿面前绕了一周。

班头大喊："麒麟送子来……"

这叫"送灯添丁"。感叹的，称奇的，闹得秀儿满脸绯红，像擦了胭脂的新嫁娘一般。

蛮子看得眼花，心头恍兮惚兮望着婆娘，心满意足地咧开嘴巴傻笑。他心想：婆娘秀儿还出得众吧，打扮出来，人也蛮标致的，并不比那些穿洋绸的"姑娘儿"差多少。原先人们要地保老幺娶她，他还嫌人家秀儿丑，人也长得精瘦呢。蛮子心想：老幺没眼力。"这就是命！"他在心里说，也就异常想要个儿子来了。

这个时候，蛮子还想起了前几天的那些春倌说的话。

当时，春倌们头戴乌纱帽，身着官服，左手执木刻春牛，右手拿春棒。他们一路爬山涉水，走乡串户。那天，他们就来到刘家凼，也来到蛮子家里，唱了一些吉利的歌谣。说唱完毕，他们将一张红纸印制的检牛图送给了蛮子；蛮子则送了些钱币给检倌，以作报酬。接过蛮子的钱，那春倌聪明，就对蛮子说过早得贵子的话："恭喜！早生贵子，多生贵子！添丁！添丁！"

蛮子当时也很激动，转回去就跟秀儿"再来一盘儿！"

山地村民的元宵节，虽说是穷作乐，但也就这样兴高采烈地涂抹上了十分喜庆的一笔油彩。

入夜，家家户户的檐灯亮起来，整个村庄呈现一派过年的景象。远远望去，刘家凼红了半边天。

布　谷

现在正是春月间，布谷鸟在林间"布谷，布谷，快快布谷"地叫着，和煦阳光的金线，开始在大地上刺绣着春到人间的田园风光。刘家凼一派生机勃勃的景象。

这一天，蛮子向地保老幺租了头水牛，把他向村长刘鸿鸣那里佃来的统共七亩多水田犁过三遍。这天下午，正当他放好犁铧进屋时，看见婆娘秀儿正在屋角那棵桃树下呕吐。两只老母鸡带了一群毛茸茸的小鸡娃儿，在竹林下觅食儿吃，唧啾叫个不停。潮湿的竹林底下，长年生长着曲鳝儿（蚯蚓）、山螺蛳、小蜥蜴、蟋蟀、蚱蜢、螳螂、蜘蛛、毛毛虫等，偶尔还能够看见土碣色的小山蛙，它们都是鸡鸭们的好活食儿。

女人怀崽儿的事情，蛮子已是听得多的了。看见婆娘秀儿狼狈的样子，他心中一阵欢喜，心想：真灵！真灵！他就露出一口黄牙傻笑起来。

蛮子走过去抱住秀儿的腰身，说道："婆娘，你有喜啦？正好正好，菩萨显灵啦！"嘟起嘴巴，就想吃婆娘的香香！

秀儿现在泼烦一切男人，她说："滚开，滚——开！"说完，她把一枝满是花苞儿的桃树丫枝折断，顺手打在蛮子肩上。那带红的花蕾就像三伏天的雪弹子似的，噗噗噗噗滚了一地。

蛮子笑道："莫生气呵，女人不是常说，大肚子怄气的话，生下来的崽儿是'气包卵'，那太吓人啦。我还想你二天，给我生个小地主儿呢！"

秀儿扑哧一声忍不住笑了："龟儿子冲壳子！你才是'气包卵'！"说着，她又是一丫枝打过去，"小地主儿？我看你现在就是癞皮狗儿！"

蛮子又说道："有就有嘛！巴心不得早点儿生出来呢，也好接老子的香火。盼他望他都三年了，他硬是拽得很哩，迟迟不肯投胎来我家，我倒要看看他是一个啥子东西变来的，天兵天将？还是王母娘娘身边的大美人？"

秀儿止住笑，说："我都搞不伸展嘛，最好是儿子。我想要个儿子！"说完，她拉着蛮子的胳膊进了屋。这屋像开了光一样，比以前倒是像样许多。

蛮子说："你睡一会儿觉，其他啥也莫管。心里想要吃啥子了，尽管开腔说，莫让生下来的小崽儿光流口水呵！也别生气，尽想不愉快的事情。成天高高兴兴，和和嗨嗨的嘛！前些天，寸滩、鸳鸯又打仗了，据说是熊克武命令刘伯承从万县上来支援，解重庆之围。北洋兵吴佩孚手下的杨森、刘湘也凶得很呢，就在西侧山一带，跟刘伯承打得河翻水翻的。听说，那些北洋兵，还是从木洞过的长江，到了马岭两河口呢。"

秀儿在床上睡下，虽说很反感这种你打我、我打你的战事，但却压抑不住内心的喜悦，故意正话反说，道："打吧，打吧，最好打到刘家凼来，反正离我们也不远了。我就当过年，听火炮响！不过，果真是有了娃娃儿，那就麻烦啦！看到开春的事情多得要命，还来火上浇油！他不晓得舔肥，就晓得添乱呵，就像那些兵队一样，总是打来打去！"

蛮子给婆娘端了碗热水，说："你也别怕，有我呢！我不麻烦，不麻烦！一点儿都不怕麻烦。我们现在吃点儿苦，将来就好了，你说是不是这个理儿？"

秀儿说："道理是这样。但是，哪个不麻烦嘛，看倒就要栽秧了，哪个去下田？未必去请人栽？那倒好呢，又要送钱出去了。你又不是在铜元局关火的，可以造钱出来！"

蛮子说："我栽就是，不麻烦你，只要你好生将息，生个胖娃娃儿出来，我吃这一点儿苦，也是值得的！何况，这哪里是吃苦呢？这是享受，最幸福了！"

秀儿说："还是请个人栽秧吧！要不然，你累倒了，你又常喊腰杆儿痛。你一倒，我就没靠山啦！"

蛮子吼叫起来："钱多啦！我们又不是挖了金山、银山，抱到金娃娃儿，发了大财！以前我还看见村长一家亲自栽秧，打谷子哩！就是发了大财，老子也要亲自下田。现在找一个袁大头，都是汗水换来的。我还恨不得把一块钱掰开成几瓣儿来花吧！"

月前，蛮子收了满满一担白猪鬃去卖，满心欢喜：一担上等猪鬃，起码值四五十块现大洋的。然而那天，收购行却只给了他一十八个现大洋。他问："为啥子怎么少，比往年一半还少些？"

不料，蛮子却被人家抢白了几句："人家'古青记'收得贱，我还高收呀，不是年年都是一个价。而且，现在战事也多，听说各类物资，都堆在重庆城的朝天门，长寿，涪陵等大码头之上，就是运不走哩。外国人也着急得很，只好干瞪眼！"

蛮子心里奇怪，那"古青记"是重庆城里专营猪鬃、羊皮的山货行，有名得很！近来不知为啥，生意也很难做呢。所以他心烦。

秀儿见蛮子发了火，也不晓得是他在收购行里受了气，觉得各人自己委屈得很，就说："还不是为你好！"说完，她又觉得蛮子已经伤了自己的心了，就差点儿哭出声来。

蛮子说："好了好了，我还能干。不怕，等我将那些东西脱了手，我们就进城去做生意去，好不好？做跷脚老板，你就是老板娘！乡下太苦啦，这日子过不了啦！"

秀儿点点头。想到各人自己远离故乡涪陵，嫁到重庆城近郊乡下，生老病死都怕难有个娘家人照应，免不了心头一酸，恍兮惚兮掉下几颗泪来，流到嘴角里咸喷喷的。她本不想哭的，可怎么也忍不住，她越是想忍住悲伤，心里就越发的酸楚。一听蛮子叫她老板娘，秀儿倒自己先笑了。

蛮子安慰道："你还不高兴？有了小娃儿，笑都笑不赢，还哭？又哭又笑，黄狗澎尿。"

秀儿说："要你管！"

蛮子得意地说："我们以后的日子就是芝麻开花儿节节高了。老子也要做村长那样的人，风光一辈子哩！只要有一个女子晚黑睡在自己身边，只要有两三间大瓦房住，只要有四五个儿子孝敬老子，只要有一百两银子埋在地下不被外人发现，只要有一些散碎银子能够当零花钱用，老子这辈子就能够安居乐业，尽享清福了！"

秀儿说："今后，你就去做村长吧，不要我，也行！反正那个女子也不会是我！"

蛮子说："别说气话了，我还不是为了你，为了这个家啊！明天悦来场逢场，我赶场去，买点儿好东西来给你吃，补补身子。乖，啊，别又哭又笑了，羞死人！"

秀儿想到蛮子对未来的规划，心下却欢喜。她一边揩眼角的泪水，一边说道："那就买桂圆，吃得多了，生的娃儿眼睛又圆又大！万万不能像你，细眉细眼的，难看死啦，就是凶我的时候眼睛大点儿，像二简一样！"

两人就都笑了起来。

很久，秀儿才说："我想睡一会儿了。"

蛮子说："好，你睡！我还去做点儿事情，随便弄些菜回来。老实，猪喂没有？"

秀儿说："中午喂过了，晚黑还差点儿猪草。"

蛮子说："我去打点儿回来。"说完，拿了镰刀和一只简陋的大竹背篓，关门出去。

秀儿在屋里说："早点儿回家！"

蛮子就嗯了一声。

秀儿睡在床上，感到眼皮子沉重，困。隐隐约约听见布谷鸟在林间"布谷，布谷，快快布谷"地叫着，她仿佛看见傍晚的红霞扇动着巨大的翅膀，官道上，看见各人自己父亲查三爷骑马飞驰的身影。秀儿心下高兴，有这样一个风流倜傥的父亲，她觉得各人自己是天底下最最幸福的女儿！不久，查三爷教秀儿念"龙归晚洞云犹湿，麝过春山草木香"。又教秀儿念《梨园按试乐府新声》中的小令《村居》：

　　农家畏日炎天，避暑在黄芦堰，林泉旁，跣足而眠。有忘忧白鹭红鸳，堪怜，斗举香醪，齐歌采莲。悲意忘形，乐矣欣然。瓦缶斟，磁瓯里劝，邻叟相传——除此于飞愿，只此予终愿。更无言，更无言，盏盏乾乾燕，不留涓，不留涓，一饮一个前合后偃。

秀儿睡了，做了梦！她梦见各人自己和好些儿女们在一起念《千字文》："天地元黄，宇宙洪荒……寒来暑往，秋收冬藏……"

躲　避

二天刚好逢场。蛮子就背了小竹篓去悦来场买办东西。这悦来场虽说平时平和安静，但逢二、五、八赶场就热闹非凡。三教九流且多汇集于此。

洋布店，杂货铺，油行，盐栈，小饭馆……外搭临时摊位，人来人往。四乡八里都聚集在一起搞交易，二来也沟通消息。啥熊督军，杨省长啦，闻所未闻。

虽说眼前是兵荒马乱的世道儿，但乡下人各人自己有各人自己的想法，该怎样生活，还是怎样生活，再改朝换代，他们还是农民或村民，即便像村长刘鸿鸣那样的破落地主，即便像二少奶奶李凤华那样漂亮的年轻太太，他们走在重庆城朝天门码头，走在巴县衙门的大街之上，城里人一眼就能够打望出他们的"农伙儿"相。

村民们，一日一日，一月一月，一年一年，并不以改朝换代变换各人自己的思想和行为方式。但是要说不变，也是不确切的，秀儿不是也喜欢爱尔兰市布缝制的大红罩衫吗？然而即使变，也只是在原先的超稳定思想的深潭里，融合一些变革的新东西的露水而已，时间一晃，又融合进去，看不见了。这足以看出变革步伐之艰难和封建思想之根深蒂固。比如，秀儿的目标就是想快些养个儿子出来，而蛮子的理想就是想快些成为村长刘鸿鸣第二。

小街上面，人来人往，熙熙攘攘。

地保老幺，站在街边正在搞摆赌摊，押宝赢钱的骗局。他的主顾多是些搞起好耍的青少年男娃儿，赌注也不大，几吊几元都行。

本县的娱乐游戏，旧为烟赌。《巴县志·卷五·礼俗·风俗》曰："今人尝言：咸、同以前之人嗜酒，光绪时代之人嗜烟，清末民初之交嗜赌，然从前烟盛而赌衰，晚近赌兴而烟不替（不减）。"而赌博的种类，"旧数七红，继有花牌，变而十四"——就是现在的川牌，戳牌及"幺地人"——只是打法及计算"翻"的方法不同罢了。自从外国人进入本县，传入扑克牌，这些都属于"叶子戏"，即玩纸牌。

川牌，也叫戳牌，或者撮牌，一种类似麻将打法的中国乡土扑克，只不过每个花色的牌不是四张，而是五张；碰牌与麻将相同，吃牌则必须先期使手中的两张花色的牌点数相加等于十四，看见两张牌中有任意一张花色的牌出来，如果想吃，才能吃得起。当然这也是大致的游戏规则。

川牌在西南地区十分流行，特别在四川及重庆境内，更是家喻户晓，人人能玩。川牌的历史比扑克早得多，据民间传说，是三国时期的蜀中丞相诸葛亮发明，至今已有近二千年历史。形如条状，本县人称此牌为"长牌""揲叶子"，大致是高十四点五厘米，宽三点五厘米左右，牌面由红、黑圆点儿或文字组成。花式川牌则在牌中间，印上图案。传统川牌一般用牛皮纸浸泡桐油制成，每张川牌的称谓，是由牌面一端的点数多少及颜色来确定的。

川牌在四川以及有四川人聚居的地方相当的流行，这是完完全全的地方"扑克"。而所谓"幺地人"，即幺四（五点），地牌（两点），人牌（八点），只不过是用川牌赌博时，可以计算一番而已。如果杠了，就是两番。如果再杠（五张牌相同），就是三番。因为在川牌之中，只有这三种牌是全红的点数，其余都是全黑或红黑相间的点数。

再一种本县的娱乐游戏，就是"骰子"，俗称色子。徐珂《清稗类钞》云："相传为魏曹植所造，本止有二，谓之投子，质用玉石，故又谓之曰明琼，所谓投琼者是也。唐时加至六，改以骨制，始有骰子之名。"现俗名骨牌，则尚牌九。以上这些赌法，其最流行者莫如雀牌（麻将），"士夫妇孺，下至舆台，皆习为之"。其他如博弈（围棋）、象棋、六子棋以消遣为娱乐者，又不一而足。

现在，地保老幺他各人自己当庄家，将骰子扣在一杯一盘内，身当门面前还铺着一张纸，画有跟骰子上相应的图案，共六种，即：鱼，虾，蟹，蛇，龙，凤。当他看见有人转拢上来时，捧起杯盘在半空中摇得哗哗乱响，嘴里还不停吆喝道：

"押押押，红鱼儿虾虾儿随你押……来呀，来呀！押到哪个都有钱拿……"

有三四个人都摸出钱来押在各人自己认为包赢的图案上。其中一人是老幺的袍哥兄弟伙儿，一来是当媒子，二来是给老幺扎起，如果打架割裂，也好暗中帮忙。而另外有三四个兄弟，则在不远处聊天摆龙门阵，其实心思也留意在赌局之上。当然，这些人事后都有分成的。

地保老幺喊叫："快押快押……还有没得人押？没得就……开啦……开啦！"他朝兄弟伙挤挤眼。

在众人屏息注视中，地保老幺轻轻揭开杯底，露出盘子上面停止滚动的骰子。他身边就响起一阵狂喜中多半是懊丧的叫嚷声。

地保老幺说："虾虾儿赢了！我赔！钱拿走。"就从荷包里摸出一块现大洋给那人，然后他嘴里还在喊，"快来押呀！小龙，大龙输给我了呵。"说完，老幺拿走了两元伍。

输钱的两个垂头丧气，一个要走。

地保老幺就把杯盘一扣，说："莫来头！好汉不赢头一盘儿。头盘输，二盘赢嘛！舍得宝来宝找宝，舍得珍珠换玛瑙！"

更多的人就又蹲下去押宝。蛮子觉得好笑。这东西老幺是庄家，他当然是包赢不输的！而且垫背的人越多越好！蛮子想：只有憨瓜傻包儿才上他的当呢！他就去买办各人自己需要的东西，一问价格：食盐每斤180文，猪肉每斤540文，食糖每斤200文，菜油每斤500文……

其实，老幺早就打望见蛮子了，只是不好意思出声。他见蛮子很知趣，并没上来抵黄，心想：够朋友，是拜把子的兄弟伙。今后有事好说好商量！不像那个田寡妇，想租田耕种，找到悦来场上来说，烦不烦？当时，地保老幺就对田寡妇说，"好好好，就佃给你，现在我忙，你回去吧，说定了，佃给你。耳朵也还聋得很！我说，佃——给——你！"田寡妇终于听清楚了，这才高高兴兴往回走。

到了己未午初时分，天空下起密集的毛毛细雨来。整个悦来场上烟雨蒙蒙。

烟雨蒙蒙的场上的住户人家，就有穿蓑戴笠的，出来购买外乡人的罢脚贱货，贪点儿小便宜。蛮子毫不提防这场说大不大，说小不小的春雨，只得躲在"得兴号"羊掌柜屋檐下避雨。屋檐水滴答滴答乱响，如白麻绳一样挂满了整条街的两边，打在青石板砌成的道路上，啪啪作响，更打痛了躲雨人的心，不晓得这场春雨到底还要下多长时间。当铺很少有人出入门前，躲雨的人就比较多，羊掌柜也不生气撵走人，各人自己低头在一把铜算盘上，有模有样打他那本敲过好几百遍的流水账，仿佛不这样做，就没有收入一样。

有些人一边躲避风雨，一边就在屋檐下闲聊吹牛，天南海北，张飞杀岳飞，七嘴八舌，罗里啰唆，到最后，他们又谈到了一件令蛮子非常关切的事情：

"晓得不，去年三师打过来，有个团长在这一带丢了宝物啦！"

"啥子宝物？哪边人马丢的？"

"搞不伸展，也弄不懂。反正是个团长，也可能是团副。我想是杨森的队伍。"

"总是金银财宝嘛！"

"又不是他的！反正是民脂民膏！"

"不是他的是哪个的，你的？开黄腔哟！你啷个就说别人的东西就是刮的民脂民膏呢？人家是祖传的家当也说不定呵！"

"听说放出风声来，一定得找到。"

"找屁呀，啥子东西恁值钱？他各人自己还在落难呢！兴许已被打死了咯！"

"他要想得到值钱的东西，还困难呀。到处去拿一点儿，比那些东西还值钱！"

"可能是稀奇八怪的宝贝儿东西。几千上万两的银票也说不定的。"

这时，躲避风雨的蛮子，终于打了个寒颤！心里立即就想到了木匣。

"这年辰，你我哪还有值钱的东西哟，只有大户，村长家藏有宝呵。也许还少得可怜。听说重庆城的窑子里，曾经是大户小姐的也有啊，破落了，好死不如赖活着，又没有求生活的手艺，只好做皮肉生意了。民国还是那样，有钱的依然有钱，要破落的还是要破落，像你我这样身无分文的，依旧喝吹吹稀饭，下咸菜。哪还有值钱的东西哟！"

羊掌柜伸出头来抢白道："你的东西，未必你的东西就没遭抢过？再说，恁么多的税捐，还不是光天化日活抢人啦！再说，现在哪里还有人不想发横财哟！对不对，小老弟儿？"

蛮子听了，差点儿吓得背过气去，两只脚杆也不晓得是雨水打湿了，冷，还是因为心虚，竟发起抖来。他站在那里，走也不是，听也不是，幸好没人注意他那副模样。不然还真要露了马脚。他一再担心的事情终于发生。他的小心，装穷，就是为了躲避众人的眼目啊！他的美梦，发财的美梦，改变自己命运的美梦，难道注定不能梦想成真吗？

先　生

一顿饭的时辰过去了，天空略微开始放晴，但是依然有些毛毛雨洒落下来，因此悦来场上仍旧弥漫了水雾。街道上坑坑洼洼的凹地里，积了许多雨水。屋檐水也渐渐小了，嗒嗒地滴在青石上。

天空还是在飞舞着毛毛雨，但跟大雾也差不了多少。蛮子觉得肚子有点儿饿，心里面也慌得很，就钻进上次喝酒的小馆子去，要了两碗麻辣担担面，头也不抬，呼呼地顺下去，方才觉得稳住了心，坐在那里大口喘气，眼前就浮现出宝匣里的珠宝首饰的表象，恨不得统统吃到肚子里，然后，远离战事，逃得远远的，逃到天边去，去做一个与世隔绝的逍遥闲人。秀儿曾经给蛮子讲过自己父亲查三爷的一些逸闻趣事儿，还有父亲的"祸兮福之所倚，福兮祸之所伏"的口头禅。有时候蛮子就想：各人自己那从来未曾谋面，也不可能见上一面的老丈人，是何等通达与潇洒呵。只可惜，这种与世无争的老好人，不是太少，就是命不长！

蛮子又开始想秀儿了，就准备离开。

"老弟，来一卦。祸兮福之所倚，福兮祸之所伏！"

蛮子正在想心事儿，不觉骇了一大跳。他回头看一看，这才发觉，自己上次看见的那位算卦先生，年纪四五十岁上下，生得面容古怪，且两鬓胡须丛生，已经拿了个幌子，上写"巴县娄半仙相命"，又坐在各人自己身旁的长凳上了。蛮子就将小竹篓拉近，夹在两腿中间。

还没等蛮子开腔说话，那算卦先生娄半仙早伸过头来，压低声音说道："老弟，有接香火的了。婆娘有喜，是不是？你不承认不要紧的，但我保证：我各人自己没有算错的。"

蛮子眨眨眼睛，望着他。

蛮子心想：我还没有作声呢，他就算得恁么准。看来，自己是得好生请他算一卦了！但蛮子也注意到，在最近一年半载前，还真是没见过他呢！

那算卦先生娄半仙，好像也猜透了蛮子的心思，就用左手把胸脯拍得山响，说道："老弟有喜也有灾呀，而且是大灾！信不信由你，破灾只听我一句话，替你指点指点。说准了，你才掏钱给我；如果说不准，我分文不取，算我打胡乱说。你还可以随时燥我的皮，把我从场上撵走！"

蛮子将信将疑，懦弱地说道："那你……说说看。"

算命这东西，信不信都由人。但是蛮子他却信，遂在肚子里面盘算，不能不信呵！何况连各人自己婆娘有喜，算卦先生他都说准了。况且，现在而今眼目下，是要逢凶化吉，保木匣要紧，保小命儿更要紧呵！保小命儿，宝匣才能物尽其用。保木匣，自己才能够把田地赎回。而只有把田地赎回来，他家的生活才有保障，儿子才能好好长成，不再受穷，不再受苦受难，毕竟收购猪鬃利润也少得可怜了，而且人家村长还虎视眈眈呢！

蛮子想到这里，就对算卦先生点点头，安心听他怎么讲。只不过，蛮子在肚子里面又想：有话在先，说得准，才给钱；说不准，屁股一拍，走人！蛮子甚至还认为，如果先生说准了，蚀财免灾，就当又被那位大脚女人讹诈去了一只银簪子的钱那么想。

算卦先生娄半仙也很知趣，马上猜到眼前这位动了心，就摸了摸山羊胡儿。他说："报一下生辰八字。要报伸抖呵，报不准我就说不准哟。"

蛮子说："戊子年农历六月二十八。"

算卦先生问："还有呢？"

蛮子抠了抠脑壳，说："不晓得。我爹妈死得早，他们没有告诉过我。"

算卦先生娄半仙就伸出左手，屈指一算，瞪大两眼，大叫三声："啊呀啊呀啊呀！"他这一叫，倒把蛮子吓得要死。众人也回头来打望。

蛮子失声问道："你，快点儿讲呵，我嘟个样了？"

算卦先生平息下来。他说："今年满三十五？"

蛮子着急了。他说："对头。"

那算卦先生也不理他，摇摇头，酸溜溜念出一首诗来：

> 三为生气五为死，
> 胜在三合衰在五，
> 能识游三避五时，
> 造化真机需记取。

蛮子被他搞得莫名其妙，云里雾里，外搭他先前那三声怪叫，满脸就热一阵儿，冷一阵儿，心头就紧一阵儿，松一阵儿。蛮子一副苦瓜相，嘴里不住地催算卦先生，要他再说清楚一些，各人自己也好明白："吓人哟，给老子要说清楚哟！"

算卦先生沉思片刻，说："天道不远，三五反复，知三避五，巍然独处。三为生，故游三也，五为害气，故避五也。三为威，五为武，盛于三衰于五，匹马只轮无有返期。"

蛮子实在搞不伸展算卦先生说了些啥，心就慌得很，忐忑不安道："嘟个样儿嘛。大灾？还是小灾？啊，问你？快说！"

算卦先生娄半仙又默了一会儿，拉住蛮子的手腕，小声说道："良药苦口利于病，忠言逆耳利于行。说白了，今年你有大灾。跟我看的相一样！要是骗你，天打五雷轰！"

蛮子说："有解没得？你莫吓人呵！我堂客刚怀上小娃儿，我如果出了啥子事儿，她嘟个办嘛。先生，大爷，救命恩人，你一定要给我想想法子！"这样说，他语气都带哭腔的了。

算卦先生说："收人钱财，替人消灾。你先不忙，莫慌！再甩一卦看看。"说完，他就从缝狗牙纹的布袋里，半天摸出块乳白色的鹅卵石，两面翻一翻。蛮子看到石上两边都有黑漆涂成的圆点儿：一面是一点儿，另外一面有两点儿。

算卦先生将那块乳白色的鹅卵石递给了蛮子，他说："甩六次，随便点儿！"

蛮子只能按照算卦先生娄半仙所说，两手颤抖着接过那块扁鹅卵石，十分虔诚地就在空桌上丢了六下。每丢一次，桌面上嘣嘣隆隆直响，逗得众人都围拢过来打望，看稀奇把戏儿了！

蒙　卦

算卦先生娄半仙等蛮子将那块扁鹅卵石，在空桌上丢了六次，他就在心中默记了六次，然后，一本正经说道："有了有了，坎下艮上，是'蒙'卦！"说完，他就翻起两只杏眼望着屋梁，想一想，半天才张开那吃八方的贫嘴，说道："山下有险，初六发蒙，有官司吃，九二包蒙，子克家，六三勿用娶女，六四困蒙，六五童蒙，上九击蒙。不利为寇，利御寇，下上顺也。"

蛮子沉着脸，瓜兮兮地听算卦先生讲。他觉得要是秀儿眼下在各人身边就好了，最起码各人自己不会听得云里雾里的。算卦先生的话，他自己是一点儿都搞不懂的。蛮子也晓得他婆娘识一点儿字，而各人自己却是大老粗一个，斗大的字，认不了几箩筐的，有时就觉得还是读书人好。地保老幺虽说也没有念过私塾，但不晓得是嗨了袍哥的原因还是别的，最近一两年，有时也居然抱一本书开始读了。蛮子曾经在肚子里面是骂过地保老幺的："龟儿，乌龟打屁，冲壳子。装神弄鬼的，难道你还要考秀才，举人，进士，当驸马爷？"

算卦先生娄半仙继续说道："其他也不说那么多，先给你整个卦辞，拿回家去，有事儿找读书人请教。"说着，从布袋里摸出一张红纸，上面印有"蒙"卦全部卦、彖、象辞。算卦先生又说："现在只谈谈'子克家'。前面说过，你婆娘有喜，必生一子。但他生来命大，福大，造化大，克家！克家克哪个？克一家之主嘛！你今年又逢五，五者武也，有官司吃，有刀光剑影，免不了的，命中注定！"说完，他吞了口水，仍然望着屋梁，看那些挂着的黑黢黢一吊吊的扬尘在微风中摇摆着肮脏的灵魂。

蛮子听算卦先生解释一讲，脚肚子竟然转起筋来，手也有些发抖。他心想：各人自己遭了殃，哪木匣里面的宝物还有屁用啊？于是他问道："有解没得哟？先生！"

算卦先生斩钉截铁地回答："破财免灾，两个大洋！"

"恁贵？"

众人纷纷七嘴八舌议论起来。声浪就将屋梁上的扬尘振掉一缕下来，刚好坠到桌面上。算卦先生噗的一声，轻快地将它吹在地上，像是要吹去一些烦恼一样。他说："贵？因为我算得准！我这人就是怪，三天不开张，开张吃三天！这就叫作，有本事！"

蛮子在心头默了默，说道："解法，解法呢？你不跟我讲清楚，我的灾还是免不了个嘛。害得我今年都不好过，还连累堂客和儿子！"

算卦先生说："少安毋躁，少安毋躁，肯定要讲的。不讲，你今年，我说了也不怕你生气，过了生日都过不了明年正月初一，团不成年，吃不上汤圆粑粑的。人生一世，草生一春啊！"说完，他像消耗了自己的精力一样，就闭眼养起神来。

众人也听得个个出了神。你望望我，我望望你，没敢开腔。有些人就点点头，在肚子里面各人自己就想：真神！活神仙！赛诸葛！

有几个人马上捅蛮子的腰杆儿，暗示他掏钱。

蛮子从人人缝儿里，看见在莲华寺里遇见的那位妖娆的少奶奶，正从青石路上走过：她撑了一把红色油纸伞，身穿一件玉月色绸缎缝制的对襟礼服，高耸着双乳，面若三月桃花红艳，在阳光下面宛若亭亭玉立的一支荷花，煞是迷人。

蛮子就在心里想象，各人自己野蛮而愉快地吸吮着婆娘秀儿的双乳、肚脐，刚要靠近那毛茸茸、潮漉漉的地方，又怕秀儿不愿意，就停住了。没有想到秀儿用手拉住头发，将他往下按。蛮子兴奋异常，还没将各人自己那硬梆梆的家伙拿进去，就弄得秀儿满嘴里哼哼着，略带哭腔的倒吸气了。秀儿又说"痒，痒，痒"。蛮子就弯着腰板儿，照直朝她两腿间毛蓬蓬的地方下面杵进去。于是，两人拼命地扭动，俯仰着身体。秀儿迎合了他。很快，随着蛮子身体上下躁动，他就感到各人自己像酒醉一样快活了，呼吸急促，大口喘气，脚也有些抽筋。儿子，儿子，儿子！喧嚣的声音仿佛汇聚成这个词儿，直往他脑袋里钻。蛮子迷迷糊糊，恍兮惚兮坐在凳子上，一句话都不说了。

算卦先生提醒他说："兄弟！我的卦钱？"

蛮子醒豁过来，费力巴沙从裤子荷包里面摸出个旧布包，又小心翼翼从里面用手指夹出两块现大洋来，一块，一块排放在桌子上。他心下就想：龟儿子，这要收好几斤猪鬃才赚得回来呵！

算卦先生娄半仙的大手在桌上一抹，就收了钱，但他微微显出这区区小钱，不足挂齿的意味儿。算卦先生说道："知音说与知音听，不是知音莫与弹。耳朵伸过来，其他人莫听呵！听了就要烂耳朵的哟！"

蛮子光脑壳上的招风耳就杵过去，贴在胡子巴叉的嘴上。蛮子闻着强烈的蒜味来了。

但，还是有人也尖起耳朵偷听到了他俩的对话。

娄半仙似笑非笑地小声说道："解法是这样子的，端午节那天，你买一只还没开叫的仔公鸡，用油布包好，上下五圈儿，左右五圈，绑结实了。要用红绸子呵！天近午时，拿到大河去甩了。那一路上看见断手缺脚，瞎子跛子，见一个，每人给一块钱，你老弟就会逢凶化吉。大难不死必有后福呀！虽说破点儿财，看你这鼻梁梗儿，生得宽，好！家里也不缺财宝的哟。"

蛮子也跟着压低声音，他询问："准不？"

算卦先生用更低沉的声音说道："包打碳圆不散！"

有人用鸭清似的声音嘲笑道："哦，原来是鸡公替他遭殃呀！"

众人也笑了，很开心。

蛮子满脸通红，说："你不信他，我信嘛，你们笑个屁渣！笑豁皮打烂仗呵！你们也有背时的时候，看得到的嘛！一个人不可能永远顺风顺水，也没有一个人永远受苦受难，这些都是天意！"

有人埋怨道："这民国都成立十二年了，你我还不是一样穷，吃了上顿愁下顿，哪里有财宝呀！况且，听说杨森不是又要打回来了吗？有好多人户不是又要遭殃了吗？"说完，他端碗把寡酒呷了一口。他并不吃下酒菜。这叫喝"单碗儿"。

另外有人说："你不关心时世，四月六日，二军军长杨森，已经统率旧部及驻鄂北军反攻进入重庆城了。"

算卦先生说："看你们这样关心政治，我来给你们念一段简报好了！"

众人笑了，都说好！

算卦先生清清喉咙，开始念简报：

"'杨森于上年七月内出走武汉求助于吴佩孚，吴佩孚拨驻鄂北军数旅助之，杨森遂于是年三月，由夔、巫进攻万县。当时，一军军长但懋辛部队在万县约万余人，闻杨森率北军至，仓皇退避，不敢迎敌，杨森乘势进逼，一军尽弃梁山，垫江，长寿等地。四月三日，直抵江北县张关铁山坪，一军无斗志，只有一些小的抗拒即行退却。五日全部撤走江北前敌军队，并将嘉陵江浮桥焚毁，由西路退出重庆城。六日午前，杨森偕北军将领赵荣华等整队入城。'"

念完，那算卦先生将简报叠起来，收好，又说道："这个简报可是我的宝贝儿啊，要不然，老子傻兮兮就跑到战火中心里去了。各人自己当了炮灰儿，都不晓得是怎么一回事儿！"

大家都觉得他说得有理。

有人就问："听别人讲，政府已经宣布时局主张及民族、民权、民生政策了？应该不会再打仗了！"

先生道："对头，是元旦那天宣布的。不打仗？不打才怪呢！一月底，原川军杨森部下的旅长何金鳌，受熊克武策动，联合第一军长但懋辛，边防司令赖心辉，反抗第七师长陈国栋。陈国栋联合邓锡侯攻重庆之但懋辛。二月初，四川战事扩大，川军总司令兼第三军军长刘成勋，第一军熊克武、但懋辛，边防军赖心辉及石青阳助何金鳌，刘存厚系之第三师师长邓锡侯及陈国栋战败，自重庆北退，田颂尧、刘斌、陈洪范、唐廷牧助之。何金鳌不久又与陈国栋联合；同时，吴佩孚派第八师师长王汝勤为援川总司令，第十八师长卢金山，第十八混成旅长赵荣华为副司令，川军第二军长兼第十六师长杨森攻川东，令袁祖铭由贵州攻川南，陕甘军攻川北，谋武力平川。"

那人听得仔细，也没有答话，只是端起碗来，把寡酒呷了一口。

先生继续说道："而且，宜昌之杨森军奉吴佩孚令向川东进发，助邓锡侯。不久，第十八师卢金山部会同川军杨森进攻巫山。陈国栋、邓锡侯等军返成都东部。熊克武、刘成勋、赖心辉援军抵成都，邓锡侯、陈国栋等北退广汉、绵阳、梓潼、德阳。杨森、卢金山，以及鄂军宋大霈占领万县。川军第一军但懋辛部杨春芳、范绍曾倒戈，第二混成旅团长刘伯承退梁山。三月中旬，唐继虞率滇军占领贵阳，以刘显世为贵州省长，袁祖铭部退镇远。唐继尧旋命继虞进向四川，援刘成勋、熊克武、但懋辛等，以抗吴佩孚之势力。十七日，四川邓锡侯、田颂尧、陈国栋败熊克武、刘成勋、赖心辉于梓潼黑虎岩，占领梓潼。二十日，邓锡侯等占领绵阳、罗江。二十六日，杨森军占梁山，但懋辛之第一军退重庆。"

那人说："不管怎么打来打去的，反正我们小老百姓，看不见财宝！"说完，他又端碗把寡酒呷了一口。那烈酒，就像一把尖刀一样，顺着他的喉咙，直插下去了。

算卦先生娄半仙，屁股离开了板凳，慢条斯理说道："财宝嘛，有生来的，有捡来的。"说完，他还用手拍拍蛮子的后背。

又有人问："捡都捡得到，那么，你还来算啥子命呢？你直接把财宝算出来，就像捡狗屎那样，弯腰捡一下就是了嘛。你何必风餐露宿，风里来雨里去，还出来算啥子命呢？"

蛮子一听"财宝"二字，心就又有些慌起来了。

他赶紧背起小竹篓走出门去。他想到算卦先生为各人自己指明了破财免灾的路子，心情又像是轻松了许多。他嘴里咕哝道："有后福？"

蛮子心想：先生说得对！只要能躲过今年，那宝匣不就是今后老子发财的本钱了么？不过，他啷个晓得我家里不缺财宝呢？而且还说财宝有捡来的？蛮子觉得奇怪，恨各人自己出手大方了一点儿，不该给他两块现大洋的卦钱。还全都是袁大脑壳儿呢。婆娘秀儿要是晓得了，还不揪脱各人自己的两个大耳朵呀！也是，好几斤黑猪鬃呵。

"笨，笨！"蛮子他开始后悔了，低头走各人自己的路。他自言自语道："莫要阴沟里翻了船呵！秀儿总是说，祸兮福之所倚，福兮祸之所伏。捡来的毕竟是捡来的！"他心头就有点儿啥预感，就像有只猫抓了各人自己一下，心中一阵绞痛，又大口喘了气，觉得身上一股潮热涌出来，不觉吓出一身臭汗来。

第五章

端　午

　　这一天，蛮子等人正在大田里扯稗子，薅秧吼禾籁。禾籁俗称"秧歌"，但巴人从古至今，都把"秧歌"称为禾籁，颇具古风。禾籁，就是秧林里的歌声。一人领唱，众人和唱帮腔。现在，由蛮子领唱，众人正在和唱帮腔的，正是禾籁曲儿《稗子朗》：

　　领：稗子哟朗来哟嗬，

　　和：哟嗬儿，

　　领：哟哟嗬，稗子咦个朗哟，

　　和：哟嗬吨嗬嘿咗，哟嗬吨嗬嘿咗，

　　领：你在田头哟嗬，

　　和：哟嗬儿，

　　领：哟嗬，很占咦个强哟，

　　和：哟嗬吨嗬嘿咗，哟嗬吨嗬嘿咗，

　　领：一爪哟扯你哟嗬，

和：哟嗬儿，

领：哟嗬咦干坎咦个上哟，

和：哟嗬吔嗬嘿咗，哟嗬吔嗬嘿咗，

领：秧子哟转青哟嗬嘿，吔……

和：吔……

合：你翻黄！

和：吔嗬喂，吆嗬吔哟嗬，禾籁吔嘿嗬！

　　禾籁、川江号子、连萧、龙船调等，都是一人领唱、众人和唱的巴人歌唱形式。时至今日，在劳作和休闲时，都还有人自娱自乐地唱它们。

　　两天之后，即端午节这一天早晨，天还没有大亮，蛮子和婆娘秀儿都起得早，准备到马岭两河口去看划龙舟。蛮子心下更有两层意思，一就是去大河丢灾，二是为到那里的"聚兴诚"行庄（分号）去，可以兑换些现大洋回来。他怕老是在悦来场"得兴"羊掌柜那里去，典当久了，叫人起疑心呢。再说，他更不敢在悦来场上兑换支票了。蛮子发觉现在正是风头儿上，哪还敢粗心大意呢？

　　蛮子看见婆娘秀儿的肚子虽说是腆出来了，但手脚还算麻利。她正在用陈艾扎制草人。蛮子则用红绸布条和黄油布，包一只早先买回来的没开叫的大红仔公鸡。

　　蛮子打趣道："老幺同我们一起去，说好的，搭个伙儿。"停了停，他又对大红仔公鸡说："老子把你丢在大河里，今后就万事大吉啦！"说完拿起纸包，他又在手里掂了一掂。

　　那只鸡公好像听懂他的话了，就在包里躁动起来，喉咙里面发出含混的叫声。

　　秀儿听蛮子说地保老幺也要跟着去，心里不太高兴。她说："老幺啷个还没来？他去干啥子，各人自己不晓得去呀？又不是没有长脚！"

　　蛮子说："他瞌睡大。近来他手头宽裕，常去逛窑子，耍'姑娘儿'，马岭两河口也常去。我心想，他也就是想和我们打个伴儿，又不碍事儿的。人多，总有个照应哩，现在这世道儿，不太平啊！"

秀儿白了他一眼："'姑娘儿'，你羡慕了啊？"

蛮子笑道："我羡慕他做啥子嘛。你又不是不晓得，我同他要得好。以前他屋老汉儿和堂客都管不了他，现在跟你我一道走走，又有啥子关系嘛。有人说他嗨了袍哥，去马岭两河口吃得开。我们也盼有个保护呢。养兵千日，用兵一时嘛。何况还是拜把子兄弟。"

秀儿觉得也有道理，就不再啰唆了。等了一会儿，她说："包好没得？你信他算卦先生瞎吹一气，把活的都说成死的了。我就要看看，看看他灵不灵。要真灵，二天遇见他，我就跟他磕两个响头也行！"

蛮子笑道："你给我磕就是。"

两人正在天一句，地一句的说话，地保老幺推门进来。看上去他今天格外高兴。老幺说："秀儿，你跟哪个磕头？还想拜一次堂啊？下次就和我呵！"

秀儿说："屁话！不关你的事儿！"说完，她走过去，在门枋上将手里的陈艾草人连同一把细长的菖蒲挂起，看一看，觉得满意。她又继续说道："中午请客哟，幺哥！"

地保老幺笑道："包啦，包啦，莫来头。全包在我身上好了！秀儿还很少吃到我老幺的东西呢，是不是，蛮子？你不准吃醋，否则中午没有你的份儿！"

蛮子笑了笑，也不答话，怕老幺看见了那包东西，就转身放进小竹背篓里。他在心里面，很泼烦老幺爱跟各人自己女人嘻哈打笑的样子！但他对秀儿还是比较放心的，就是烦老幺爱逗秀儿玩儿。

地保老幺又说："去马岭两河口最气派的馆子'临江仙'那里坐坐，还有戏听。那些'姑娘儿'呀！个个像天仙，皮肤白，奶子翘！"说完，他头脑里遂显现出众多雪白奶子的表象。

秀儿说："都是土包子，还想开洋荤！"她刚说完，各人自己也笑了。她进厨房端出粽子，盐鸭蛋和烫稀饭。"幺哥，随便吃点儿吧，粗茶淡饭，也没有啥子好东西招待你。这回子去马岭两河口耍，你要照顾好我们啊！来来来，吃粽子。"

蛮子说："莫客气呵！"

地保老幺说："好，随便吃点儿，我早就肚皮贴背脊梁了！为啥子今天叫端午？秀儿！"

秀儿说："有人说是纪念屈原，其实不然，跟端午差不多的节日，屈原还没生下来就已经有了，可能还早于夏商周三代呢！我屋老汉儿就说过，在道教中还叫地腊节。他还说，可能是为了纪念汉朝时候的列女曹娥。但是我爹爹也认为，古时候把农历五月五日称为恶日，总是跟生病有关，所以要插菖蒲，烧艾叶、苍术、白芷，捣大蒜，喝雄黄水酒。"

地保老幺说："早晓得你这么有学问么，老子当初就要你了，也轮不到蛮子现在吃醋！"

蛮子和秀儿几乎同时说："各人自己爬哟！"

蛮子又说："都快点儿吃哟，等会儿抢不到鸭子了。你不是喜欢抢吗？连女人都敢去抢！"

地保老幺说："我在重庆城是抢过女人，但拜把子兄弟的女人，我还真不敢抢。我还得为人哩！"

秀儿说："知事少时烦恼少，识人多处是非多。幺哥心虚了！蛮子刚才是说，连女人都敢去抢鸭子！"

地保老幺说："你两口子，穿连裆裤，算计老子！我对抢鸭子已经没有兴趣了。"

三人一边说笑着，一边站立着吃了一些东西之后，才锁好大门，急忙上路。

蛮子所说的抢鸭子，流行于四川、重庆等西南大部分地区。端午节这天，善游泳者自发地会聚于附近的河边，进行抢鸭子比赛。

每年农历五月初五，为我国传统的端午节。秀儿的解释，也有一定道理。

端午节，亦称端午、端五、重午、端阳、蒲节、天长节、解粽节、女儿节、女娲节、娃娃儿节、五月节、诗人节、龙船节、粽包节等。这天，古人又有以兰草汤沐浴的习俗，所以又叫浴兰节。道教又称此日为地腊节。唐宋时，也称此日午时为天中节。

周处《风土记》云："仲夏端午，烹鹜角黍。"鹜，就是指鸭子。黍，这里指粽子。《风俗通义》记载："以五彩丝系臂，辟兵及鬼，令人不病温。"《广义》云："五月五日，用朱砂酺（音如须。意指酒）避邪毒，各以余酒染指、额、胸、手、足，保无虫蝎（蜈蚣。这里泛指一切虫害），又以洒墙壁，门窗，以远毒蛇。"《岁时记》曰："五日采艾悬门、户，竞采杂药。"又云："俗谓是屈原死汨罗日，伤其死所，并命将舟楫以拯之。"现今的端午，每户人家饮雄黄酒，兼洒蒜汁，食粽子、盐蛋，剪彩缝制小胡孙（小猴子）和香囊，悬小孩儿肩臂上，"朱砂酺、角黍、烹鹜，彩丝系臂之遗意也。悬艾于门，取郊外百草煎汤澡身，曰避毒。龙舟竞渡，《岁时记》之遗也。"

斑　鸠

农历五月的早晨，松林里的风很凉快。薄雾银色的霓裳羽衣，朦朦胧胧地覆盖在群山身上。蜿蜒山路的曲线，早有隐约赶路的人们点缀其间了。时隐时现的，还有行路人模糊不清的谈话声，它们跟随风声的行走，滑行在凹凸不平的林间。晨风吹拂着松针滴露的短发，在一阵阵风声的口哨中夹杂了沙沙作响的婆娑的松涛。

斑鸠，喜鹊，鹧鸪，黄鹂鸟，秧鸡，黄鸟，鸲鹆（俗称八哥），竹鸡，啄木鸟，春梦鹊，黄豆雀，贵贵阳（子规）等鸟雀在山谷林间嬉戏。

斑鸠，即鸣鸠，《毛诗·草木疏》云："项有绣花文斑然，故曰斑鸠。"喜鹊，古名乾鹊，《西京杂记》陆贾曰："乾鹊噪，则行人至。"鹧鸪，《异物志》云："鹧鸪，形似雌鸡。"《岭表录异》云："鹧鸪，臆前有白圆点，背间紫赤毛，其大如小野鸡，多夜啼。"竹鸡，《本草纲目》云："多居竹林，形如鹧鸪而小，褐色多斑，赤足，好啼，善斗。"并有农谚云："家有竹鸡啼，白蚁化为泥。"——指竹鸡好食白蚁。逼急，则将头藏匿草间，俗语说，做事情顾头不顾尾，就是竹鸡的样子。黄豆雀，《本草纲目》云："燕人谓之巧妇，江东谓之桃虫，壮如黄雀而小，声如吹嘘，喙如利锥，取毛苇毛毳为巢，大如鸡卵，而系之以麻发，至为精密，悬于树上，或一房、二房，故曰巢林不过一枝，每食不过数粒也。"子规，《本草纲目》云："杜鹃出蜀中，状如雀鹞，而色惨黑，春暮即鸣，夜啼达旦，至夏尤甚，昼夜不止。"《金川锁记》称阳雀，"常自呼'贵贵阳'。食虫蠹，不能为巢，居他巢生子，至冬则蛰。"这里"不能为巢，居他巢生子"，也就是对成语"鸠占鹊巢"的解读。

鸟雀们齐鸣合奏出来自远古基因本能的天籁之音。

地保老幺嘴里哼着"莲花落"："走一步，又一步，不觉来到松林坡……"他走在最前面。

秀儿居中，蛮子背了小竹篓殿后。

约莫走了二十几里山路时，他们每个人身上都略微发了些汗，裤脚都被露水打湿。

秀儿埋怨老幺走得太快："又不是吃了慌鸡屎！"她说要想歇一歇。于是三人就又走过一段青㭴林，翻过山坡，在一块大青石上坐好歇息。两个男人都从荷包里摸出洋火儿，擦燃，烧起叶子烟儿来。看见男人们津津有味的样子，秀儿很羡慕，就一把拖过蛮子的烟杆儿，滋滋吃了两口，又还给他。川东男人吃叶子烟儿十分讲究，有一段文字说得形象，讲得精彩，即，吃叶子烟儿嘛，一要裹得松，二要烟杆儿通，三要点明火，四要抽得凶。这顺口溜将吸叶子烟儿的工艺流程形容得准而又确。

早晨的太阳，慢慢从东边山脉中升起来，红红的，挂在天际。薄雾依恋在青山的裙脚，但高处的，却开始渐渐散去了。远处，可以隐隐约约打望到马岭两河口泛光的河流了。这里的人都把长江叫着"大河"。

马岭是三面环水、一面依江的半岛地形。太洪江的出口与长江干流交汇后，在东北角的太洪岗形成"小朝天门"之景。太洪江又名御临河，发源于四川省大竹县西北华蓥山北段云雾山，从大竹县西南入邻水县境，称为西河；至邻水县子中乡西落滩横切铜锣山，流入重庆市长寿区秤砣场，经江北县汇与太洪江，蜿蜒铁山与白岩山脉之间，于现在的江北区五宝镇新三村太洪岗注入长江。传说：明朝建文帝出逃后，公元一四〇五年曾隐居江北县龙藏寺（渝北区统景镇）和驿龙庙（江北区五宝镇），公元一四〇九年在邻水县幺滩会晤避难旧臣，后遂名御临河。建文帝为啥逃难到太洪江，太洪江又怎么遂名御临河呢？民间有这样一个故事。

建文帝即朱允炆，是明太祖朱元璋的长子朱标太子的儿子。朱标英年早逝（死于公元一三九二年），朱元璋按照嫡长子继承的原则，把长孙朱允炆立为皇储。明洪武三十一年（公元一三九八年）朱元璋病逝，朱允炆即位，以次年为建文元年（公元一三九九年）。

建文帝即位后，那些分封于边疆及内地的藩王们，根本不把这个年轻的侄皇帝放在眼里，他们个个拥兵自重。建文帝时时感受到有着皇叔身份的藩王们的威胁，不得不与亲信大臣兵部侍郎齐泰、太常卿黄子澄、翰林院侍讲方孝孺等商量削夺藩王的权力。藩王们当然不会坐以待毙，势力最大的燕王朱棣率先发难。

朱棣，明太祖朱元璋第四子，初封燕王，镇守北平。建文元年七月，朱棣借口"朝无正臣，内有奸逆，必举兵诛讨，以清君侧之恶"为由，在他的封地起兵，自称"靖难"，以声讨齐泰、黄子澄为名，矛头直指建文帝。

这场史称"靖难之役"的战争，一打就是四年。朱棣于建文四年（公元一四〇二年六月）破京师（江苏南京），烧皇宫，杀方孝孺等人，夺取帝位，史称永乐皇帝。在他统治下，明王朝不仅完成了从南京迁都北京（永乐十九年，即公元一四二一年）的浩大工程，更开创了一段辉煌的"永乐盛世"。而那场曾经改变历史的大火，也在史家的笔端，浓缩成了"帝自焚"这样一行简单的记载。

靖难之役，正史记载建文皇帝自焚而亡，但之后又有史书记载他并没有死，而是通过皇宫的秘密地道逃跑了，此事成为历史上一大疑案。

据《明史纪事本末》记载：建文皇帝得知南京金川门失守，长吁短叹，想自杀以谢国人。翰林院编修程济说，不如出走流亡。少监王钺跪在地上提醒皇上，高皇帝升天之前，留下一个宝匣，并且交代说，如有大难，可以打开。

众人一起赶到奉先殿左侧，打开这个红色宝匣，但见里面有度牒三张，分别写着"应文""应能""应贤"，里面还有袈裟、僧帽、僧鞋、剃刀，以及银元宝十锭。第一张"应文"度牒写着："应文从鬼门出，其余人等从水关御沟而行，薄暮时分在神乐观的西房会合。"

程济立即为建文帝剃去头发，换上袈裟、僧帽、僧鞋。御史杨应能、监察御史叶希贤等说，臣名能、名贤，无疑就是"应能、应贤"，也剃度改装随从前往鬼门，当时在殿上的五六十人痛哭流涕，都表示要随从流亡。

建文帝说，这么多人一起行动，势必引起怀疑，决定由九人陪他前往鬼门。杨应能、叶希贤等十三人随后赶来，通过宫中地道去神乐观乘船至太平门，一行二十二人开始了流亡生涯。清人有诗寄此事：

正是围城四面攻，
如何地道远能通。
不知飞燕来何事，
却说潜龙去此中。

诗中飞燕指的是燕王"朱棣"，潜龙指的是"建文皇帝"。

民间传说，建文帝与杨应能、叶希贤、程济等通过皇宫的秘密地道逃出来后，商议先去巴蜀、云贵等原大夏国所在地，以利东山再起。几经辗转后，于一四〇五年乘船至长江太洪岗处（今江北区五宝镇新三村界），突遇官军搜查，建文帝一行人，慌忙将船驶入太洪江的河道内，官军船队紧追不放。建文帝令船继续逆水而上，行至一沱湾处（今江北区五宝镇大树村十六社界），只见前面一条峡谷，两岸峭壁林木参天，峡谷右岸峭壁中有一瀑布顺壁而下汇与峡谷洪水急流中声势夺人，众人忙将船划入深谷中躲避。等官军船队追到沱湾时，那怒吼着冲出峡谷的洪水，已在沱湾中形成了巨大的漩涡，大有吞没船队之势，追兵被迫退回。

建文帝等人躲过追兵后，见天色已晚，就在沱湾附近上岸住下。第二天清晨，建文帝站在峡谷岸边远观此处幽谷云雾缭绕，翠竹果树顺山蜿蜒，峡中江流鱼翔浅底，景象犹如世外桃园。面江水，见自己一席袈裟，面容枯槁，颜色憔悴，身心疲惫，又患上痢疾，因害怕被发现，又不敢出山觅食、求医，狼狈到了极点。他心想，还不如就在此处先归隐下来，逐步召集旧部起事。即命老臣李景贤等人在此建庙，其余随行人等将携带的刀箭隐藏于沱中，建文帝化名赤脚僧住庙"出家"。

后来听到明成祖朱棣（永乐皇帝）派遣户科都事胡仲，以寻访仙人张邋遢（张三丰）为名，到西南暗中侦查建文帝踪迹的消息，特别是官府在五宝镇新三村地界又设置巡检司，加强对御临河流域的巡查后，便感到危机时时迫近，决定遁迹深山，并常住渝北统景寺庙。

此后几十年，建文帝奔走于邻水、大竹、重庆、云贵、广西之间，寻找其旧臣杜景贤，还口述流亡的经过，由程济笔录，写成《从亡传》，建文帝亲笔写了序言，命程济藏于山岩中。其中最著名的一首诗就是：

流落西南四十秋，

萧萧白发已盈头。

乾坤有恨家何在？

江汉无情水自流。

长乐宫中云气散，

朝元阁上雨声收。

新蒲细柳年年绿，

野老吞声哭未休。

人们常说，诗言志。从这些诗中，不难体味到一位流亡皇帝的心灵呼声。到明朝英宗帝正统五年（公元一四三〇年），关于建文帝的下落已经不再忌讳，事实的真相逐渐明朗。人们为记载建文帝驻足之荣幸，将西河、太洪江遂名为御临河，隐藏刀箭兵器的沱湾更名为箭沱湾，建文帝避难的寺庙取名为驿龙庙（江北五宝）、龙藏寺（渝北统景）、龙隐寺（邻水幺滩）。

至清朝乾隆皇帝，册封建文帝谥号为"恭闵惠帝"，建文帝的皇帝地位才完全恢复。在清代湖广填四川的移民到达西河、太洪江流域后，建文帝曾经驻足这一地区的故事已经流传开来。所以，各地县志将这一河流遂命名为御临河，正式记载。

只不过，对于明成祖朱棣推翻建文帝朱允炆，正好可以用一个成语来概括：鸠占鹊巢！

山 歌

秀儿好久没有走过恁么远的山路，觉得很开心，只是有点儿喘，望着遍山遍坡的野蔷薇花儿和栀子花儿，如火如荼，心情异常爽快，于是就放开喉咙唱起山歌来：

> 栀子花儿顺墙栽，
> 摘花姐姐掐花来。
> 大姐掐朵头上戴，
> 二姐掐朵怀内揣。
> 只有三姐良心好，
> 摘朵鲜花等郎来。

刚一等秀儿唱完，地保老幺就在青石上磕去烟锅巴，把烟杆儿往腰里板带上一插，笑嘻嘻地说："蛮子，你婆娘好标致，歌也唱得好。秀儿，要是以前我娶你，你嫁不嫁给我？"

秀儿笑道:"惜花须检点,爱月不梳头。你个背时砍脑壳的,好吃懒做的家伙,我才不干呢。"说完,她回头看看蛮子,十分得意。

蛮子只是笑。因为他有自己的心事儿。

地保老幺说:"我勤快哟,早上担水,夜里种地。"

秀儿严肃道:"爬爬爬,夜里种你婆娘肚脐眼下面那块地吧!担那两挑水,洗猪屁股都不够!"

三人都忍不住笑了。

地保老幺说:"你骂我是猪!"

秀儿笑道:"幺哥,我没怎个说呵。难道你晚黑也洗屁股吗?"

地保老幺说:"我要是有好多钱,你也不干呀?"

秀儿说:"再有钱还不是丢到水里头去了。"

地保老幺奸笑着说道:"哪个叫你们婆娘家生来就是祸水呢!"

秀儿正色道:"呸,呸!你才是祸水。再说啦,一个巴掌拍不响,疏懒人没吃,勤俭粮满仓。好吃懒做,金山也吃没了!"说完,她不觉想起自己在涪陵时,与爹妈在一起的那些欢乐时光,那些曾经的酸楚和疼痛,不免伤心起来。

地保老幺说:"蛮子穷得很,生了崽儿啷个办。我现在有钱呢!"

秀儿说:"黄金未为贵,安乐值钱多。现在没得钱我倒安心,二回儿有了钱就舒服了。君子安贫,达人知命。不像你,有钱就去逛窑子要'小姐'。我和蛮子有了钱,就做小本生意去,一个铜板都不能乱来的!还有就是你喜欢的赌博,早晚就连内裤都输掉了,还不晓得是怎么搞的呢!富贵定要依本分,贫穷不用再思量。有钱无钱,那是天注定的。贤妇令夫贵,恶妇令夫败哩!"

蛮子"嗯嗯"干咳了两声,担心婆娘说漏了嘴儿。于是,他扯起破喉咙也唱了起来。这还是秀儿教给他的涪陵民歌《唱太阳》:

太阳出来照四方,
情妹与我配成双。

情妹跟我洗衣裳，
我跟情妹来同床。

太阳出来红又红，
情妹对我大不同。
情妹草帽拿给我，
好比乌云搭凉棚。

太阳当顶又当朝，
情妹抱着身子摇。
若问情妹摇啥子，
心头好似有火烧。

太阳当头晒，
情妹带信来。
叫我回家去，
床上睡起来。

太阳落土又落黄，
情妹出来收衣裳。
衣裳搭在手腕上，
把到竿竿就望郎。

太阳落土又落岩，
情妹望我早回来。
情妹要我去挑水，
我要情妹去抱柴。

> 钎担两头尖，
>
> 扁担两头长。
>
> 情妹是我妻，
>
> 我是情妹郎。
>
> 咿嗬呀嗬咿，喂……喂！

秀儿因为郁闷，所以她继续说："死生有命，富贵在天。钱个嘛，生不带来，死不带去的东西，多又多得，少又少得。钱多，日子过得舒坦；钱少，未必就不活啦？天下哪有饿死勤快人的？君子爱财，取之有道。黑心子得来的钱财，早晚有报应的。君子乐得做君子，小人枉自做小人！"

地保老幺被说得红了脸。他站起来，伸个懒腰，说道："人为财死，鸟为食亡。反正老子有了钱就要吃，就要喝，就要耍！"他又对蛮子说，"蛮子，你龟儿子好福气！"说完，他也扯起破锣似地大喉咙吼起来：

> 青枫林里青枫山，
>
> 我为情妹鞋跑穿。
>
> 为啥翻山又越岭，
>
> 情妹住在山那边。

老幺一边唱，一边就想起那些如花似玉的"姑娘儿"来了。心里还不满得很，各人自己哪点儿比不过蛮子呢？他硬是搞不伸展，同时也后悔当初没有娶秀儿。他心想：这个婆娘，不光比原先长得好看多了，而且，也不像从前那样傻，那样呆板了。现在，她不仅能说会道，又能做活路儿，栽秧，织布，缝衣服，样样都行。各人自己真是耗子眼光，看寸那么长一点儿呢！咳！老幺想着，就轻轻叹口气。

人就是这样，老觉得握在手里的东西都是不值钱的，而值钱的东西都在人家手中握着。于是乎就产生了妒忌，盗窃，掠夺，残杀，甚至于战争！

蛮子说："歇好气没有？怕响午都赶不到马岭两河口了哟，快走吧！"

龙 舟

马岭两河口是方圆百十里的水码头重镇，逢农历一、四、七赶场。集镇上有布匹，杂货，油，盐，柴，米等店铺，也有满足赶集人的饮食需要的茶坊酒肆。参加集市贸易的人，有本地的农民、地主、大户、商人、驻军，也有外地商贩。逢场主要是衣食等生活用品，农具以及本地土特产的交易，也解决婚丧嫁娶、招租完佃、借贷等问题，尤以本地土特产交易为最。大宗产品交易有桐油、猪鬃、牛羊皮、茶叶、蛋品、矿砂、药材、羊毛、蚕丝、生丝、草帽、头发、柠麻、肠衣、棉花、花生、芝麻、烟叶、木材、杏仁、竹料、鸭毛、兽皮、大米、食盐、夏布、蔗糖、生漆、白蜡等等，专业少，兼业多；小商小贩少，半农半商多。镇上除坐商开设的店铺外，一般还有固定在场头场尾，庙宇空地上的米市，糠市，盐市，柴市，牲畜市，鸡鸭市，菜市等。大凡农村集镇，皆与附近广大农民的生产活动息息相关，场期的淡旺也与农闲农忙有密切的关系。县志云：

　　四月中旬，新丝缫，良麦登，豌豆蚕豆出，油菜干，向之老者、少者、壮者、朴而干者，愚而蠢者、通有无者、托庖代者、探物贾者、为交易者，肩有担，手有提，向桓侯宫市，向关岳庙市，向茶街子市，察院街、司空堤拥挤不通。其三石五石廿余石，另经纪街谈巷议某价若何、若何，本年秋苗若何，某处当若何收，某处可全收，茶坊酒肆，生理一旺。无何，六月长夏悠悠，市人尤稀，向之不市不谈，不相问讯，大不振作如故，市又一空。

今天，正好是农历五月初五日，即一九二三年六月十八日，端午节。

虽不逢场，人却比赶场天还多，显得更加热闹。非时妹崽儿们一个个穿红戴绿，花枝招展，招摇过市，调皮男娃儿们头戴洋墨镜子，手摇纸扇，到处寻找漂亮女人，好去臊皮，惹是生非。男女老少纷纷赶到江边，观者如潮。沿江茶楼，座无虚席。做小买卖的贩子，在人群中钻来钻去。空气中弥漫着河水，粽子和各种草药的清香及肉欲的味道儿。各种声音掺和在一起，令人在老远就感受到了过节的特殊气氛。

早在农历四月"药王会"时，马岭两河口的行帮、字号、商会、驻防军人……就开始着手准备筹办"龙舟会"。农历五月初一日起，龙舟就陆续出行，先在莲华寺拜王爷菩萨（镇江王爷），庙里主持连同根净禅师带领和尚到江边接龙，献上茶点，然后龙舟游江拜码头，岸边群众就放鞭炮迎接，向龙舟献红绸，奉上美酒佳肴。"踩头"（指挥）向江中投放少量的好酒美食，祭奠苍天诸神，圣贤祖先，以保佑风调雨顺，百姓平安。

每年，龙舟的形状也别具一格，不同于一般的木帆船。大抵船体成鱼鳅背、梭子型，用杉木、桐油、石灰、竹茹、钉镉等制成。一般长约一丈五尺，中部最宽可达六尺，深度一尺五寸，纵向底部的龙筋，多用大船上常用的桅杆替代，从头至尾有一道隔堵，横向有十四至十六道隔，形成对称的船舱，供划手坐。在中间还有长九尺到一丈，宽约两尺的一道甲板。船体制成后，用泡沙石擦磨光滑，再用纤藤围绕四圈以绕紧加固。龙头和龙尾多用杂木制作，取其硬扎，由能工巧匠精雕细刻，悉心彩绘。有的船头还有羚鹿角装饰而成的龙角。人人见了心里都会喜爱。因而端午看龙船赛就是马岭两河口方圆百里上好的娱乐活动了。

此时，蛮子、秀儿、老幺三人早就到了马岭两河口。

蛮子先推说进茅厕解大手，各人自己去"聚兴诚"钱庄设在马岭两河口的分号兑了一棵"大锭"的银子，共换现大洋七十元。老板说："大锭为五十两，若中锭可换十四元银元。"

蛮子接过一打望，除袁大头、孙头、小头外，尚有大清龙洋、川版、"帆船"。出门时，看见一个瞎子，就给他一块现大洋，心里就泛起从来都没有过的快活，觉得走路也轻飘飘的，然后同婆娘秀儿、地保老幺一起，走进一座临江的茶楼"临江仙"里坐定。蛮子忽然觉得，那位妖娆的少奶奶从茶馆门前一闪而过。他心想：管她妈的，马岭两河口既然我来得，人家也是可以来的！

地保老幺要了三碗云南下关沱茶，半斤炒花生。蛮子争着付钱，老幺不许，将茶钱塞给堂官。蛮子也就认了，低下头，从小竹篓里抱出那准备好的油布包，走到窗户跟前，使劲拽到河里。有几位遥望对岸风景的客人就回头打望看他。

河水很清亮，油布包沉下去时，翻起了一阵水花儿。蛮子心里一块压了许久的石头终于落了地。他轻松地吐口大气，心想：蚀财免灾，就当又被那位大脚女人讹诈去了一只银簪子的钱。

屋角里，有一队人正在打玩意儿，也就是民间吹打。常用乐器有小唢呐、竹笛、大锣、大钹、堂鼓、马锣、更锣、大小当锣、铰子、盆鼓、小鼓、木棒等。耍锣曲牌俗称"锣鼓俚"，相传有上万支曲子。老幺一听，晓得是打的《粉蝶》，正打过"黄龙滚"，进入"红绣鞋"，就闭眼欣赏起来，各人自己还摇头摆尾跟到哼曲子耍。

有两位乡绅，正在谈论最近才发生的故事：六月四日，孙中山任熊克武为川军讨贼军总司令，刘成勋为四川省长兼川军总司令。七日，四川赖心辉及熊克武军（第二混成旅张冲、刘伯承）攻占资中，大败杨森。

当时，正在老幺、蛮子等人各自得意忘形之际，村长刘鸿鸣一家，满面春风进了"临江仙"，二儿子刘正盈，二儿媳妇儿李凤华和怀抱婴儿的黄妈随后也走进来，但是没有刘富的影子。地保老幺终于有了机会，找二少奶奶李凤华调笑了两句，使得村长刘鸿鸣又不高兴了。众人寒暄一阵，村长刘鸿鸣一家就在靠边的一张桌周围坐好，点来茉莉花茶和点心，一边吃，一边慢慢闲谈着，等待龙舟赛的开始。

秀儿一边吃着花生，一边问身旁的蛮子："几时架墨哟？老公！"

蛮子说道："问老幺！"他也被这支热火朝天的曲子勾去了魂儿。虽说是听不太懂，但很适合各人自己现在的心情。

对面有张桌子旁一个半大男娃儿搭白："姐姐，要等到午时！"说完，他还对秀儿眨了眨眼睛。

　　秀儿正想回嘴儿，却被地保老幺和蛮子同时止住。那少年也知趣，埋头喝盖碗茶了。

　　盖碗茶流行于四川，重庆各地，整个茶具由茶盖、茶碗、茶托三件组成。多为瓷器，茶托也有金属制成的。茶托下中有一圆形凹坑，茶碗圈足刚好放入其中。当茶客在茶馆坐定后，喊一声"泡茶"，掺茶的师傅便会应声而至，一手提开水壶，一手夹一摞茶具来到桌前。只见他一挥手，茶托子满桌开花，放在客人面前。接着，把装好茶叶的茶碗逐一放在茶托上，左手扣住茶盖，右手提壶，壶嘴一翘，卤上滴水不洒。吧嗒一声，茶盖翻过去将碗盖住。茶盖讲究盖而不严，既可保温，又能透气，茶客还能闻香，并可用来搅动碗中茶水，调匀茶味，而且隔着茶盖品茶，可免茶叶入口，既科学又艺术。这种习俗现仍十分流行。

　　秀儿望望窗外，河面上一片寂静，唯有两岸人声嘈杂。各人就觉察到，自己肚子里有些饿了。

　　这段时间，秀儿虽说是有身孕了，但并不敢偷懒的，蛮子在地里点苞谷，种红苕，秀儿就背了竹筐收胡豆叶子来喂猪。再后来，就是收胡豆儿荚。蛮子见了心痛，也就抢着做。因此，两口子和和气气，商商量量地过平凡生活。只是蛮子巴望着早点儿来马岭两河口兑钱、消灾，这些事儿，在秀儿心里却并没有拿它们当回儿事情的。天灾来了挡不住，天灾去了也不由人。至于人祸，你本本分分为人处事，人家也不是疯子，成天找你麻烦。所以秀儿很担心那宝匣，会不会给他们两口子带来啥飞来横祸。在她心中，只要胎儿能够顺利生产，就是她的福分和造化，后半辈子就有了依靠和希望。别说一棵"大锭"，就是十棵、百棵，还不是用一分，少一分；用一块，少一块。钱能够下崽儿吗？不能吧！好多想钱下崽儿的"聪明"人，他惦记人家的利息，人家还念着他的本钱呢。所以到头来鸡飞蛋打，就连个本金都无踪无迹了，跳大河的，上吊的，吞金的，服毒的，割手腕的，秀儿在涪陵老家酒店乡就见多了。常言说得好，人老心不老，人穷志不穷。而一个儿子，健健康康长大成人，种地做工经商，财源滚滚，源源不断，比家里藏有千楼、万楼"大锭"都要值钱。即便是个女娃儿妹崽儿，知书达理，相夫教子，把持家务，样样儿拿得起，放得下，屋里屋外，人前人后，都会夸奖哩！总之，隐恶扬善，执其两端。妻贤夫祸少，子孝父心宽。

终于，秀儿等得有些不耐烦了！

这倒也是，就连那些吹打手们也放弃了娱乐表演，边喝茶边等候着一年一度的龙舟竞技。

一只鹞鹰，依旧自由自在地盘旋在天空之中。

"咚，咚，咚……"

三声炮响，下游远处响起锣鼓声、鞭炮声，人们助威的呐喊声。茶楼上的人全部爬到窗户边上瞭望。只见五艘龙舟，箭一样逆江而上。不一会儿，船尾竖起的旗帜上绣的文字也打望得清楚了。那是船名，人们都晓得是出自根净禅师的手笔。五艘龙船分别为：金龙、乌龙、白龙、红龙、青龙。还有一只"癫格宝"船跟在后面闹江。"踩头"们戴着礼帽，墨镜子，穿身花色短褂，指挥他的船奋勇而进，其余划手，头上扎起毛巾，身穿背心短裤，整齐雄壮，好不威风。桡片跟随鼓声锣声上下翻飞，群情激动，争先恐后。

地保老幺看得兴奋，他说："我们来打个赌，哪个赢？"

蛮子以为金龙吉利，就笑道："要得！我赌金龙要赢！"

地保老幺笑道："一块钱！我赌乌龙赢！"

蛮子说："好，万事劝人休瞒昧，举头三尺有神明！"

于是两个大男人伸出手来拍了巴掌，算公正同意了，不翻悔的！

河面每只龙舟上，除"踩头"外，划手二十八至三十二人，中间摇旗，打锣，击鼓各一人，掌舵一人在船尾，外加放炮两人。大家齐心合力，非要领先，争个输赢不可！

最终，乌龙号获胜，两岸响起噼噼啪啪的鞭炮声和观众的欢呼声。在他们眼里，输赢已经都不十分重要啦。随后，"癫格宝"划到河心当中，施放水鸭子。五只龙舟又拼命争抢。鸭群在水中悠游，待龙舟划近时，却又潜入水里或扑出水面老远，嘎嘎乱叫一气。舟上就有人跃入河中，寻觅追逐。抢到鸭子的人用手将活蹦乱跳的鸭子提得老高，向观众展示。闹得水面上这里升起浪花，那里翻起水珠儿。沿江伫立的观众大声喝彩，船上则锣鼓鞭炮声响成一片。

蛮子很生气，金龙也太笨了，只得了个第三，遂对老幺说："我认了。现在就给钱！"

地保老幺马上制止了他，说道："回去给我钱！这里，要小心一点儿的！"

秀儿连忙说道："祸兮福之所倚，福兮祸之所伏。幺哥说得对！"

蛮子心里明白，秀儿这是在提醒自己要小心为妙，于是就将手从荷包里面缩出来。

比赛结束了，龙舟慢慢靠在河边。岸上早已备办好酒席，水中健儿于是围坐几团，先给优胜者披红挂彩，发奖赏钱，随后上来凉菜，盐鸭蛋下雄黄酒，外加粽子，大蒜炒苋菜，绿豆稀饭。人人面带笑容，互相祝贺提劲儿，大有不喝翻几个不下席的味道儿。这时，镇上观众也陆续回家去过各自的端午节，外乡人则逛街，采买东西和到就近的馆子里去吃河水豆花饭，或者打牙祭吃肉。

人潮退却了，蛮子一行三人在街上与村长刘鸿鸣一家子人告别。分手前，秀儿情面上磨不过，要送给婴儿两块现大洋。二少奶奶李凤华和二少爷刘正盈婉言谢绝，但秀儿同蛮子死活都要给钱，说："今天是过年过节的，一定要给的！"又一阵客气地推让后，二少奶奶李凤华叫黄妈代为收下了。

蛮子一行三人刚走到街上想吃点儿豆花饭，迎面就遇着五个精壮的汉子，把他们团团围在当间儿，杀气腾腾。为首的是一个络腮胡儿，他叫道："站到起，拿话来说！"

蛮子婆娘秀儿，从来没有见过这样的大阵仗，吓得躲到蛮子身后，她发觉各人自己男人的脚杆儿也有些打抖抖了。

地保老幺把他俩向旁边一推，斜出左脚，将半侧身体前倾，作骑马站桩式样，拱手作揖，行了个"拐子礼"，虽说拱手，而那两根大拇指却高高竖直起，这在江湖上号称为"永不倒桩"！

秀儿方才想起蛮子说过，老幺嗨了袍哥的话。

兄　弟

等老幺行了"拐子礼"，那五个精壮的汉子赶忙还礼，脸色也柔和了许多。其中一个矮胖矮胖的络腮胡儿说："你哥子好说，好说。"

地保老幺说："相逢好似初相识，到老终无怨恨心。不晓得你哥子旱路来，水路来？"

络腮胡儿说："兄弟旱路也来，水路也来。哪里方便哪里来。"

地保老幺说："旱路多少弯，水路多少滩？"

络腮胡儿说："雾气弥漫不见弯，大水奔腾不见滩。"

地保老幺说："三天不同名，四天不问姓，请问哥子尊姓大名？"

络腮胡儿说："小弟姓赵名春芳。"

地保老幺微笑道："天眼昭昭，报应甚速。圣贤言语，神钦鬼伏。自家兄弟，找个清静地方说话。"

络腮胡儿说："可以，随哥子的便！"

不久，这八个人已经来到一家相对安静的饭馆。堂官急忙抹桌子摆上茶水。蛮子两口儿刚想入座，却被老幺扯住，递了个眼色，要他们呆一边去。

蛮子知趣，说："你们慢谈！"说完，他拉起婆娘的手坐在屋角一张小方桌旁。

堂官心里明白，懂得起，也就将茶水给他俩端过来。

不一会儿，两桌的酒和菜陆续上来了，只是在大圆桌上，比蛮子他俩这桌多了水煮牛肉和鱼香肉丝。

蛮子心头怕，身上有那么多钱，不晓得那边怎么收场才好。他拿起筷子，也不想吃，酒也不想喝。但看见回锅肉，还是忍不住拿起筷子来。

婆娘秀儿早就叫喊肚子饿了，埋头大吃起来，心想：就是今天死，老

158

子也不做饿死鬼！一边还让蛮子快些吃。

本来，川菜回锅肉的味道，咸鲜回甜，香嫩微辣，爽而不腻，是既下酒又下饭的好菜。但现在，当蛮子夹了一筷子回锅肉，慢慢放进嘴里，却感觉没有一点儿滋味儿了，遂尖起耳朵下细听。但地保老幺那桌人压低了声音，并听不怎么清楚，有时还被一只苍蝇把话音给打扰乱了，嗡嗡，嗡嗡。蛮子又觉得，在这五个精壮汉子中，有几位颇为面熟，好像在哪里见过面。但是他下细想想，一时又想不起来了。

圆桌旁，地保老幺抱抱拳，说道："请问赵兄你哥子，金山银山哪座名山？金堂银堂哪个名堂？三十六把金交椅，七十二道挂金牌，你哥子高升哪一牌？不打不相识，有何指教？还望你哥子指示兄弟才好！"

络腮胡儿抱拳谦让道："兄弟上承拜兄栽培，下承弟伙厚爱，在'永庆分公口'忝列行八。只因大爷吩咐，要寻查到一件东西，四处打听，见你朋友近来出手大方，好像和他有关联。无凭无据，本想吃诈，不想冒犯你哥子，问一下想来不过分吧！——他也是袍哥？"

老幺摇头说："不，他只是侳子，白袍一个。"

蛮子知道，他们所说的侳子、白袍，皆指未参加过袍哥组织的人。

此时，一个愣头愣脑的青年汉子在一旁插嘴，他说道："那好噻，只能'兴袍灭侳'啦！"

老幺急忙说："杀人一万，自损三千。伤人一语，利如刀割。他虽然没有入教，但我与他从小都是拜把子兄弟，而且正在发展他哩！"

络腮胡儿也摆摆手，要那人闭嘴，又对地保老幺笑了笑，说道："还没问过你哥子尊姓大名，有站无站？高站几牌？"

地保老幺又一拱手，说："兄弟刘永胜，虚占礼字出六牌。"

络腮胡儿笑道："原来你就是刘兄，果真是自家兄弟！十几年前，攻打朝天观，刘兄手拿火铳走在头排，清廷那些官员，个个屁滚尿流！"

老幺摇摇头，又摆摆手。他说："相识满天下，知心能几人？好汉不提当年勇啦！"

于是，两人互相又抱拳作揖。

众人也都重新见过礼，"六爷六爷"地叫不停，却是些营门和小老幺弟兄，算是络腮胡儿的手下。

老幺刘永胜听了他们叫各人自己"六爷"，就放了心。因为袍哥里只有五牌以上才称"爷"，但他马上晓得络腮胡儿五人是来寻查盘问东西的，心里就还是有点儿慌。因为他并不晓得蛮子捡了宝匣，而各人自己捡了件烂衣服包袱，包里有"聚兴诚"银行发行的十几张五百元定额支票和一些散碎银子，最重要的是里面有一面黄缎大旗。那是本县袍哥辛亥起义时用过的，老幺他各人自己也听说过。因此，这面旗帜在码头上十分重要！得到它的人，可以使各人自己的地位升高。老幺本想找个时间，凭借那面黄缎大旗，重新杀回重庆城操社会。只是因为近年都是战事，他就将各人自己的打算先放了一放。

地保老幺想到，"永庆公"属义字袍哥，而各人自己属礼字，要是在原先民国前，按辈分来分的话，各人自己还要小一辈。虽说香规约定，袍哥弟兄，平等对待，所谓"大哥不大，幺满不小"，但实质上还是等级森严的。但现在不时兴辈分，就对各人自己有利，来人又只是嗨的八牌，没得各人自己高。就想在气势上压倒对方，不要他们继续在马岭两河口附近盘查，以免殃及各人自己。他咳了两声，一边吃菜，一边开始盘问对方《海底》。——《海底》是一部袍哥经典文本，仅供各地袍哥组织在发展会员时严格把关参考。《海底》中还规定有"十条""十要""十禁"等纪律，并将不孝顺父母、不尊敬长辈、殴打亲属、调戏妇女等行为归入"十八条罪"之列，而且，并不是所有人都能畅通无阻地加入到袍哥这种组织中去，比如娼妓、烧水烟儿的、修脚匠、搓背理发的、曾演过女角的男艺人就不能参加；其余像母亲再嫁、妻子有外遇的男子也一律不许参加……这些禁令都被编写在袍哥经典《海底》中，以便盘查。——哪知络腮胡儿那五人，只是要刀子的，没问几句，真的也就回答不上来，心里头很有些虚，晓得是老幺他有意在刁难！

络腮胡儿心想：还看不出这个乡巴佬，很有两刷子嘛！他这样想着，就又比在街上恭敬了许多。

地保老幺得寸进尺，安心要他们认错，就笑道："规矩你哥子是懂得起的。今天嘟个办，哥子各人自己说。"

众人说："认黄认教！"

地保老幺微笑道："老实说，一人道虚，千人传实。那东西我家范大爷也在找，不必你麻烦马岭两河口一带，今天的事儿……"

络腮胡儿一听，心想：闯了妈个鬼哟！自认倒了大霉，自家人打自家人了。范大爷是杨森队伍手下的团长。虽说现在逃到外地避难，那湖北也和重庆不远，你不晓得他哪时就会打回老家来的！况且，各人自己被他拿了把柄，没答起《海底》，按照香规，轻者挨红棍，重者吹灯（挖眼），砍丫枝（砍手脚），三刀六个眼，自己挖坑自己跳，是决不准拉稀摆带的。那面旗帜我又得不到，我为范大爷效力，他也是，还不如顺水推舟，送个人情算了！

这样一想，络腮胡儿就频频给老幺敬酒，赔礼道歉："今天算兄弟我的！六爷多多包涵，不要通天！免得被挂了黑牌，以后各码头堂口就吃不开了。"

地保老幺笑道："路遥知马力，事久见人心。兄弟伙见外，我们都在找那东西，各为其主嘛。《海底》我也是才背倒，现炒现卖，不像你哥子们资格老，忘记啦，回头见过你家龙头大爷，多说几句好话，山不转水转，抽空叫范大爷拜访他老人家！"

络腮胡儿心想：他还不晓得我家龙头老大和范大爷，早已经暗中勾结。于是他说："哪里说来，我晓得分寸的！平生莫作皱眉事。世上应无切齿人。"他说完，心想：范傻儿还在受难呢，死要面子！络腮胡儿又对四个汉子说："听见没得，回去都给我好生背倒！老子现在就是记性好，忘心也太大了一点儿啦！"

"晓得，晓得！"四人赶忙点头，脸，红一阵青一阵的。

地保老幺道："承让，承让！"

络腮胡儿心想：重庆真是藏龙卧虎之地，一个小小的马岭两河口，老子就栽跟头了，倒霉！

酒席直摆到申时，又去坐了一会茶馆，才两边里高兴而散。老幺把他们送到水码头上了船，又送了一张五百元定额支票给络腮胡儿，才回到茶馆跟蛮子两口儿会面。

在回家的路上，秀儿吃着瓜子，一直都在追问老幺："摆平啦？幺哥。"

被问得不耐烦的老幺，终于大声武气地说道："摆平啦摆平啦！这点儿小事儿，要是还摆不平，那，那还嗨啥子袍哥呢？秀儿，你让不让蛮子入教。入教之后，就没人再敢欺负你了。以前，孙文先生就在檀香山加入洪门，成为致公堂洪棍。而在重庆城里，上至军政要员，下至小商小贩，只要是加入洪门，嗨了袍哥，在江湖之上一路都有照应。听说某位大爷犯了事儿，在狱中还开了堂口，就连那些吃软怕硬的狱警，最后都是他下面的小兄弟儿了。常言说，在家靠父母，出门靠朋友。这朋友比起袍哥兄弟来说，差别就太大了喽！"

秀儿笑道："路逢侠客须呈剑，不是才人莫献诗。我和蛮子都愿作自由国民。我才不许蛮子加入啥子袍哥组织！吓人兮兮的，而且他又胆子小！不过，这伙人看不出是袍哥嘛，没得下流相，茶馆那个小杂皮还像一点儿。"

地保老幺非常得意。他说："这你就不晓得了。袍哥讲'嗨皮不现皮'，就是说不要露出下流兮兮的样子，茶楼那个娃儿，我都不想教训他，教乖了，他好往上爬！龟儿子，哪天再惹秀儿生气，我帮你出出气，找个岔儿就把他的灯儿吹了。杀人可恕，情理难容。"他是心痛那张支票，五百啊！

秀儿和蛮子虽然心中感激老幺，但还是对他起了一点儿戒心。

刘家凼上空的那一只鹞鹰，依旧自由自在地盘旋在天空之中。

等两口子回家时，刘富对秀儿说："你家来了客人，说是你表哥，在家等你们，一会儿又走了。"两人遂急忙回屋一打望，察觉不对：门是打开的，锁也烂了，随随便便挂在那里。赶忙进屋细看，大吃一惊，屋里被人翻了个底朝天，好在没损坏东西，也并没拿走啥家什。桌下有一大摊口痰，蛮子好像在哪里见过一回儿。想一想，马上醒豁过来，原来就是在悦来场一边喝烧酒，一边谈川楚白莲教徒及魁伦之死的那些客人。

蛮子心慌，就跑到地保老幺屋里探听消息。其实他也不晓得老幺有那面缎黄旗帜。

蛮子推开门一看，地保老幺正睡在床上，称自己害病了。话不多，只推说各人多吃了几杯酒，吹了风，头痛！蛮子也不好意思打扰他，退出来，一路上闷闷不乐。

谁知蛮子刚走上小山坡时，低着的头，就在路边草丛里看见一块乳白色的鹅卵石。他用手捡起来一打望，吓出一身冷汗来：它正是在悦来场上，算卦先生娄半仙给各人自己算过卦的那一块。蛮子心里清楚得很，绝对不会是另外一块。他摸过，不会错的。

天！贼是小人，智过君子！

此后个把月，蛮子和地保老幺好像都变了人，语言也少了，很难看见笑容。但时间一长，并没有啥麻烦事情出现，两人又逐渐照常嘻哈打笑，忘了端午节发生的事情来。

只是秀儿还经常提醒蛮子："是非只因多开口，烦恼皆因强出头。你今后一定要记住，见事莫说，问事不知。闲事休管，无事早归。别总叫我为你担惊受怕的。祸兮福之所倚，福兮祸之所伏。啥子事情都要想开一点才好！"

裁　缝

这天上午，秀儿应村长刘鸿鸣的邀请，亲自到刘家大院儿去为他裁缝新衣裳。出门前，蛮子对秀儿说："回来吃晌午饭不？给个准信儿，我也好做饭给你吃。"

秀儿笑道："你煮啥子好东西给我吃嘛？我给他做新衣裳，难道吃他一顿饭，还不行呀？"

蛮子就傻笑。

民国年间，男性穿长袍、女性穿枇杷襟，以及小儿的披衫、瓮裙等，

163

都请裁缝缝制。有些裁缝并非专业人士，而是有这种手艺而已，譬如秀儿。

秀儿来到刘家大院儿，跟村长刘鸿鸣等人寒暄过后，就为村长刘鸿鸣量过身子的长短尺寸。由于秀儿有了身孕，行动并不十分麻利地。黄妈抱了婴儿出来陪秀儿。她们就一边小声闲聊，一边做各人自己的事情：秀儿裁缝，黄妈逗婴儿玩。村长刘鸿鸣无可奈何，抽着那只水烟儿筒，悻悻地走开，可在肚子里面是好想和秀儿上床一耍！这在黄妈眼里是看得很清楚的，她各人自己也就觉得心里面痒酥酥的了，而且还有些醋意。前几次，当村长刘鸿鸣对她动手动脚的时候，她半推半就让他摸了，但是因为要随时服侍二少奶奶李凤华，她就没有让村长刘鸿鸣得逞。

黄妈小声道："人恶人怕天不怕，人善人欺天不欺。老幺还看他不出，嗨了袍哥不说，在马岭两河口也吃得开！平时，蔫分分的，像六月间的丝瓜叶子。这下，他也给我们刘家凼争了不少脸面哩！"

秀儿说："就是说嘛！那天我吓惨啦！那阵仗啊，比去年三师打过来还吓人。真是短兵相接，箭在弦上！那阵仗，啧啧！我这一辈子，再不想见第二次。"

黄妈诡秘地笑道："他还是在心里面很喜欢你吧！"

秀儿不觉红了脸，说："你少说两句，好不好？幺哥嘛，他其实人还是不错的，心好！"

黄妈眨眨眼，笑道："我又没有说是老幺。老幺算老几？老幺既然是老幺，他就只能够算老幺！我说的是……"说完，她就指了指村长刘鸿鸣那并不存在的背影。

秀儿说："万恶淫为首，百行孝当先。砍脑壳的！话不能乱说的呵，他是我正儿八经的叔叔！"说完，各人自己就在心里面跳得凶，晓得黄妈她说的是村长刘鸿鸣了。

黄妈也是聪明人，她不可能看不出村长刘鸿鸣暗暗在肚子里面是欢喜秀儿的。她甚至于还有些妒忌村长刘鸿鸣，为啥就喜欢秀儿了？各人自己的奶子还比秀儿好看着呢！

黄妈说："那又有啥子关系嘛，反正人就都是这么回儿事情！那种床上事儿，不就是好比吃饭穿衣一模一样么？况且，两人都高兴了呀？你说是不是？"

秀儿笑道："你想高兴，你就各人自己去和他搞嘛！"

黄妈说："要不是我们属于亲戚的话，你以为我不敢？刘家凶漂亮的，龌龊的，老的，少的，好多人不是自己送上门，让他搞吗？"

秀儿问："你真想他？"

黄妈说："人家对我客气，那是因为我人品好。你在他家当佣人那三个月，人家打你主意没有？"

秀儿脸蛋儿红红的，摇摇头。

黄妈说："还是嘛，男女之间的事情，根本就没有强迫一说，一个巴掌拍不响哩。男人能把你的大腿儿掰开吗？还是不能嘛！强迫？男人真强迫你时，你还不敢把男人的鸡巴尻蛋儿打破吗？哧！上次易家沟儿死了个汉子，听人说，还不是被他正想欺负的女人，拿剪刀捅死毬的。至今还在打官司，扯皮哩。哼，打官司，还不是打的是钱。八字衙门向南开，有理无钱莫进来。但是，只要不是婊子，在男女之间的事情上面，女人总是没有错误的。只有男人才会想精想怪的，翻筋（斗）。马行无力皆因瘦，（男）人不风流只为贫。所以，男人没有一个是好东西！一部《石头记》，总是写臭男人的时候多。那宝二爷也一样，完全是个下流坯！还喜好男风，简直就是个无耻之徒嘛！"最近，二少奶奶李凤华总是睡不着觉，也不知道为什么。于是乎，她就把一部《石头记》，为黄妈读了三四遍。

秀儿一边做事儿，一边也觉得，这话还算公正。

正说着私房话，二少奶奶李凤华满面春风走进来，从黄妈手里接过各人自己的小宝贝儿，坐在案板前，解开胸前纽扣，掏出洁白的乳房给婴儿喂奶。白里透红的乳房上显现出皮肤下青色血管的走向。它是一个人最初的生命食粮的宝库，是人们赖以成长的洁白的大地。

二少奶奶笑道："秀儿，你们在说啥呀？黄妈又要和谁搞在一起了？"

二少奶奶李凤华并不是本省人。她从小随父母从北方搬来本县居住，所以说起话来也是官话与方言夹杂的。十七岁上下，父亲衣锦还乡时，经同僚介绍，将李凤华说给村长刘鸿鸣的二儿子刘正盈。二少爷刘正盈年轻有为，英俊潇洒，见李凤华知书达理，也还漂亮，两相情愿，于是择日完婚。

川东民间奉行的传统婚嫁礼节是，当父亲的为儿子婚娶，选定一个吉日，下请贴请客，名曰"加冠"。古时候，二十而冠，现在的人往往二十而娶，所以有"簪花之礼"一说——就是用专制的花插戴在新郎帽上——这也是古代遗留下来的礼节了。

县志曰"县行六礼"，但是男方并不十分看重请媒人去女方问名字和生辰八字，所谓问名。如果媒人在双方之间说好，"即行纳采"，就是女方同意议婚后，男方备礼去求婚，"中有纳币（纳币亦称纳征，男女双方缔婚后，男家把聘礼送给女家），请庚、报期、亲迎"，嫁妆的多和少，则看家庭经济情况各人自己确定，"绝无以财行聘者。其后六礼之名渐变，问名、纳采则曰过庚、谢允（古代六礼之一，男方请媒人向女家提亲，女方答应后，男方备礼去求婚），纳吉、纳征则曰插定（聘定），请期则曰报期，届期由媒妁及婿家亲戚往迎。曰接亲，成礼，婿至女家谢亲。士大夫间有亲迎者。"入民国以来，婚礼礼仪又有所改变，也有临时酌定，称为文明结婚，世俗慢慢通行，但是则渐渐丧失了传统的礼仪。

当时，秀儿和黄妈见二少奶奶问，对对眼睛，相互间笑了。

黄妈笑道："我在说，老幺欢喜和秀儿上床！"

秀儿说："根深不怕风摇动，树正何愁月影斜。你猪八戒，倒打我一钉耙！"

二少奶奶李凤华说："你们呀，大哥莫说二哥，两个都差不多的！一个字，骚！"

秀儿说："二少奶奶说笑了。我是嘴乱心不乱的！"

黄妈也叫委屈："会说说都是，不会说说无理。"

二少奶奶李凤华给婴儿换了只乳房喂奶，然后红了脸，说："也是呵，大家当黄花闺女的时候，想那种事情，都是羞耻，还不要说，从嘴里面说出来的了！现在倒好了，聚众谈论，你们就恁大胆子？我是脸红的了！不过呢，贞妇爱色，纳之以礼。"

秀儿和黄妈晓得二少奶奶是大家闺秀，各人自己又是粗人，不好再说这个话题，就将话题扯远。说婴儿大便的颜色啦；说架上碗儿轮流转，媳妇儿自有做婆时啦；说今年庄稼的收成啦；说这些时候重庆城里的战事啦，等等。三人说笑一阵子，直到快到吃晌午饭，秀儿见时间不早了，就吵着要走。二少奶奶李凤华高兴和她说话，也留秀儿，黄妈也留。秀儿正推辞，就撞见村长刘鸿鸣抽着那只水烟儿筒，嬉皮笑脸进来。

村长刘鸿鸣笑道："秀儿！吃了晌午饭再走啊！饭是准备好的！现成！过去就开饭！"

秀儿笑道："谢谢刘叔叔！蛮子在家没人管，我要赶回去煮饭给他吃的！"

村长刘鸿鸣说："口说不如身逢，耳闻不如眼见。秀儿啊秀儿，你心灵手巧，给我缝身儿衣裳，吃我一顿饭，又有啥子关系啦？"

秀儿说："主要是蛮子嘛，坛子里放屁，他想不开呢。"

村长刘鸿鸣有些吃惊，更有些心虚。他问："他有啥子想不开？"

秀儿说："还不是因为上次你们那些悄悄话，鬼打架！"

村长刘鸿鸣说："不是都说好了的嘛，猪鬃我不统一收了，大家随便做生意！"

秀儿说："还有粮银……"

村长刘鸿鸣说："那不是我说的，行情就是那样了。你叫蛮子千个放心，万个放心，我就是看在你的面子上，也不会亏待他嘛！我一向奉行，但行好事，莫问前程。这些，你也是晓得的。"

秀儿说："我也这样劝过他，但是他这个人，就是坛子里头打屁，总是想（响）不开！所以我还是要回去。"

村长刘鸿鸣抽着那只水烟儿筒，笑道："一毫之恶，劝人莫作；一毫之善，与人方便。你看看你，又是大肚子一个，还要照顾他？况且下午还得继续做，走来走去的，动了胎气也不好嘛！"

秀儿本来就是想再探探他的口气，看来事情已定，于是她说："也倒是。不过，只要刘叔叔喜欢，看得起我秀儿的手艺，我还随时可以来做的！

刘叔叔，是不是！"

村长刘鸿鸣说："好的好的！好的，我们去吃饭！"说完，他就想来握秀儿的手。

秀儿也不好再推辞，遂双手拉住二少奶奶李凤华的手，心下却暗暗高兴，随大家走向饭厅。秀儿鼻子灵，她老远就闻道酒肉的香味儿来了：有豆花的胆水味儿，有回锅肉的郫县豆瓣味儿，有青椒炒肉丝的味儿，有卤水拼盘的五香味儿，等等。

忍　痛

县志曰："五月立夏。是月也，耙田插秧，刈大小麦，移植高粱、小米，种胡麻、耘豆。"

蛮子这段时间又高兴，又懊恼。一来高兴的是：婆娘秀儿有身孕了，各人自己一定也会有个胖乎乎的儿子的，要不然，宝匣里面的东西兑换的钱再多，各人自己这一辈子怕都是享用不完的了。二来，懊恼成双，蛮子他必须忍着。

第一件就是，自从婆娘身上有了各人自己的种，每天晚黑都不同他上床做喜欢事情了，还说是从自己父亲查三爷那里，看的一本啥《素女心经》的奇书。因为对书名好奇，她也就偷偷拿去看了，才晓得是讲男女之事的，并有胎教等内容。

起先，秀儿害喜害得凶，吐。吃啥东西，她就吐出来啥东西，蛮子见了心疼，也就好生照顾她，也更没有想到要做那种喜欢事情的想法。但是现在秀儿不害喜了，身体也好了，只是肚子有一点儿腆出来，乳房也大起来，很好看。他蛮子每次打望了秀儿白晃晃的奶子，就有些心慌暴燥的想法，那下面的家伙儿，梆硬。他各人自己也奇怪，以前，秀儿每天晚黑都要和各人自己来那么两三次的，而每次都是各人自己先招架不住，为啥现在秀儿就一点儿都不想了呢？

蛮子性欲的青色果子慢慢膨胀起来，逐渐压弯了他日夜绷紧的私密神经的枝丫。夜里，看见秀儿用后背来对付着各人自己，他就更不安逸，心里泼烦。有好多次，蛮子他巴望秀儿能够满足一下他原始的欲望，但都遭到秀儿母性本能的反击。于是乎，蛮子只好用手抚摸秀儿她的那两只大奶子。可他越摸，心就越慌了。他生气得很。

蛮子就时常在梦睡中，看见美貌的姑娘儿家和妹崽儿们了。

她们的面目五官虽然十分清楚，但却毫无个性可言，就像一副副青衣脸谱，大概同两个漂亮的表妹一样吧，两只奶子凸出，与丰满突出的臀部一起形成 S 形的优美曲线。她们都在颈子背后拖两根乌黑发亮的辫子奋奋儿，散发皂角树植物洗涤素的芳香，红底绣花的贴身小棉袄儿，湖蓝色镶边长裤，玄色弓鞋，远远看去，就是流动的水芙蓉。蛮子在睡梦中，本能的触角朦胧地打探着潜意识的宫室。他看见有无数的女子在空中曼妙飞行，停停，飞飞；飞飞，停停。正当蛮子上前搂抱她们中间比较妖娆的那一位时，才发觉这女人仿佛在哪一次梦中遇见过：原来是一只四处乱蹦的带着红色翅膀的蚱蜢儿。一天，她就这么无声无息飘到蛮子梦里，还拿一些风流言语的香草挑逗各人自己的神经，两只白花花的奶子在各人自己胸前磨蹭。蛮子心下虽然喜欢她，但也觉得那妖娆女人也是太大胆儿了！竟一时不知所措，傻傻站在那里，像一条狗一样偷偷闻着从那妖娆女人身上流淌出来的味道儿。须臾，蛮子又坐下来，下意识地反复搓手。那妖娆女人便轻轻走过来，一只手搭在蛮子肩上，随后，又紧挨着蛮子身边坐下，遂又伸出玉色的小手来拉他。蛮子站起来，但是却迈不开双脚，就稀里糊涂陪她坐了，回头看见她已经飞快退了各人自己的红色翅膀。蛮子刚要站起来，被那妖娆女人拉在怀里，又翻过身来，坐在了各人自己的大腿上，还压得蛮子那硬家伙生痛。蛮子有些按捺不住，就用双手摩挲她的屁股。那妖娆女人搂住蛮子，还是用双乳紧贴着他，并上下左右地摩擦，又放出一只尖尖玉手来，扯蛮子裤子下面的硬兄弟儿。他才发觉女人的后背有淡红色的纵向条纹，前胸呈淡红色。只见她后腿弯曲，然后突然伸直，把自己射向空中，手里还紧紧攥着蛮子的硬兄弟儿。蛮子身子也轻飘飘的，跟着她在空中飞行。刘家凼离他们越来越远了。蛮子遂吓出一身冷汗来。

蛮子醒来时，恍兮惚兮，心头也怦怦乱跳一气。回头看看秀儿，睡得死，并不知晓，只好悄悄摸下床，到灶房里舀瓢冷水，把全身擦干净后，返回屋去睡了。

秀儿看见蛮子成天无精打采的样子，晓得他肚子里面想做啥事情，就在心中鬼鬼地傻笑他。

蛮子第二件懊恼的事情，就是由村长刘鸿鸣刘叔叔惹起来的。蛮子租种了村长刘鸿鸣的七亩八分田地。其中，三亩四分田地是他从田寡妇手里收回，再转租给蛮子的。根据当时规定，粮银（田租）税连带附加，一亩二十一个现大洋，统共一百六十四个"袁大头"呵！

早些时候，村长刘鸿鸣想要蛮子收购的猪鬃转卖给他家，由他家再统一收购一些其他人户及地方的猪鬃、山货，汇总之后，再一累儿卖给重庆的"古青记"山货行。他说这样就能够减少些中间环节，不给那些中间商留下好处，并且双方都有利。而对村长家来说，就是吃那么一点儿中间差价，但因为量大，一年盘算下来，也是一项不大不小的进账，且不薄的。村长刘鸿鸣给蛮子的好处嘛，就是将原来由田寡妇租种的三亩四分田地转租给蛮子。但是，蛮子听说要把猪鬃转卖给村长家，说啥都不干。他也不生气，对村长刘鸿鸣进行软打整。蛮子这一招儿，差点儿没把村长刘鸿鸣气死。他村长刘鸿鸣真是赔了夫人又折兵啊！

那时候，村长刘鸿鸣虽然吃了哑巴亏，但是，他毕竟是老曲子了，还口是心非，花言巧语，说啥乡里乡亲，又不是外人。你蛮子不是也想多佃些田嘛！我还是将田寡妇租种的那三亩四分田地转租给你蛮子吧！其实，村长刘鸿鸣在肚子里面就想：但有绿扬堪系马，处处有路透长安。再等两三个月，看你我两个，到底哪个争得赢。你那点儿板眼儿，哼！老子心里头担起的鬼还没卖完呢，还怕你手上提起的？

那天，蛮子还假惺惺说道："多谢刘叔叔哟！"

其实，之后秀儿对蛮子说了："祸兮福之所倚，福兮祸之所伏，还是放弃收购猪鬃算了。"

蛮子不解。

秀儿说："你想想嘛，人家惦记的事情，一定想方设法都要做，今天不行就明天，今年不行就明年，还不如退一步哩，我屋爹爹经常就是这样教我的。另外，一直不行的话，他还不是要在别的地方，把损失夺回来啊。"

果然，前几天，村长刘鸿鸣抽着那只水烟儿筒，就亲自上门来讨债了。蛮子本想发作，只是转回来一想：虽然粮银较高，但欠债还钱，总是天经地义的事情！蛮子只好认账，可心里总是泼烦得很，认为这世道儿太不公平了。

令蛮子最最气愤的是，村长刘鸿鸣说还要实行预征呢！

民国初期，田赋以阳历三月开征，第二年一月底"全完为限"。重庆一向没有预征，预征自民国十一年六月督办邓锡侯开始，先由地方法团借垫，"到届征之年，如数归还。"之后，或由政府直接征收，或由各乡场代办。一开始，不过实行预征一年，但是马上就实行预征至三年或五年，民众得到一张预征券，"忍痛一时，尚冀补偿将来。"

第六章

朕　兆

这天一大早，万里无云。东方天空上挂着鲜红的炎热象征的朝阳，预示着盛夏的火热脚步已经悄然来临到川东盆地的宫室。从田野里吹过来的喧嚣的晨风，弥漫着草香甜甜的味道儿。蛮子和秀儿将准备收藏的几条棉絮和一件反羊皮短大衣拿出家，在院坝里面晾晒。那件皮大衣是蛮子叔叔穿过的，腋下缝合处绽了线。后来，蛮子结婚，婶婶刘赵氏送给蛮子了，而村长刘鸿鸣却忌讳那东西。因为叔叔早已不知去向，留着皮衣白白增添了婶婶对各人自己男人相思的烦恼。——在十多二十年前，蛮子的叔叔去重庆城里做生意就一去不回，杳无音信。听乡里人讲，好像是嗨了袍哥了，或者，就是赶着大海船，漂洋过海，到东洋念洋学堂去了。然而这些消息都无从证实，况且叔叔改名换姓，在蜀军政府里面当差，也说不准。蛮子问过地保老幺，叔叔是不是在重庆当官，还暗中帮过他的忙。老幺说没有见过，但本县的确有人在蜀军政府里面做事儿。所以，地保老幺也不清楚蛮子叔叔的下落，更不清楚到底是谁帮他说过好话。

民间谚语：六月六日，晒衣服。

崔氏《四民·月令》云："七月七日，曝经书及衣裳。"晋郝陆《七日曝腹庭中》曰："晒我腹中书。"竹林七贤论阮咸：七月七日，诸阮庭中烂然莫非锦绣，咸，时总角（古代儿童到八九岁，把头发梳上去叫"总角"），及竖长竿标大布犊鼻于庭中（犊鼻，是一种齐膝的短裤）曰："未能免俗，卿复尔耳。"另外，《云笈七签》云："七日曝皮裘，可以避蛀"。现在民谚中所谓的"六月六，晒衣服"的民俗，不晓得出处和源于何时。但是，"六月六日"却是有来头的——按《帝王世纪》记载：是大禹的生日。而《梦华录》记载为"镇江王"的生日，所以，船工当中所谓的"王爷会"，就是源于此。

此时，秀儿正在牵一床棉絮。那床棉絮一边镶有"鸳鸯戏水"，一边嵌有"大红双喜字"的，就看见村长刘鸿鸣高高的个儿行走在坡下山路上，嘴里还含着一根儿狗尾巴草。秀儿遂在心里面不高兴，对蛮子说道："祸兮福之所倚，福兮祸之所伏。果然刘叔叔又来了！今天怕是躲不过了的。"

蛮子说："躲不过也要躲噻！"

秀儿说："我就是搞不清楚啦，现在为啥子要将租子提那么高呢？老子们不去租田地种了，他还收个屁呀？收不了租子，他还能耀武扬威好久？"

蛮子道："说你幼稚，你还不信。你不租田地来种，吃屁呀？喝风呀？傻儿一个！各人自己想一想呢？嗯？是不是这个说法，又是不是这个道理呵！再说，我们不佃田种地，别人幸灾乐祸，都抢着去巴结他，才叫一个高兴呢！你要记住，不管我们多么有钱，还是种地犁田的庄稼汉儿！"

秀儿嗔怒道："你才是傻儿！"

蛮子说："我傻？可能比你精灵些哟！"

秀儿说："你不要搞忘了，我们也可以当大户的，我们那宝……"话还没有说完，就被蛮子飞也似的跑过来捂住了嘴巴，还就差那么一点儿，将秀儿掀翻在地上了。

正好就在这时，村长刘鸿鸣长脚蚊儿似的两腿迈上了院坝来，一眼就看见蛮子晾晒的那床有着彩色图样和文字的棉絮，说道："好漂亮的花花儿棉絮呵！秀儿！是我给你的陪嫁吧？"

秀儿道："刘叔叔早呵！"

蛮子没有说话，递了支叶子烟儿给村长。刘鸿鸣接过，蛮子就帮他点上火，各人自己也点燃，使劲用嘴巴将烟抽了两口，见没有来气儿，又重新划根洋火儿，点燃。空气里遂漫溢着烟草芳香的翅膀。

村长刘鸿鸣说："这床棉絮好漂亮哟！一定是陪嫁了。"

没有人回应他。

村长刘鸿鸣见蛮子两口子不答话，并不欢迎他，就各人自己搭楼梯下台阶，说道："好看，鸳鸯戏水！就是有点儿旧了！"转过去，打望了棉絮的另外一面，又说，"这不是嫁妆，又是啥子东西呢？明明有双喜！"

秀儿怕面子上过不去，遂笑着对村长刘鸿鸣说道："刘叔叔怎么早就到了，一定是有啥子好消息告诉我们了！"

刘鸿鸣道："也不晓得是好消息，还是坏消息——两天前，杨森又差点占领江北县城了。"

秀儿道："就是七月十三嘛，早听说过了。我看，刘叔叔该不是专门跑来告诉我们这个的吧？一定是好消息了，今天我刚一开门，就听见喜鹊喳喳地乱叫！"

刘鸿鸣笑道："杨森部黔军周西成部受石青阳策动响应熊克武，先是袭击了南岸。十七号，一度占领江北。……还是秀儿聪明！但我还是要让你猜猜看，到底是啥好消息……"

秀儿道："是预征不搞了吧？听说，悦来场和马岭两河口意见都大得很的哟，是不？"

村长刘鸿鸣冷笑道："秀儿，你好会开玩笑的啊！你不说，我还差一点儿就忘记了！是这样的，蛮子、秀儿，从现在起，上头又有新精神，乌龟屁股上面又有新规定（龟腔）了。预征三年，就是说，预征五年暂时缓一缓了。这可是好消息啊！"

"啥子？三年？"蛮子瞪大两眼，恨不得不要水，就将村长刘鸿鸣活活浑吞，干哏下肚子里面去。

秀儿也沉不住气了，说道："人善被人欺，马善被人骑。预征三年呵？还要人活不？"

村长刘鸿鸣点点脑袋，说："肯定是预征三年！"

蛮子两口子就许久说不出半句话来，两人无形意志的触角在眼神的对视中交流着私密的暗语。村长刘鸿鸣也不晓得怎么解释，只好站在那里，不动声色，一个劲儿抽烟儿。一丝黯然的气息游动着无形的双鳍，围绕着三人无声意志的城堡。闷热的空气中行走着无影无踪的盛夏的火焰。

许久，村长刘鸿鸣说："你们以为我喜欢，是不是啊？我也要受上面的气呵！预征三年！难道我得到啥子好处了吗？啊？你们也不好生想一想，这是国民政府的决策，我还敢打胡乱说？吃饭的家伙还要不要了？自古以来，种田交租完税，也是天经地义的事情，你们看见啥子时候，啥子地方，有种田不交税的？有这种好事情发生，我宁愿子子孙孙都当农民，还费力培养啥子太学生，进新式学堂读书？"

蛮子说："老子不佃了！"他把肚子里面的冤枉气，终于喷发出来，冲着村长刘鸿鸣吼道，口水星星儿都飞到对方脸上了。一丝夹杂着淡淡苦蒿气味的热风吹过来，在屋后竹林里打了个转儿，遗留下一些沙沙的声音的碎片，又悄然逃走，去了远方。

秀儿就傻傻打望着蛮子。她也不晓得该说，还是不该说。

村长刘鸿鸣拉长脸，说："蛮子，你说话也要负点儿责任。是不是？你不佃，我还求你佃了？现在求我的，多啦！"

蛮子的声音又提高了几篾片，说："那，老子就真的不、佃、了！"

秀儿赶忙拉着蛮子，使劲暗暗地在他手臂上捏了两把，又向村长刘鸿鸣笑道："刘叔叔，你不要听他乱讲话啊！他发烧都烧糊涂了。你想想看，我们蛮子不佃了，还拿啥子养家？就是再高，也得佃。我们一辈子都是种田的命呵！"

蛮子这才晓得：婆娘秀儿是在提醒各人自己，莫要讲错了话。他一想到那宝匣里面的东西，也就静下心来，只是心里依然气愤！

村长刘鸿鸣占了理，却也更加得意起来。他说："蛮子，你就没得秀儿乖了！居然还要吃欺头，当我老子！你凭啥子要当我老子呢？嗯？我不是看在秀儿和你死去的婶婶面子上，这次，我才不会饶你。你算个啥子东西呢？好歹人家秀儿，乖，而且也是从我家里出来，才嫁给你的！我算不上是她屋老汉儿，也还算是她的叔叔辈儿嘛，简直就是无法无天，你以为硬是光起脑壳打阳伞嗦！"说完，他看见蛮子的光脑袋，忍不住想笑。他更得意，认为自己那个无法无天的词儿，用得太恰当不过了。

秀儿忙过去又拉村长刘鸿鸣的胳膊，说道："常言道，君子量大，小人气大，恶人胆大，善人福大。哪个不晓得刘叔叔是大善人呢？刘叔叔也是，蛮子是小人，你还和他这种人计较啥子呢？将相头顶堪走马，公侯肚内好撑船。刘叔叔，你要原谅蛮子。"

村长刘鸿鸣说："秀儿，你是不晓得的呀？我从来不生气的！但是今天蛮子也太过分，太嚣张点儿了！强中更有强中手，恶人终受恶人磨。蛮子这坏脾气不改，总有一天要吃亏的！"

蛮子还想多说话，就被秀儿瞪了一眼，遂知趣，闭了嘴，蹲在地坝当间儿，一语不发。汗水渐渐浸满他的光头，又汇聚成了汗珠儿，顺着颈子流下来。蛮子就感到有些虫子爬行在各人自己肉体的树杆上。

秀儿说："刘叔叔，你还不晓得了吗？蛮子就是个粗人。说话带点儿把子，也不是安心来气你的！对头不？他还不是针对上头啊，也不来调查研究一下，就把政策定下来了，草率得很。这还要老百姓活不活？民国嘛，就是大家的民国，又不是少数几个人的国家！"

村长刘鸿鸣也晓得蛮子是猫儿毛脾气，再说下去，怕是将蛮子惹冒火了，双方都下不了台。他心想：为善最乐，为恶难逃啊。况且他一向宽恕别人，一直以"责人之心责己，恕己之心恕人"作为处世标准。现在各人自己的目的也达到了，还趁机用臂膀在秀儿胸脯上撞了几下，只觉得软软的，心里面舒服得很。"老子总有一天，要把秀儿搞到手！"他这样想着，就顺便在秀儿白胖胖的胳膊上摸了两把，小声道了一声："好嫩滑！"于是，他心中的怒气，就像蛮子头上滴落在地上的汗水，彻底消亡了踪迹。

秀儿只是装着没有听见，装着没有看见，装着没有感觉到。她放开双手，走到蛮子当前，说："你也是！发啥子脾气嘛，有话好生说嘛，和气生财，快去给刘叔叔道歉！"

村长刘鸿鸣笑着也走过来，还递给蛮子一根纸烟儿。他说："算了算了，道吾好者是吾贼，道吾恶者是吾师。还道啥子歉哟，我们都是粗人，不兴那些了！蛮子兄弟！是这样吧？"

蛮子站起身来，把香烟儿接过来叼在嘴上，摸出洋火儿，替村长刘鸿鸣点燃，说："刘叔叔，是我不好！莫要见怪哟！今天就在我这里吃饭，算我的，陪你老人家喝二两！"

村长刘鸿鸣哈哈大笑。他说："欺人是祸，饶人是福。蛮子也会说话了。是秀儿教乖的吧？"

秀儿说："我还敢教他呀？他脾气不好，对我也是凶巴巴的。人不劝不善，钟不敲不鸣。今天就是要他认错！对了，刘叔叔，今天一定要在我们家吃饭，罚他下厨弄饭！"

蛮子只是呵呵傻笑，点头。

村长刘鸿鸣微笑着说："你们其实都弄错了！我今天来，是请你们两口子到我家去吃饭喝酒的！"

蛮子和秀儿对了眼，都怕各人自己听错误了。

村长刘鸿鸣笑着拉起秀儿的手。他说："我就是特别一早来叫你们去的！怕你们又去赶悦来场呀，又到马岭两河口去耍了呀，我来晚了遇不见你们的！说好了，中午到呵！二儿媳妇儿凤华欢喜和秀儿摆龙门阵，说秀儿有文化，知书达理的。而且盈儿也想和蛮子谈些事情。另外，黄妈做了一些好吃的菜，等你们去呵！对了，我叫她买了一块上好的牛肉，还是背柳肉，我们做点儿水煮牛肉来吃，安逸惨了。水煮牛肉，滑嫩可口、麻辣味厚，最能体现川菜麻、辣、烫的特点。好，我先走了，还有好多事情要我去办的。家的没有关火的女人，就是难办得很！"

秀儿笑道："也好嘛，我们来就是了！"

村长刘鸿鸣说："秀儿一定来！"

秀儿说："好的！刘叔叔！"

蛮子说："刘叔叔再见啊！"

村长刘鸿鸣说："好了，中午见！不送我了，又不是外人！"

等村长刘鸿鸣下了坡，被竹林遮挡住了之后，秀儿小声问蛮子："租子多少？"

蛮子抽着叶子烟儿，说："还说那些这些。涨啦，你也听说过的。还必须要一年三征呢！"

秀儿迷茫着问道："好多嘛？你说说看！"

蛮子说："正税连带附加，一亩二十一个袁大头！"

秀儿差点儿哭起来："恁么高呵？就不能少些呀，种田本来就薄利。若一亩打谷子十五斗，毛利才十块银元，要是把那些七杂八杂的费用除干抛净，我们喝风啊？龟儿子！"

蛮子说："我说嘛，为啥我发火，为啥我敢得罪他？原来你还是昏的！唉，算了，算了，不说这些伤心事儿了。看样子，乡下是生活不下去了，我们明后年就进城去，老子有的是气力，还怕饿死了吗不成？再说，做生意也不难，我以前从来不懂做猪鬃的生意，现在还不是全弄懂了？"

秀儿就站在那里，不说话，生了好大半天闷气。

蛮子也不搭理她了，自己屋前屋后忙碌着，做了好多事情，譬如，收拾屋子，喂猪，到后山坡上砍成了材的"硬头黄"竹子，等等。忙完这些事情之后，他还看见秀儿站在坝子当间，身后的影子已经很短了。他就返回屋去，为秀儿拿了一张椅子出来，拉她坐下，等她在阴凉处看各人自己用"硬头黄"竹子编笆篓。

蛮子一边编，一边就听见秀儿小声哼起了涪陵民谣：

　　　　一想光复前，
　　　　佃了老板田，
　　　　白天夜晚干，
　　　　活路儿做不完。

　　　　二想我老板，
　　　　年年加压佃。

想起加压佃舍，
脚板儿都跳翻。

三想印租谷，
守到老板哭，
好话说得无其数，
不让一颗租。

四想落雨天，
要我抬滑竿，
泥沙陷成连二杆，
老板不拿一文钱。

五想节气边，
要我礼信全。
送了礼信不打算舍，
帮忙好几天。

六想老板家，
事情多复杂，
担菜下围下，
不对就要骂。

七想老板妻，
做事无道理，
引了娃儿要送鸡，
他说应该的。

八想半时间，
要我小菜全，
送了萝卜与冬苋（菜），
还有豌豆尖儿。

九想吃和穿，
地主剥削完。
娃儿有了病，
受苦说不完。

十想我农民，
团结一条心，
齐心打垮旧封建，
国民大翻身。

唱了许久，秀儿的心情终于平静下来。她也终于开始说话了："好漂亮的女人！"说完，她甚至站起身来，移动了自己的脚步。因为一丛竹林刚好遮挡了她的视线。

蛮子抬起头，以为各人自己听错误了。而秀儿就又重复了一遍。

蛮子感到莫名其妙。他问："你说啥子漂亮？"

秀儿就嘟着双嘴唇，用嘴指示蛮子打望坡下的大道。蛮子站起身来，远远望下去，好眼熟，仿佛是看见在莲华寺里遇见的那位妖娆的少奶奶，在大道上飘过：她坐在两人抬的滑竿儿里面，撑了一把红色油纸伞，身穿一件翡翠色绸缎缝制的对襟礼服，高耸着双乳，面若三月桃花似的，红艳艳光彩照人，在阳光下面宛若亭亭玉立的一支荷花，煞是迷人。

蛮子迷迷糊糊，恍兮惚兮坐在凳子上，竟忘记身边的秀儿了。但是很快，一种不祥的朕兆慢慢爬上蛮子懒洋洋神经的藤萝。他独自暗想：为啥这个女人总在我眼前出现呢？如果说她是村长刘鸿鸣家的稀客，也不过是最近一年多来才发生的事情。更何况，既然是稀客，来了耍几天就得走。那又为啥三番五次到刘家凼、悦来场来，甚至到马岭两河口去呢？蛮子觉得怎么也解释不清。总之，那位妖娆的少奶奶是个神秘而又危险的人物，他心想。

满　岁

临近晌午，蛮子和秀儿顺着那位妖娆的少奶奶走过的大道，来到热闹非凡的刘家大院儿。

刘家凼上空的那一只鹞鹰，依旧自由自在地盘旋在天空之中。

出门前，秀儿叫蛮子在屋后竹林里，逮了自家两只老母鸡，准备送礼。说是老母鸡，但还正在生白壳儿鸡蛋呢！蛮子虽然心里有点儿不愿意，也舍不得：眼看秀儿就要生娃娃儿了，老母鸡和鸡蛋都是少不了的补品呵。可转过来一想：各人自己为租子预征三年的事情向村长刘鸿鸣冒了火，发了些猫儿毛脾气，于情于理都是并不应该的。再说来，村长家和蛮子家并没有啥原则性的矛盾，错误都在上头，都在民国政府。而且刘叔叔今天上午又亲自来请自家去喝酒吃饭，各人自己总不能空手出门吧？

风的手指不停地拨弄着大地，好让毒辣太阳光的利箭舒服而爽快地刺进去。植物纷纷奄着脑袋，像吃了败仗的兵士。人们则尽量少在户外活动，虽然已经被晒得黑黢黢的皮肤早就出了汗，在相对静止时都粘巴巴的使人心烦意乱。

一进村长家的大门，蛮子和秀儿就看见刘家二少爷刘正盈和二少奶奶李凤华，正在院子里面，逗小儿子去掐一朵芙蓉花儿。秀儿就从蛮子手里接过装有那两只生蛋鸡母的竹篮子，说些客套话，又送上一个大红包儿。二少奶奶也不推却，接过红包儿，就喊黄妈出来接了竹篮子。正午的阳光从大院儿边树梢间叶子的缝隙筛下来，在二少奶奶李凤华漂亮的脸上写些斑驳的幻化的光影，使得她浑身上下散发出更加美丽和高贵的气息来。

黄妈把竹篮子放进厨房里面，又跑了出来，说笑道："还是小少爷的面子大哟，你刘叔叔硬是舍得吧！"说完，听见刘富在厨房里面大喊大叫，她又径直回到灶房里去了。行走的光影在她背上滑下去，坠落在大院儿意绪的深潭里，溅起白耀的光的浪花儿。

二少奶奶李凤华抱着娃娃儿，对蛮子两口子说道："就是呢！乖乖儿，给叔叔、阿姨笑一个！说谢谢！说好来玩的，还带啥子东西嘛？"

小孩儿很乖，也听话，就哏哏地笑了。当然，话是不能够说出来的！

秀儿说："是娃儿满岁吧？刘叔叔也不早点儿说！我们又不是外人！蛮子前天还在提醒我，说，小侄儿可能要满岁了。你看，还真就是在今天！其实，也不需要我们特别记住，刘叔叔总不能把恁大的事情都忘记掉，不给我们讲吧！"

二少爷刘正盈说："也没有啥子大操大办的想法。常言说得好，'小娃儿过生一顿打，大人过生一顿豭儿（豭，读 jia，指公猪。今重庆，川东及川东北地区俗语，将猪肉唤着"豭儿"，实际读音 gar）'。不过是亲戚朋友来聚一聚。另外，我也有点儿事儿要找刘哥商量一下！"说完，拍着蛮子的肩，到北屋里去说话。他们路过人声鼎沸的堂屋时，看见里面烟雾缭绕，人声鼎沸。蛮子晓得，那里早已经是高朋满座了。

然而，关键的问题却是，蛮子又打望到那位妖娆的少奶奶了。

秀儿依然和二少奶奶一边逗小娃娃儿，一边东一句西一句地说话耍。不一会儿，地保老幺也到了，递给小娃娃儿一个大红纸包儿。

二少奶奶李凤华本来对丈夫的话很是在意，她对"小娃儿过生一顿打"很有各人自己的看法，本想言语几句，但碍于旁人，并没有发作出来。见老幺也送了红包儿，她心下欢喜，遂笑说道："刘幺哥，多谢了！来玩就是了，还让你破费！"

地保老幺说："这点儿小意思还要谢？我侄儿满岁，应该，应该！何况我也想来看看你，越发漂亮了！嗯，刘哥呢？"

秀儿不悦，她说："你问哪个刘哥？如果你是问蛮子呢，我就告诉你，蛮子和刘二哥正在商量事情呢。不关你的事情，你就少啰唆嘛。你不开腔，没有人当你是哑巴卖了！"

二少奶奶李凤华说："刘幺哥先到堂屋去坐吧！好多客人呢！我大半都不认识的。小孩子也调皮，抓这抓那，我和查姐姐还是在院子里陪他玩耍好些！"

老幺见秀儿不高兴，似乎意识到了一点儿什么。他说："我先就在这里，陪我侄儿耍！也好和秀儿说说话！今天你和她，打扮得最好看了。我都喜欢！"

于是，三人互相嘻哈打笑，仍旧继续摆龙门阵耍。祥和气息的绿荫抵抗着炎热季节肆虐热浪的袭击。大家在心里面却并不觉得有多么的热了。

在他们说话的时候，二少爷刘正盈在北屋告诉摇着蒲扇的蛮子，不管他愿意不愿意，刘家凼的猪鬃生意都由村长家统一收购了。蛮子听后，非常爽快就答应下来。这多少有点儿让二少爷刘正盈感到意外。端起盖碗儿茶杯，许久没有开腔说话。

年前，村长刘鸿鸣告诉二儿子刘正盈，要蛮子家收购的猪鬃卖给他家，由他家再统一收购一些其他人户及地方的猪鬃、山货，一累儿卖给重庆的"古青记"山货行。说这样就能够减少些中间环节，也就是说，不给那些中间商留下好处，对大家都有利。

蛮子见刘正盈不答话，还以为二少爷对各人自己有了看法。蛮子就又对他重复说道："刘二哥，你说得正确，我早就这样想过了。只要刘叔叔和你愿意，随便怎么都可以！我真的是很愿意的。"其实蛮子心想：也许明年的猪鬃收购价更低，也许赔本都说不一定哩。

二少爷刘正盈高兴得不行，他说："太平哥，真是爽性的人。这样的话，我看，我们还是联合起来干，好不好？其实，我一开始也就是这个想法，只是没有明说出来。现在这世道儿，单干是没有出路的，大家要联合起来干，才行。这就叫作组织协社。——这是新思想，当然你暂时还不懂的。简单地讲，就是要以合作互助的新形式，改善工农生活和经济现状。"

蛮子刘太平，两眼直盯着刘正盈，他问道："哪，那个协……社，哪个联合法儿呢？"

二少爷刘正盈说："外乡的猪鬃，还是由你哥子去收，再由你卖给我就是了。价格嘛，我肯定出得高嚏！又不亏你！你想想看，我们大家各自都走乡串户地收，再各自嘿哧嘿哧担去卖，其实成本都比较高。所以，还不如大家联合起来，再分头整，最后……"

蛮子点点头，忙说："可以，可以，完全可以！以后，我身后有了刘叔叔这样的大树，还怕乘不到凉吗？"他一边这么说，心里面就一边暗自高兴，还在肚子里面感激秀儿。他心想：还是她一个婆娘家的有远见呵！各人自己又后悔了，后悔没有念过书。有时候，只要人们都退上一步，天下就宽多了。

其实，自从村长刘鸿鸣给了蛮子那原属于田寡妇租的几亩田地之后，蛮子和秀儿早就商量过了，只要刘家再提起统一收购猪鬃一事，他们就爽快答应下来。这主要是因为前些时候，蛮子他收了满满一担黑猪鬃去卖。收购行只给了他一十八个现大洋。他问为啥怎么少呵，却被人家抢白了几句："人家'古青记'收得贱，我还高收呀，又不是年年都是一个价！"所以，回来之后，他就同秀儿商量好了，怎样对付村长刘鸿鸣和二少爷刘正盈，统一收购猪鬃这件事情了。因此，蛮子今天并不怎么生气。虽然当时蛮子并没有想通，但是秀儿爬在他身上说："我们打个赌，你越是让他们，他们就越要让你继续做下去的！你要想一想，他们是生手，毕竟还要靠你！"

今天摊牌的结果，还真是应验了秀儿的话。

现在，蛮子也就只有将意识中希望的禾苗，全部种植在宝匣里面那些金银财宝的土壤里了。只要宝匣还在各人自己手里面掌握着，蛮子他任何事情都是可以妥协的！实在不行的话，他卖掉房子，就可以远走高飞！

高飞的鸟儿，从来都没有固定的鸟巢。蛮子心想。

筵 席

刘家院子不仅气派，还很大，青瓦白墙——境内乡绅居宅多为穿逗障壁，青瓦屋面，石板院坝，土筑垣墙——四周生长着许多树木，有槐树、梧桐、黄葛树、皂荚树、桑树、桃树、樱桃树和苦楝树。大院儿里面靠近茅厕的一角，疯狂地生长着芭蕉硕大的黄白色躯干以及墨绿色的叶片儿。村长家在发绿豆芽儿，铺（收藏）干咸菜坛子时，都是要用到芭蕉叶子的。

发制绿豆芽菜是特别简便的事情，特别是在夏季，将浸泡过后的绿豆放在箳箕里面的芭蕉叶子上，然后，在绿豆上覆盖一些芭蕉叶片儿，并不时地浇些清水，用不了两天时间，白生生，胖乎乎的绿豆芽儿菜就生长出来，共主人们享用了。

刘家大院儿周围还养了许多花卉，有绣球花、栀子花、鸡冠花、龙爪花、虞美人、凤仙花、芙蓉花、蔷薇花、茉莉花、芍药花、麻叶海棠、黄葛兰、山茶花、木槿、紫藤等。紫藤在苦楝树上攀缘而上，将藤蔓幻想的触角伸向一株高大梧桐的躯体。凤仙花也叫指甲花儿，女人们常常用它来点染红指甲。现在，各式时令花卉们正开得妖艳迷人。二少奶奶李凤华今天上午就是用指甲花儿的汁儿染红的指甲，并且，还在小寿星，就是各人自己么儿头上眉心中间，用食指摁了个一点儿红呢！

眉心中间摁了个一点儿红的小寿星生日宴席开始前，大家都让小寿星来抓周。

县志曰："生子洗儿，三朝有贺，弥月宴客，谓之汤饼，子女周岁，陈列物品以占意响，谓之晬盘。"旧俗：小孩满周岁时，陈列一些弓箭、笔砚等物品让小儿抓取，以预测小孩将来的志趣，也就是所谓抓周。

小寿星由黄妈抱着，在大家面前依次慢慢走过。但他啥也不想要，到二少奶奶跟前时，小寿星只往他各人自己母亲怀里面钻，顺便就将地保老幺送的红包抓在手上了。大家哄堂大笑。老幺也非常得意。

黄妈的老公刘富是特别过来帮厨的，他说："还是幺哥的面子大！"

村长刘鸿鸣笑道："还是狗儿有本事，有本事！比他老子强。他爸爸小的时候就晓得抓毛笔！半大时，有一次还在各人自己脸上描胡子耍呢！"

有位胖妇人笑着说道："这还不好呀？要不是革了大清朝的命，二少爷还不是举人、状元啊！当个州同或者县大老爷，也不是不可能的事情！你们说是不是？"

二少爷刘正盈就笑着不说话。

二少奶奶李凤华恭维道："大姑妈说对了。爹就是现在，也是享福。两个儿子，一文一武啊！就是大哥走得比较远。好在我先生他孝顺，说啥也不离开家乡！这正好符合孔圣人的一句话'父母在，不远游'的训语。"

村长刘鸿鸣笑着点点头，肚子里面想：二儿媳妇儿的话，还是说得中听呵！

地保老幺说："这娃娃儿将来准有出息的，像我刘哥，人也标致！"

刘富笑道："那，还用你说吗？你看看刘二哥两口子，真是郎才女貌！他们俩的后代，还能够差多少吗？真是龙凤配！"

胖妇人大姑妈说："总是这样的，长江后浪推前浪嘛，比如那些唱川剧的戏子。"因为她喜欢听戏，又正好在兴头上，于是就继续说道："过去在城乡各个地方，除了那些当官的，就连平头老百姓也都爱看川剧，有人还为看戏，愿走几十里山路，愿站几个钟头呢。而那些文人雅士也喜好川剧，他们甚至整理剧目，创编新剧本。在成都啊，每逢香会、庙会时都要演川剧，在众多会馆、行帮中唱川剧；有钱人家的寿庆、婚丧仪式中也离不开川剧。在民间的祈雨、除凶煞等活动中，也要请川戏班子来唱'打叉戏'。这种长期的演出实践，便造就出一代又一代的川剧名家。你们说，如果不是这样，川剧哪里还能兴旺呢？"

秀儿笑着说："老人家说得对，让我们乡巴佬长见识了。——幺儿，过来，让我也抱抱！"

地保老幺说："秀儿，你是在说我？还是他哟？"

村长刘鸿鸣因为暗恋着秀儿，听了老幺占她便宜的话，心下就有点儿酸酸的不舒服，便说道："当然不会是叫你老幺了！大家说，是不是？"

二少爷刘正盈说："老幺，你总是爱开玩笑的，有时候，嘴上还是要积德！"说完，他就望着蛮子笑了。

二少奶奶李凤华，终于有了报仇的机会，她说："秀儿要有刘幺哥这么大一个老幺儿，那就好了！"

众人大笑起来。

二少奶奶李凤华仍不甘下风，又笑着对大姑妈说："我也知道一点川剧，也知道它有昆曲、高腔、弹戏、朗琴和灯戏五种声腔，各种声腔都用四川地方语言演唱，以锣鼓、唢呐等乐器伴奏。用四川方言道白、念唱的川剧，通俗易懂，风趣诙谐，词汇丰富优美，文学性很强；川剧的表演生动，唱腔美妙，富有浓郁的乡上气息。"

村长刘鸿鸣听了，也来了兴致，于是说道："我也晓得，略知一二。以写意为主的川剧表演，其特点是：虚实结合、以神传形、神形兼备。川剧的各行当部有一套唱、做、念、打四功和手、眼、身、法、步五法的表演程式，还有手、脚、腰、腿各种基本功，如文功、武功、扇子功、翎子功、水发、水袖、手绢、折子等都各有套路。川剧的变脸、踢眼等特技与剧情、人物紧密结合，使剧情发展曲折有趣，人物个性鲜明、形象，剧情生动感人，而引人入胜。"

胖妇人大姑妈笑着说："就是这样的，传统川剧的品种、剧目繁多，流传有'唐三千、宋八百、演不完的三列国'的说法；在品种方面，有历史戏、神话戏、传说戏、时装戏、文戏、武戏、文武兼备戏、喜剧、悲剧、正剧、闹剧、悲喜剧等。而在较为独特的川剧声腔中，以高腔最有代表性。高腔通过帮腔、打击乐、演员的唱做等表现出来，曲牌丰富、唱腔动听、动作优美、语言风趣、伴唱富有特色。如高腔中的'帮腔'，是在唱段的首句和末句由第三者在幕内帮唱，也可以由演员重唱；'飞句'更别有风味，当剧中人物内心感情激荡，想说又不便启齿表述时、则由幕内第三者代唱。

初看者对这突如其来的'飞句'，一时还有些不适应，但多看几出戏之后，则会体会出个中的奥妙来。"

村长刘鸿鸣摆摆手，对李凤华傻笑道："第一次，我跟你大姑妈同去成都青羊宫听川剧，我就没有适应，哈……"

这时，一个下人走来对黄妈使个眼色，黄妈就晓得找各人自己有事情，遂悄悄退出门去。刘富也跟了出去。不一会儿，黄妈返身又进屋来，在村长刘鸿鸣耳边小声道："刘叔！几时开饭？"

村长刘鸿鸣没有开腔，笑着点点头，就招呼大家入座。蛮子打望到各人自己在莲华寺里面遇见的那位妖娆的少奶奶，也在席上面坐定。蛮子上午还看见她坐在两人抬的滑竿儿里面，撑了一把红色油纸伞，身穿一件翡翠色绸缎缝制的对襟礼服，高耸着双乳，面若三月桃花似的，红艳艳光彩照人，在阳光下面宛若亭亭玉立的一支荷花，煞是迷人呢。

不一会儿，凉菜、热菜和汤菜都依次上来了。它们是，凉菜十二样：油酥花生米，凉拌三丝，糖醋排骨，麻辣豆干，五香牛肉，卤猪心猪舌，香熏猪肝，盐水鸭，蒜泥白肉，香肠，凉拌苦瓜，糖水番茄。热菜十二样：红烧鲤鱼，水盐菜蒸扣肉，红苕蒸鲊肉，宫保肉丁，合川肉片，京酱肉丝，红烧狮子头，蚂蚁上树，锅巴肉片儿，烧三鲜，糖醋莲白，虾米烧冬瓜。汤两样：墨鱼炖鸡汤，荷心炖排骨汤。——这也就是流于四川、重庆各地的"九大碗"：民间凡遇婚娶，新居落成，小儿诞生，老人寿辰等喜事儿，都要办一顿丰盛的酒席。除猪肉外，或鸡或羊必上满九碗。后来"九大碗"发展演变为上九道菜，依次顺序为：一、干盘菜；二、凉菜；三、炒菜；四、镶碗；五、墩子；六、膀；七、烧白；八、鸡或鸭；九、汤菜。川菜讲究制汤，有清汤、奶汤、红汤、鱼汤、毛汤等。各种汤又有各种汤的香味与色彩，所以民间流传有"川戏的腔，川菜的汤"的说法。

蛮子看时，桌上已安排得整整齐齐。二少爷刘正盈，村长刘鸿鸣和大姑妈分别讲了几句开场白。村长在致辞的时候，还特别介绍了那位妖娆的少奶奶名叫赵淑青，是二少奶奶李凤华以前在重庆牛皮荡念"省立第二女子师范"学校时的同学。

于是开宴。从上席开始，顺时针的座次是：村长刘鸿鸣，二少爷刘正盈，二少奶奶李凤华，那位妖娆的少奶奶赵淑青，秀儿，蛮子，地保老幺，刘富，黄妈，大姑妈。从大姑妈和那位妖娆的少奶奶座位的虚线划断，上面属于上席，下面属于下席。由于今天是二少爷刘正盈的儿子满岁，实际上他才是上席的正中。

酒过三巡，大家的兴致都高了起来，互相敬酒，说笑。

蛮子一直都觉得，各人自己在莲华寺里面遇见的那位妖娆的少奶奶赵淑青，非常神妙莫测，就十分注意她的一言一行。蛮子听见她用官话和二少奶奶对话。她们一边吃，一边说着闲话。因为环境比较吵闹，她们以为别人是听不见的。

这是那位妖娆的少奶奶说："凤华，我觉得不应该是他们。"

二少奶奶李凤华说："我早写信给你讲过，谁人背后无人说，哪个人前不说人。不可能的事情。况且，你自己也暗中调查过了。"

那位妖娆的少奶奶说："但是凤华，你也晓得的，那些东西太宝贵了。你晓得，我并不是指钞票的。钱多钱少是另外一回事儿，关键的问题在于，那东西太宝贵了。你是知道的。"

二少奶奶说："是非终日有，不听自然无。淑青，吃完饭，我们两姐妹好好生生，慢慢谈一谈。"

那位妖娆的少奶奶名叫赵淑青。蛮子又在心里默念了好几遍。

此时，赵淑青微笑着说："是的！今天范团长自然来不了，战事还没有完呢！那我借花献佛，先敬长辈！"

蛮子旁边坐的就是地保老幺，也是下席。老幺听见那位妖娆的少奶奶说"范团长"，也开始警觉起来。因为他晓得，范团长就是袍哥中大名鼎鼎的范大爷，也就是杨森队伍手下人称"范傻儿"的一个团长。他心想：难道范大爷真还是在暗中寻找那面黄缎大旗帜啊？那可是本县袍哥辛亥起义时用过的。地保老幺各人也听说过那面旗帜，而现在却落到了自己手上。他心里也非常清楚，那面旗帜在码头上十分重要！得到它的人，可以使各人自己在袍哥当中的地位更高。难怪这位妖娆的少奶奶，经常在刘家幽一带神出鬼没的了。原来她还是"范团长"的姨太太啊！

地保老幺甚至听人传说，"范团长"曾经看上了一位重庆"省立第二女子师范"学校的女生，谁知道人家开口就叫："爹，你都不认识我了？"随即大哭起来。"范团长"心想：自己的姨太太那么多，哪里记得清楚那些儿女的模样儿？于是给了这个"女儿"五百现大洋，悻悻着走了。

此时，二少奶奶李凤华笑着说："对的，先敬长辈。不过，我们俩就免了罢！"

那位妖娆的少奶奶说："那可不行！我断断续续住在你家都快两年了。要不是县城有家，我还真愿意在你家住下去，一直等他打回来！"

二少奶奶说："好了好了，淑青，你也别太伤感了。我今天高兴，就舍命陪君子！"

那位妖娆的少奶奶说："凤华，你真是我的好同学，好妹妹！"

二少奶奶说："谁让我们是同学呢？我这一辈子是欠你太多了，一直都关心着我！所以我家就是你家，只要你愿意，住多久，什么时候来住，悉听尊便！请都请你不来呢！还有，如果不是你那团长的袍哥兄弟伙，我们这个家，还有这座宅子，老早就完蛋了。"

赵淑青，那位妖娆的少奶奶，觉得自己很少遇见像李凤华这样知恩图报的朋友。她一想到这里，就感动得差点儿掉下泪来。她说："你婆家里的人真好，只是你大伯子除外。"

二少奶奶说："你还是忘不了他？"

赵淑青感伤地说："其实，我也知道他是真心喜欢我。只是……只是他太绝情了。也许他坚持一下，我们就能够……唉，算了，不提也罢！我和他两个是有缘无分！"但是很快，她遂镇静下来，她端起酒杯，先给村长刘鸿鸣、大姑妈等几位老辈子敬过酒，又给平辈们一一敬了，脸上的红霞就飞了起来。她现在的任务，就是要暗中打听到那面旗帜的下落，至于县城里面的小儿子，早断了奶，有保姆、丫头带着，还有化妆成男仆的卫兵，她在外面待多久都放心得很咧！

正在大家酒足饭饱之际，小寿星将一盘凉拌三丝抓翻，酱油海椒水整个泼在各人自己和身边大姑婆净白的旗袍上。

二少爷刘正盈忍不住，走过来，抓起娃娃儿的小手扇了两下。小寿星撇撇嘴，哭起来。二少奶奶李凤华心疼她的小幺儿，可又当着众人的面，不好发作，起身抱了哭兮兮的小寿星去换衣服，出门时，竟掉了眼泪。蛮子和秀儿从来没有见她发过火。秀儿和已经站在席边的黄妈看得下细，就双双赶紧跟上，一同出了门。

二少爷刘正盈对黄妈叫道："黄妈，叫凤华拿件干净的旗袍，你快点儿送过来，给大姑妈，好换上！快点儿，快点儿！"

黄妈又退回去，说："可能二少奶奶的衣裳，大姑妈穿起来有点儿小哟！"

胖妇人说："老二，算了算了！我去拿帕子揩干净就行了！"说完，也站起来，追黄妈她们几个去了。

刘富终于坐不住，也跟了出去。

蛮子和地保老幺走也不是，坐也不是，只好暂时当哑巴。

那位妖娆的少奶奶刚想起身，二少爷刘正盈笑道："淑青，你就别走，稀客呢！来来来！继续！继续！'小娃儿过生一顿打，大人过生一顿㧟儿'嘛！"

村长刘鸿鸣抽着那只水烟儿筒，就很不了然地也了儿子一眼。他说："好了好了，好了，陪大家喝一杯。我是不胜酒力的！小赵千万别见怪，我们乡下人，粗俗得很，让你笑话了。"

赵淑青，那位妖娆的少奶奶莞尔一笑，说道："刘叔说笑呢，我就是喜欢这种质朴和随便，更喜欢无拘无束的生活！"说完，她端起酒杯，一干而尽。

蛮子和地保老幺赶紧各自陪了一杯。

村长刘鸿鸣也陪着干了一杯，他说："我们老刘家失敬了。"

赵淑青大有深意地说："人生总是在得意和失望之间徘徊。不如意就是人生，如果事事都如了人意，那我们就不是凡人，而是神仙了。"

"好吧，好吧！做不了神仙，我们也享受一下凡人的乐趣。来来来，我来当回儿庄。纽子一顺，我先从淑青开始。"二少爷刘正盈道。于是，依次划拳，他竟输了一大半，连喝了三大杯，只赢了父亲刘鸿鸣一人。

那位妖娆的少奶奶也当了一回儿庄，虽然赢了一半，但也还是喝了两大杯白酒。

随后，蛮子和地保老幺也先后当了一回儿庄，却是赢多输少。

那位妖娆的少奶奶见状，并不服气，另外又找蛮子和地保老幺单挑了一回儿。两人心下都明白怎么回事儿，所以只好各自违心地输给了她。

二少爷刘正盈微笑着说："淑青，何不趁手红，点灯笼？"

赵淑青开口笑了，她说："好，我再当一回儿庄！"

等刘富和四个女人重新回到酒席上时，那位妖娆的少奶奶赵淑青，已经有点儿醉意了，说什么"我辜负了团长！"还说什么"天下没有不散的筵席！"二少奶奶李凤华心里非常清楚，即便"范团长"不再带兵打仗，一年里面，也很少能够与一个姨太太厮守几天的。正因为如此，与副手或者警卫私通，甚至私奔的事情，总是接二连三发生。二少奶奶甚至还想过，她的好同学一到刘家，就要求住大少爷刘正丰的屋，是不是也跟他有点儿什么瓜葛啊？因为二少奶奶曾经听自己丈夫刘正盈讲过，要不是大哥跟"范团长"的一个姨太太有染的话，现在他依然是副团长，而不会是一个什么小小的连长了。

二少奶奶李凤华起来恻隐之心，就先行扶她的好同学回去休息了。于是，黄妈、刘富等人收拾碗筷，众人再喝了一回儿。最后，曲终人散。

此时，赵淑青，那位妖娆的少奶奶，正睡在大少爷刘正丰曾经睡过的床上。在迷迷糊糊之中，她仿佛又看到了刘团副，也就是大少爷刘正丰那一表人才的身影，看到另外一个风姿招展的她，三番五次主动向他暗示。而他却不为所动，坐怀不乱。

在一个雷雨之夜，查哨的团副刘正丰，看见范团长家的窗户里闪着红光，甚至还有煳味儿。当他推门而进时，蚊帐已经烧了起来。他叫了两声，帐子里并没有人应答。他心里非常清楚，范团长已经大半年不在家里过夜了。他一把撕下正在燃烧的蚊帐，踩熄。在闪电的映照之下，他看见几乎一丝不挂的赵淑青醉卧在那里，随即又消失了。旋即电闪又起，他才看见床下还有一本打开的书，是《欢喜冤家》，说明她起先还非常清醒。而床头柜上的蜡烛倒在那里，他立即意识到，正是它引燃了蚊帐。

天空中响起了一个炸雷。团副刘正丰回头看看，屋里仿佛有一桌子的酒菜，除了"茅台"斜卧在那里，其余的依旧摆放在原位。正当他去关严窗户时，感到一双火热的小手将他死死抱住。他使劲掰开它们，慢慢回过身来，看见范团长的九姨太赵淑青，完全赤裸裸地展示在他眼前。

赵淑青说："你，你今天不救我，我就死了。但是你今天要不依了我，你就会死！"

团副刘正丰摇摇头。

赵淑青说："难道，我很丑吗？"

刘正丰说："不，你非常漂亮，九姨太，不，赵小姐。你真是我的冤家啊！"

赵淑青扑在团副刘正丰冰凉的怀里，说道："我们做欢喜冤家吧！"

团副刘正丰又摇摇头，他说："我会死得更惨的。"

赵淑青已经不容分说，粗暴地开始动手解他的衣服了。她说："一桌好筵席不能没有主人。我心甘情愿做你的奴隶！"

团副刘正丰就不再说话。他何曾不想进入温柔之乡？十几年来他出生入死，依然只是个团副。别人指挥他打哪里，他的枪口就指向哪里。好在，虽说也负了几次伤，但都没能要他的命。他心想：运气不会总是光顾自己的，也许下次走运的人就不再是我了。然而，即便明天赴汤蹈火，战死沙场，我也得尝尝女人的滋味儿吧？要不然，哪天一颗枪子飞来，或者一颗炮弹在身边炸响，自己这一生不是白活了吗？天下没有不散的筵席，还是得过且过吧！因为在此时，范团长的九姨太赵淑青，已经把他剥得只剩下黑夜虚妄的外衣了。

于是，两人赤身裸体地搂抱在了一起。窗外的狂风暴雨，比起他俩之间的野蛮入侵或疯狂围剿来说，已经变成和风细雨了。

却说蛮子和秀儿一道回家，他就察觉各人自己有些不舒服了。蛮子以前原有害下的热病，每到夏天，便身体疲倦，形容消减。当时正六月上旬，因此，秀儿便叫地保老幺请了个郎中来，在蛮子后背针灸了几穴位火。那人临走时，一边收下秀儿给的看病钱，一边嘱咐蛮子要好生将息各人自己，在家调养，出门不得。

其实，蛮子只是心病。因为那位妖娆的少奶奶说的话，他全听清楚了。他心想：那些悦来场上的陌生人，那个从来没有见过的算卦先生娄半仙，那五位在马岭两河口遇见的袍哥兄弟伙，一定都是"范团长"和妖娆的少奶奶派来的。而且，她还三番五次亲自寻找，并且跟踪自己。蛮子觉得，难怪今天自己顶撞了村长刘鸿鸣，他也并不怎么生气，原来请自己与地保老幺，就是一个"鸿门宴"，好近距离审视他们拜把子兄弟啊！

秋　收

到了秋收的季节，刘家凶村开始热闹起来。每天清晨，天还麻麻儿亮，香草叶子的脸上还没有将露水晶莹的泪珠完全擦干，成群结队的噪山麻雀儿就从结集在乳头山松林的巢穴中飞出，像泥尘灰儿一样，散落在稻田里啄谷子吃。人们却比鸟儿还早，已经用那最古老的工具收获稻子了。他们用镰刀割下好多稻草，分别由两人并立，手持稻柄，在搭斗内此起彼伏，极富节奏地脱粒。

田埂上，人们肩担着一箩筐一箩筐的稻谷，咿咿呀呀走到平坝上铺平，等待阳光无私的暴晒。还有一些人户因为人手不够，就暂时将稻草挑到平坝上晒，再用连枷进行脱粒。秀儿屋里的老汉儿，人们叫查三爷的，常常在秋收时教各人自己的女儿念一首诗词，也就是宋朝诗人范成大的《四时田园杂兴》：

新筑场泥镜面平，
家家打稻趁霜晴。
笑歌声里轻雷动，
一夜连枷响到明。

自从秀儿懂事以后，方才晓得这首诗的意思。她就在肚子里面想：原来写诗怎么简单呵！不就是在说话吗？其中最后一句"一夜连枷响到明"，如果这样说，"我听见一夜连枷响到天明"，分别把先头三个字和尾子倒数第二个字删脱，不就是一句古诗了吗？

蛮子的热病早就好了。现在正和几个请来的帮手一起在收割稻谷。远远的还和山坡上面放牛的地保老幺说说话。其实，蛮子他各人自己非常清楚，自从和秀儿拜堂以后，他各人自己的热病已经没有发过了。但是，今年也怪，老病又发，蛮子就怀疑是那种骚事情做少了的原因。那看病摸脉的郎中医生也悄悄在蛮子耳根儿说过，"婆娘没有让你动她吧？其实是没有啥子关系的，时间上两头是不可以，中间嘛，完全没有啥子关系的哟"，蛮子心下才恍然大悟，郎中医生的悄悄话证实了各人自己的揣测，但他也不好向秀儿发作出来，就只好在夜里暗暗想着以前和婆娘秀儿在床上欢喜的情景。那时候，婆娘秀儿就是不许他睡觉。这也不能说是秀儿贪恋床笫之乐，谁叫他蛮子没有能耐呵！秀儿想要一个娃娃儿的欲望已经满溢了她的大脑。那时，秀儿心海里面游弋着一条本能的、欲望的、红色的小毒蛇，绯红着脸，胸乳快速起伏。

地保老幺一边说话，一边又对山坡上的蛮子道："秀儿好久生娃娃儿哟？这段时间我看见她好像好累人的！有点儿事情嘛，你也是要帮忙做些啥子的！未必，总是叫秀儿做啊？"

蛮子说："我各人自己的婆娘，未必要你来心疼呵！多谢了！我的好幺哥！"

地保老幺笑道："对了，蛮子，我有话对你说！你不要生气啊，我们好久都没有交过心了哟，你说是不是？"

蛮子说："对头嗻！我也有些话要对你说说，这样吧，我们都休息一下！行不行？来我这里好了，抽根儿烟吧！"

地保老幺点点头，放下给牛割草的镰刀，跑到蛮子田里讨根儿叶子烟抽！两个男人——蛮子和老幺——就在捡到贵重东西一事儿上相互试探对话。但两人都不老实，相互间隐瞒了好多事情的真相，相互间都不承认各人自己捡到了啥金贵的东西！

地保老幺说："对了，蛮子，听说你在上次打仗时捡了好东西，是不是？"

蛮子笑道："哪个龟儿子说的！他在乱说！要是上次来马岭两河口的那帮子人听到了，我脑袋会搬家的！都说是你捡到的，千万别栽在我头上。"

地保老幺说："你不要以为是我说的呵？"

蛮子说："不会不会，如果是你，我还骂啥子呢？"

地保老幺说："我不过是听人家说了这件事情嘛！你不要生气呵！但是，你我上次在马岭两河口，还有秀儿一路，那帮人过来找你我的大麻烦，我是替你解了围的哟！我办得还可以嗻？我老幺从来都不拉稀摆带的！保肋肉两边，这里！为朋友都可以插尖尖刀的！"地保老幺这么说，还在两肋下用手一指。

蛮子说："上次真要感谢你！不过，真的没有我的事儿！他们是在吃诈！"

地保老幺笑道："他们怎么不来吃我的诈呢？一定是你了！"

蛮子说："不可能是我，不可能是我！我各人自己都晓不得！他们一准是认错人了！不过，我听说是你幺哥捡了啥子金贵东西的！千万不要栽在我头上呵！"

地保老幺说："蛮子，你不要乱说话啊！我胆子小呵！熊克武、赖心辉又从内江南下，已经离重庆城不远了！农历七月四号，杨森军中的旅长贺龙，受石青阳运动，在酆都兵变，也归附熊克武，拥护孙中山了。"

蛮子笑道："我才不管啥子熊，啥子赖。反正我不可能捡，你也不可能捡到，是我开玩笑！你要是捡到宝贝儿东西的话，你还在这里吃苦呀？我清楚得很的！我和你，都不可能捡到啥子刨财！"

地保老幺说："就是嘛！"

蛮子说："晓得是哪些人哟，乱嚼舌头根儿，听他们说，猫儿都蒸来吃了！"

地保老幺说："蛮子，要不是今天你说明了，我一直还以为是你捡到了金贵东西哩！"

蛮子试探地问道："还有一件事儿，那、那女人是哪里来的！"蛮子指的是各人自己在莲华寺里面遇见的那位妖娆的少奶奶。二少爷刘正盈儿子满岁时，她也来庆贺的，听村长介绍，还是二少奶奶李凤华的同学。蛮子迷迷糊糊，恍兮惚兮坐在田埂上，竟忘记身边的地保老幺。但是很快，一种不祥的朕兆慢慢爬上蛮子懒洋洋神经的藤萝。蛮子在肚子里面想：为啥子这个女人总在我眼前出现呢？她一定认为就是我捡的了！

老幺假笑道："我怎么晓得？我不清楚！管她的，反正，反正，我们心头没有鬼！不怕半夜敲门的！"

蛮子微笑着说："我不过是顺便问问罢了！"

地保老幺嬉皮笑脸地说："不过，她硬是漂亮呵！"

蛮子笑道："对头，她是漂亮，我才问你嘛！"

地保老幺也笑了，说："小心点儿，我都少去窑子了，你还有那个心思呵？"

蛮子故意说："想啊，马行无力皆因瘦，人不风流只为贫。"

于是两人淫荡地笑起来！

晚黑，蛮子和秀儿做了欢喜事情。起先，秀儿并不愿意，说："怎么久都忍过去了，你还是忍忍吧，不就过去了吗？"

蛮子说："我问过郎中了，现在做，没事儿！"

其实秀儿也想，只是怕碍了大事情！一听蛮子说没事儿，就不好再扫蛮子的兴趣！她说"轻一点儿！"蛮子心知肚明，也不敢粗鲁。一阵摩挲之后，两人都心满意足。

秀儿懒懒地睡在床上，说道："舒服。但是，下不为例！"想了想，问，"听说重庆又在打仗了？"

蛮子说："有这事儿，我听老幺说的。"

秀儿又问："怎么他啥都知道啊？对了，哪个打哪个？"

蛮子说："我不晓得。管他妈的哪个打哪个哟！"

中　秋

一九二三年九月二十五日，是农历八月十五中秋节。据《巴县志·卷五·礼俗·风俗》记载：

> 按《帝京景物略》记载："八月十五日祭月，其祭，果饼必圆，家设月光位于月所出方，向月供拜月饼、月果，戚属相馈报。"又《熙朝乐事》："中秋民间以月饼相遗，取团圆之义，是夕，人家有赏月之宴。"今县俗尚沿之。"王志"载："中秋，妇女相率入园圃探瓜，以得为弄璋（生儿子）兆，曰摸秋。"少年取瓜涂五色，鼓乐送艰嗣者（不生育的人），彻夜交驰。晚清，改送童子，用泥为之，饰以华采，亦鼓乐往，与上元送灯同俗。

这天下午，秀儿随蛮子来到悦来场采买东西。本来，蛮子是不想叫秀儿去的，但秀儿一味犟着也要去，蛮子无奈，遂同意了。秀儿笑道："你以为我喜欢和你去呀？我主要是想去场上看看热闹，打打望，今天中秋节呵，顺便说，我还想到场上去打点儿牙祭呢！"

蛮子笑道："各人自己又不早点儿说！早说嘛，我们晌午饭就到悦来场去吃了。既然是中秋嘛，就好生过一过噻，现在去，场合都散了，还有啥子热闹打望哟！"

秀儿说："你马后炮！你不晓得今天是中秋呵？"她正在梳头，两只硕大的奶子就在布衫下翻滚着撩人的波浪。她又说："这就是你不懂了，中秋是看月亮，当然越晚越好噻，笨得很！"

蛮子说："我，我，我真的搞恍了！我只是怕上午人多，商家的东西也好贵的！"

秀儿说："说不清楚，你就不解释了，我们走！"

蛮子说："好！"

昨天夜晚，蛮子偶尔只听得见几声狗叫和奶娃娃儿的啼哭声。时辰很黯了，月光却很大。蛮子光着上身钻进猪圈儿里面，两只粗糙大手在垒圈的青石缝中摸索，随后用一把雪亮的小刀捅松了干泥巴，抠出一些干硬的碎泥块儿。那块四边都有些油亮的青石板儿，咔咔咔咔地松动起来，被他取下轻轻放在地上。四只半大黑猪崽儿哼哼了两声，又睡去。蛮子从石壁内拿出一个长方形的布包，露出那只枣红色的木匣，感到心里面安逸得很，也不嫌苍蝇、蚊子多了。蛮子脸上浮现出满意的笑容，两眼放光。蛮子他摸出一些细软拿在手上，再盖严匣子，依然放进石穴里去，随后从裤子荷包里摸出一块旧布来，将那些东西包好，藏入荷包中，完了，又用手按一按，心里方才感到踏实、可靠。他又重新抱了青石板儿，盖好，才用碎泥块把石缝填妥。这一切都是他摸黑做完的，这一切，他在心里不知道演习过多少遍，简直就是轻车熟路。他不想点蜡烛或者煤油灯儿，也害怕点，担心火光惹人注目，招来麻烦！其实，今天蛮子他还非常嫉恨天上亮晃晃月亮的独眼呢！"凭啥子老是盯倒老子打望呢？"这样想着，他慢慢返回屋去。刚推门进屋的时候，远处传来几声狗叫，他就打了个哆嗦，夜猫子一样，一头钻进灶屋，先打水洗手，然后再返回屋子里面，上床。婆娘秀儿翻身，嘴里咕哝着啥，又呼哧呼哧睡去。蛮子松口气，甜蜜蜜地睡了，心里非常踏实。窗外的月亮快大圆了，挂在中天亮得吓人，红黄红黄的，像秀儿在端午时喜欢吃的咸鸭蛋的蛋黄儿！

今天，蛮子要到"得兴号"羊掌柜那里兑换现大洋。当他和秀儿路过羊掌柜店铺前面时，听见掌柜的在屋里不停地咳嗽。毕竟秋天了，但天气依然闷热，人们如果贪凉，稍微不注意，就会咳嗽。

悦来场并不是很大，屋顶被太阳晒得腾起一股股的热浪。场上有一条凹凸不平，弯弯曲曲的青石板路，也热烘烘的。小街略呈南北走向，到南端时几近东南方向了。街道两边参差不齐立有一些木质的和泥抹的平房，黑黢黢的，只有少数几处为一楼一底的青砖高楼，这在悦来场上已经是很起眼的了。这些房子新旧参半。蛛丝网在阳光下闪动意绪孱弱灵光的网纱。时间的经纬毫不介意的就在屋檐、墙角编织了有形掌纹或无形预言的脉络，在季节的罡风中捕捉更加脆弱的生命。太阳火辣辣高挂中天，只是临街的门面依然不屈不挠开门迎客，在商品的买卖之中，赚取微薄的利润。

蛮子对着屋子里头喊："老板，生意还好噻，人还康健吧！"

羊掌柜翻起两只鱼泡眼，眼泪花花儿的打望了蛮子一眼，说："还好，就是人还没有死，咳咳呵呵！"

蛮子站在那里，等羊掌柜咳嗽完。蛮子就在肚子里面想："他肯定是凉了背心！"很久，蛮子又听见羊掌柜神秘兮兮对各人自己说道："咳咳！蛮子兄弟，好自为之啊，逢人且说三分话，未可全抛一片心！咳咳！呵呵呵呵！呵！呵！咳咳！祸福相依呵，咳咳！晓得不，本月二号，苏俄代表加拉罕抵达北京。孙中山之代表蒋中正等人又到达莫斯科。次日，蒋中正会晤了苏俄东方部长，因为列宁生病，未会晤。同日，黔军周西成三次袭攻重庆，十日被击退。十五日，北京政府任命川军邓锡侯、陈国栋、唐式遵、潘文华，黔军袁祖铭、王天培、彭汉章为师长。"

蛮子兑换了现大洋，还不想走，还想继续听下去。

但是秀儿讨厌这个人。她过来拉了蛮子，说要赶紧去买点儿将来奶娃娃儿需要的东西。蛮子也后怕了，毕竟宝匣还在各人手里，而自己又经常到"得兴号"来，招人嫉妒呵，于是，心事重重地跟着秀儿离开了当铺。

按黄妈以及二少奶奶李凤华的推算，秀儿的预产期大约在九九重阳左右。重阳一过，天气变冷，所以，秀儿已经为即将出世的娃娃儿准备东西了。小汗衫，小罩衫，小棉袄，小棉裤，小胎帽，小棉袜子，小棉鞋儿等，都是秀儿她各人自己缝制的。这些东西的材料也很简单，大人们的旧衣服、旧被单等，都可以利用。这并不是说为了节约，新料子比较硬，对娃娃儿芙蓉蛋似的嫩皮肤反而不好！

蛮子两人采办完想要的东西后，天，已经临近擦黑，秀儿安心不回家。她心想：我要吃肉，下馆子！秀儿这样想着，挽着蛮子的臂膀，脚步不知不觉就移向李家小酒馆儿，随即钻进低矮的屋檐。由于今天是中秋节，馆子里面反而没有多少客人。"每逢家节陪思亲"嘛，大家都愿意买点儿菜，回家各人自己下厨操办，请亲朋好友喝酒吃菜，看月亮，尝月饼。

李老板笑道："这位哥子、嫂子，今晚吃点儿啥子？"

蛮子没有作声，依旧想着心事儿。秀儿以为他不情愿下馆子，但是也不管那么多了，自己又不是吃的独食儿，所以径直走到一张方桌边坐了，故意高声叫道："来盘卤猪头肉！要打整得干净点儿的！"

李老板又说道："还来点儿啥子？喝不喝酒？"

蛮子坐下，想讨好和安慰婆娘，就说："秀儿说了算数！"

秀儿笑了，她说："海带蹄花汤。"

蛮子就对李老板说："海带蹄花汤！"

秀儿有些心不在焉了，她说："其余随便你了。"

蛮子说："半斤高粱酒。"说完，又点了个宫保肉丁，因为有花生米，下酒下饭，都香。

李老板也高声叫："半斤高粱酒——！"便高高兴兴地跑进厨房去了。一路上，他嘴里还咕哝道："还是酒好啊，一年四季，不论是春种秋收、修房盖屋，或是婚嫁丧葬、做寿请客，都离不开喝酒。除夕之夜一家人要喝团年酒，正月间亲友会聚要喝春酒；到栽秧时节，人们喝栽秧酒，到夏收、夏种时则喝开镰酒、收镰酒，到了秋收时节要喝丰收酒。除此之外还有寿酒、婚酒、满月酒等等。还是酒好啊！"他心里明白：喝酒的习俗越多，酒店和小酒馆的生意当然也就越加兴隆了。

很快，酒、菜上齐。卤猪头肉加了鲜红色的海椒油、花椒面儿、火葱花儿、小磨麻油和豆油，闻起来麻辣、喷香。秀儿大口吃起来。

这时，李老板送来一个五仁月饼，用盘子装着。月饼上面划了两刀，呈十字形状，一共四牙儿。

蛮子叫道："我没有点月饼！馆子还卖月饼呵？"

李老板说："今天中秋，送给两位尝尝！经常来照顾我们啊，两位请慢用！"

秀儿笑道："谢咯！"她看见李老板，立即想到初来悦来场的情形，不觉得掉下泪来。

蛮子忙问："嘟个搞的？"

秀儿说："呛了。"

蛮子说："慢慢吃。"

秀儿说："酒，你也是少喝。"

蛮子说："好。"他心想：这日子真怪，一年四季，春夏秋冬，总是轮回。人也一样，羊掌柜渐渐显老，而他蛮子的后代就要降临人世间了。这样想着，就看看秀儿，依旧青春，甚至看上去比当初还年轻一些，蛮子心下也就踏实些了。有了老婆、儿子和票子之后，他已经心满意足了。竹篱茅舍风光好，道院僧房终不如。

那时候，秀儿家住涪陵，由一个跑滩匠引上重庆城来，想找个婆家。人们起先想到的是地保老么，人家老么不干，嫌丑，才转说蛮子。

三个月之后，蛮子婶婶问他："要不要秀儿？她人很好的，也许打起灯笼都难找！"

蛮子也说："好。"

这样，两人择日成亲。

蛮子和秀儿的认识就是在"迎春"之际。据清《通礼》及《会典》，在立春之日前几天，各府、州、县于东郊制造芒神——古代传说中管稼穑的神——和土牛，是在这一年吉祥的一方取水土制作而成的：以桑柘木为骨，用五行家、阴阳家的方法，按年、月、日、时、干支为芒神和土牛的形体颜色，如果立春是在农历十二月十五日后，芒神执鞭放在牛肩上；如果立春在农历正月初一后，芒神执鞭放在牛腹上；如果立春在农历正月十五后，则芒神执鞭放在牛膝上，指示民众农事的早晚。

到了立春之日，陈列香烛、酒果、各官朝服于东郊，行一跪三拜礼，于是抬着芒神、土牛行走，香亭、鼓乐作前导，各官朝服随后，"迎入城，置于公所，各官执彩杖环立，乐工击鼓，各官环击土牛三，乃退"曰"鞭春"——俗称"打春"。现在，四川、重庆等地的人们，依然还将立春叫着"打春"。按《礼记·月令》记载："季冬之月（冬季末一月），旁磔（音哲。意为碎裂）出土牛以送寒气。"指冬季还要磔裂土牛以送寒气。清末民初，县官间有时还是照旧仪式办理。

秀儿和蛮子成亲以后，不久，院坝边上的那一株桃树，就仿佛按捺不住似的，率先绽放出了两三朵水红的花瓣儿。只几天工夫，满树的花蕾竞相盛开，在青幽幽的新叶的映衬下，妩媚动人。不过十天半月，秀儿看见田坎边上的胡豆已快割了，坡上、谷地里的麦子也长得像小娃娃儿那般高大。远处，油菜花渐渐翻黄。蜜蜂到处乱飞，到处都听得见嗡嗡嗡的声音。它们从紫云英等野花飞到菜花上，又从菜花飞到桃花上：从一朵桃花飞到另一朵桃花；有时还试图靠近秀儿的黑发。鹞鹰远远的在晴空中盘旋，依旧自由自在，时不时还长唤两声，把地上的幼小生灵骇得惊惶失措：鸡崽儿伏到母鸡的翅下唧喳，鸭娃儿躲在河边的茅草丛中啁啾。孩子们在小河沟里摸螃蟹、捞虾虾、捉小鱼，到处都显得生机勃勃的样子。他们大呼小叫的声气，也透过暖和的春阳，时隐时现地传递过来，秀儿就在恍兮惚兮之间，觉得各人的小娃儿也在那里打跳玩耍。模样就跟蛮子一样，光着一颗硕大的脑袋。于是她就心想，要与蛮子嘴对嘴"再来一盘"，也不顾白天还是晚黑了。

第七章

开荤

重阳节没过几天，正应验了黄妈及二少奶奶李凤华的推算，蛮子家有喜添丁啦！婆娘秀儿给他刘家生下个白胖胖的男娃儿来，蛮子喜得逢人便老远打笑哈哈儿，请邻居相好、亲朋好友来参加娃娃儿的三朝礼！第三天，邻里朋友都携贺礼前来蛮子家道喜，照例给娃儿开奶开荤。

每年农历九月初九，是传统的重阳节。按《续齐谐记》云："汝南桓景随费长房游学，谓曰：'九月九日，汝家当有大灾厄，急令家人缝囊盛茱萸系臂上，登山饮菊花酒，此祸可消。'景如其言，举家登山，夕返，而鸡犬一时暴死。"《仙书》云："茱萸为避邪翁，菊为延寿客，假二物以消阳九之厄。"《梦华录》亦说："唐时都人出郊登高。"现如今，本县群众农历九月九日登高，算是比较古老的风俗了。

旧时，民间多在农历九月初九日酿新酒，曰"重阳酒"，北方则直接叫"新酒"。北宋著名画家张择端的一幅名画《清明上河图》，图上临河的一家酒店门前的酒旗上，就有"新酒"二字。《东京梦华录》说"中秋节前后，诸店皆卖新酒，……市人争饮"。一首题为《重九》的诗写道："都人是日饮新酒。"

重九即重阳节，时令自然是深秋。新酒就是秋收后以高粱、新麦酿制

205

的酒，故称"新酒"。它与置酒作暖食的习俗相呼应，所以《清明上河图》表现的并非"清明"春景，即这里的"清明"二字，并非指二十四节气的清明时节，而是指地名"清明坊"。查宋代官修史书《宋会要辑稿》，当时东京汴梁（今开封）外城及郊区共划分有一百三十六个坊，第一坊即为"清明坊"。因此，《清明上河图》所表现的就是北宋东京汴梁"清明坊"一带的"秋声赋"或"汴梁秋色图"，并不是什么清明时节的市俗人事，或者清明时节的繁华热闹的景象和自然风光。

却说蛮子婆娘秀儿，人们眼见她头上包了块白帕，抱着奶娃儿坐在床上，人也白白净净的，并不显黑了。白色的汗衫紧紧包裹着肥硕的奶子，浑身上下全是奶香无形的触角，在满屋里挥洒生命芳香的甘露。奶娃儿头上依然戴着猪头帽。猪头帽用夹层布制作而成，也可在夹层中铺上一些棉花让奶娃儿在严冬季节戴着暖和。猪头帽的外形别致，奶娃戴着显得十分可爱。猪是吉祥的象征，奶娃儿戴猪头帽，是大人们期望奶娃儿像猪一样容易长大并长得胖乎乎，反映了人们的良好愿望。

这时，黄妈端了一小碗黄连汤，走进屋来，抹了几滴在奶娃儿的小嘴唇上。秀儿抱着娃娃儿，笑眯眯地逗起好耍："哦，哦，乖乖儿，乖！"

黄妈笑道："好乖乖儿，今朝吃得黄连苦，来日天天吃蜜糖！"

奶娃娃儿用小嘴巴尝尝，大概是觉得很苦，就扁扁纤巧的红嘟嘟的小嘴儿，嘤嘤哭起来。奶气声音的碎片坠落在人们慈悲心肠的地上，溅起怜惜的泪花儿。

有人被他这副模样儿逗得大笑起来，但是心里却难受得很。地保老幺笑出眼泪，心里却也酸酸的不好过，遂想道，要是早先和秀儿好，兴许我和她早就有好大一个娃娃儿了！这样想着，他心里面好像就有一块肉被鹞鹰血淋淋叼走一样难以忍受。

以黄妈半大儿子为首的几个小崽儿，在屋里屋外跳上跳下，地保老幺心头泼烦，就大声武气地骂起来："是哪家的娃儿呵？爹妈没有给你们做出眼睛来吗？一点儿不盯事儿！出去，出去，都出去耍！"

黄妈心疼儿子，刚想要对地保老幺发作，又觉得今天是蛮子家高兴的日子，扫大家的兴不好，就将说到嘴边的半句话干哽下肚子去了。

胖子大姑妈看不惯了，就以长辈的身份，不紧不慢嘲弄着老幺，她说道："大家礼义教子弟，小家凶恶训儿郎。老幺也是，恁大的人了！还和娃儿一般见识呀？这都是女人家说话的地方，给了钱嘛，你就可以出去了噻！心情不好嘛，也不要拿娃娃儿发气噻！国清才子贵，家富小儿娇。这都不懂吗？"把地保老幺的脸说得红一阵儿青一阵儿的，像厨房里面正在舂的青红海椒酱。

胖子大姑妈一直没有回重庆城去。因为战事过于频繁了，她得在乡下躲一躲。

刘富见了，赶快过来打圆场。

地保老幺嘴里虽说没啥子没啥子，心里就想着走。他正要退出去，看见蛮子走进屋，就站在一旁。蛮子叫大家嚼杂糖，吃红糖醪糟开水蛋，喝下关酽沱茶。老幺抓了糖，埋头出门去，身背后大姑妈还在洗刷他："我说，老幺！外面又不是没得糖吃？非要到屋里面来抓呀？"

地保老幺说："大姑妈，你老人家少说两句嘛，我又没有惹你老人家生气！"

大家又笑了一回儿。

黄妈将用肥猪肉、白糕、鲫鱼、红糖等食物熬制而成的汤水，用手指蘸了几滴，涂在奶娃儿嘴唇边，并说唱道："吃肥肉长得胖，吃白糕长得高，吃黄酒福禄寿，吃红糖状元榜，吃了鱼，年年有富余呵！"

又是一阵掀天响的大笑和叫好声。它们追逐着快乐鸟儿的翅膀，飞向遥远的乳头山。这生命本能的毫无遮拦的笑声，飞过时间的高岗，从那时到彼时，从往生到来生！刘家函村两边的山坡顶端都生长着大片的松林，在阳光的映照下散发出绿幽幽顽强生命的欢喜的松涛声。

黄妈请过来了同样也抱着小娃儿的二少奶奶李凤华。那二少奶奶本想给小孩子喂奶，虽然也入乡随俗了，很大方，但看见蛮子、地保老幺、刘富等几个大男人在场，还是不好意思。黄妈见了，就将男人们吆出去，二少奶奶才将小娃儿递给黄妈，解开各人自己的衣服扣子，把秀儿怀里的娃娃儿抱过来，摸出各人自己的一只大奶子给孩子喂奶。蛮子就在窗外盯着那乳房笑，心里面都像装了只兔子，乱跳了一阵儿。村长刘鸿鸣也想上去打望，但碍于情面，只好蹲在坝子当间，抽着那只水烟儿筒。

不久，门开了，蛮子进屋去，招呼客人道："坝子坐！请请请，坝子坐！"

女人们就陆续退出来，坐在桌边吃东西，听男人们摆龙门阵，谈围绕重庆城的战事，等待晌午间开饭坐席。村长刘鸿鸣十分担心前天就到重庆城去办事的二儿子刘正盈的安危，一直闷闷不乐。

这一次刘正盈到重庆城去，主要是去父亲朋友家里，拿点儿大哥刘正丰从外地带回的东西，主要是钱。大少爷刘正丰偶尔也带过其他地方的土特产，有一次还托人带回家一只小箱子，村长刘鸿鸣、二少爷刘正盈在家里打开箱子一看，竟然是一支发着忧郁蓝光的一九一二年式的毛瑟手枪。刘正盈的大哥，大少爷刘正丰，已经在外地带兵十六七年了，除了回家过五六次之外，平时即便是过年过节，都没有回过家一趟，只有书信往来。村长刘鸿鸣想儿子，刘正盈想大哥。

川东农历九月是小阳春。太阳照在人们脸上、身上，暖洋洋的，舒服得很。一些黄色、紫色、白色及红色的菊花盛开在屋边草丛中，十几只鸡在那里刨蛐蟮儿吃，弄得它们背上都有好些菊花瓣儿了。好胜的公鸡还时不时在老母鸡背上啄着一丝丝的花瓣儿呢。《牧竖闲谈》云："蜀人多种菊，以苗可入菜，花可入药，园圃悉植之。郊野人多采野菊，售诸药肆者。"药肆，就是现在的药店了。但是，这本书是有误差的。家菊能够延年益寿，清心明目，野菊则"泻人"。因此，笼统地说菊"花可入药"，就不太准确了。

蛮子那几间泥巴瓦房子里面，又传出来奶娃儿娇滴滴的哭声和女人的说笑声，仿佛压抑许久的生命欢愉的歌声，在这初晓生命的太阳升起时，大地合奏出的交响音画。

晌午饭已经铺排好了，八个凉菜是：凉拌紫皮茄子，虎皮青椒，樟茶鸭子，油酥花生米，白斩鸡，蒜泥白肉，凉拌三丝，糖醋排骨，八个热菜是：豆花儿，烧白，鲊肉，干豇豆红烧肉，大蒜鲢鱼，木耳炒肉片儿，青椒炒肉丝儿，麻婆豆腐，一个汤菜是：老母鸡炖汤。除了几位女人：胖子大姑妈，二少奶奶李凤华，黄妈等五六人要在屋里陪秀儿耍、逗娃娃儿玩，其余亲朋好友，街坊邻居都在院坝子里六张桌旁围坐好，山吃海喝起来！

蛮子想起三年前的农历九月，他见了秀儿第一面后，他很高兴，秀儿则身不由己。她没有说话的份儿，也不言语个好歹。

然后，蛮子婶婶刘赵氏给蛮子说："虽然是你未来的堂客，但是，如果你不满意，我还是可以再卖走的！"当晚，秀儿就在村长刘鸿鸣家住下，泪水流了一夜，把枕头半边儿打得焦湿！第二天，秀儿就当起了村长家的佣人。

时间一长，还有人想把秀儿说给村长刘鸿鸣做填房的，但是村长家两个儿子都不同意，一个发电报到县里，找人带回来的；一个当面质问。就是村长刘鸿鸣本人也不赞成。其实，自从各人自己的老婆刘王氏一死，他和蛮子婶婶刘赵氏的私通，就已经半公开化了。他不仅看上了蛮子婶婶，还看上了蛮子叔叔留下的家当，房屋和田地。

几月过去，刚一开春儿，见秀儿样样都勤快，不仅村长刘鸿鸣喜欢，蛮子婶婶刘赵氏也喜欢秀儿了。刘赵氏一边就和村长刘鸿鸣商量，办个简简单单的婚事就行。村长刘鸿鸣因为喜欢蛮子婶婶，就只好同意了。两人一边干骚事情，一边商量，心下从来都没有这样高兴过。

蛮子婶婶刘赵氏托人选定结婚日子，秀儿还是从村长刘鸿鸣家，坐着四人大红轿子进的蛮子家大门。那时候，鞭炮齐鸣。新娘、新郎经过院坝子当间的天地桌时，接亲的黄妈做个手势，吹鼓手们忙起来！吹芦笙、奏喇叭的，敲铜锣、打响鼓的，使好多小崽儿都捂着耳朵了！天地桌上两只大红烛，蛮子、秀儿站在天地桌跟前，亲朋好友和邻居们里三层外三层围着他俩看热闹！

黄妈是司仪，一边又宣布来宾入席。证婚人村长刘鸿鸣就位，地保老幺高呼："东边一朵祥云开，西边一朵紫云来！"于是乎，村长刘鸿鸣主持婚礼，一拜天地，二拜高堂，夫妻对拜。之后，刘富，地保老幺领着大家，推蛮子、秀儿进了洞房！众人依次入席。

　　结婚以后，秀儿操持得婆家里里外外，门前屋后的事情，件件一抹不碍手，拿得起，放得下，一家人和和气气过日子。蛮子婶婶刘赵氏也觉得各人自己并没有赔本，心下就喜欢！只是在逢年过节的时候，秀儿想起那匹大白马儿咻咻的鼻息，想起死去的她屋老汉儿和依旧在涪陵的妈和三妹儿、四妹儿，偷偷哭过几回儿，也没让各人自己男人一家子看见，害怕他们跟着伤心，更怕他们看不起各人自己。蛮子看到婆娘秀儿还勤快，心里面常常也为她作想，不敢欺负她，怕丑话被别人说了去，人前人后不好做人呢。有道是，家中不和邻里欺，邻里不和说是非。

冬　月

　　常言说得好：光阴似箭，日月如梭。这天夜里，天色黑得怕人。乱云在繁星的眼前挥舞着漆黑的大旗帜，呼啦啦行走在低垂天幕的甬道。刘家凼上空响起一阵又一阵儿的枪炮声，山那边也被炮火照亮。蛮子婆娘秀儿抱起奶娃儿，狂眉狂眼儿坐在床上诓着："哦哦哦，乖乖，不哭，不哭！"其实，小娃娃儿并没有被枪炮声惊醒遥远的恬美之梦，只不过是秀儿自己心慌意乱。蛮子起身点亮油灯，只感觉到了各人自己怦怦的心跳。这奇怪的心跳，使他宁馨的心灵混乱，而肉体也跟着摇摇欲坠起来。

　　秀儿问："又是哪边在打？僵脚僵手的，龟儿子！打仗也不选个好时候。百年成之不足，一旦败之有余！"

　　奶娃儿静静躺在母亲怀中，仍旧用他各人自己虚无缥缈的语言编织时隐时现好梦的意绪的翅膀。那些翅膀白里透着红光，在彩云里穿行着，破碎成叮当的意志的碎片，撒落在房屋里面。

　　蛮子说："闹不清楚！快穿衣服，上山去！"

　　秀儿非常生气，她说："还要不要人安身啊？让他们抓去好啦，死也可以！"她一边用手诓娃儿，一边大声武气吼叫起来。随后，她在心里就想：还是涪陵乡下清静多啦！

蛮子连忙说："好死不如赖活着，快穿吧，我求求你，先人祖宗！涪陵？涪陵不但有川军，还有贵州兵呢，他们连外国人都敢打，还别说像你我这种平头老百姓了。"

秀儿说："像这样的活，还不如死呢，成天提心吊胆的，叫你早些搬进城去，这倒好，等着挨刀，吃枪子！"

蛮子也急了，他说："你死我死，都不打紧，娃儿啷个办？快点儿吧！你穿衣服，我抱娃娃儿！"

一提到娃娃儿，婆娘秀儿就坐在床上嚎叫起来，小奶娃儿也被吵醒，哇哇哭起来。母子俩的哭声，吵得蛮子心头泼烦。他急匆匆走过去，抱了哭叫的娃儿，对女人吼叫道："快起吧，先人！"

灯光下的脸很骇人。

秀儿却不哭了。她抬起头来望着蛮子，呆呆地望着，脑海里面一片空白。

正在这时，蛮子两口子听得真切，二少爷刘正盈当当，当当当地打着一面大锣，随即又叫喊起来："各位父老乡亲，不要害怕，是杨军长的先头部队，攻打乳头山上的敌军临时炮兵阵地。刘连长已经发话，保护百姓生命安全，不准队伍乱来。各位父老乡亲……"说完第二遍，他又打着大锣，朝远处走去。

本来，二少爷刘正盈十分不愿意接这个差事，但村长刘鸿鸣说："现在是非常时期，你又读了那么多新学，你不去，谁去？未必还要老子我亲自去喊啊？"二少爷刘正盈听后，也觉得父亲说得在理，就鼓起勇气接过了那面打锣。他心想：反正我也待不了几天了。

这时，蛮子婆娘秀儿终于松了口气，然而，还是用迷惘的眼光呆呆地望着油灯那摇晃火苗的脑袋发神。窗外，枪炮声残酷的语言依旧很响亮地在夜幕中写着红色的战争构想。

"杨森回来了？"蛮子自言自语。他又惊又喜，惊的是怕那木匣子惹出祸事儿出来，喜的则是，一家人不用跑到山顶逃命，少了些麻烦。再说，今天的战斗，正是在乳头山上发生的。"咳，这世道儿。"他心想：这世道儿，几时才能变一变呢？不是变坏，而是变好一点点儿。

窗外，枪炮声仍然热闹。随着八十一毫米迫击炮弹的爆炸声，窗户外面一下一下闪着耀眼的光芒，就比屋里还亮堂。子弹红红的，在黑夜中四处乱飞，犹如蛮子秋天在草丛中吆飞那些四处乱蹦的带着红色翅膀的蚱蜢儿！可那是好耍，这战事是要人性命的呀！

"轰……轰……"

两股刺眼的闪光之后，屋里立即黑漆漆一团。美孚油灯啪的一声摔在地上烂得粉碎，满屋散发出阵阵煤油特有的香味儿。蛮子吓得赶忙趴在冰冷的地上，觉得身体压着一层木头、瓦片和麦草，两耳嗡嗡直响，两眼一片漆黑。他一想还有床上的秀儿和娃娃儿，又努力挣扎着爬起身来："婆娘！婆娘！"

一眨眼儿，煤油又燃烧起来。蛮子怕失火，顺手抓了门后边的扫帚，把火打灭。

然而床上没有一点儿响动，他就摸黑跑过去，抱住女人，大哭起来，手上抱着好些麦草杆杆儿。

小奶娃儿没有哭，秀儿也还平静。她说："黑黢吗孔的，还不点蜡烛？哭啥子嘛，耳朵都聋了。现在跑到哪里都是死。没办法了！"

小孩儿吓得差点儿背过气去。许久，他在秀儿轻轻的拍打和呢喃声中，才又哭出声来："哇啊，哇啊！"

秀儿继续摇着奶娃儿："不哭，乖，好好，不哭，乖！"

蛮子揎开好些木头，瓦片和草秆儿，又在抽屉里摸了好半天，才找到半根儿蜡烛点燃。屋里掉下来很多木头、瓦片、麦草、谷草和灰尘，落到铺上，地上，桌上到处都是，像鸡窝一样乱糟糟的。蛮子从震开的房门望出去，半边屋顶已经坍塌下来，好在只是堂屋。卧室里面的人，没有一点儿损伤，只是他看见一些破碎的天空中，不时闪着火光。

秀儿问："炸在哪里了！怎么凶！给老子耳朵都炸聋了，快去看看去。"说完，她一边又诓娃儿，"好好，不哭，不哭，乖，乖！"

蛮子端起烛台，走进堂屋一照，马上惨叫一声："我的妈呀！"他看见，半间屋子连同旁边的厨房被炮火炸塌了，并且起了火，冒出呛人的浓烟儿。人站在那里，都能打望到夜幕中山丘的轮廓和一颗较亮的星宿。蛮子忙找来锄头，把大火打灭，好在只是些麦草和谷草，很快就清出一块空地，以免火星点燃剩下的房屋。屋里还有婆娘和小娃儿呢！

秀儿在喊："蛮子，屋遭炸了哇。你说话呵！出了啥子事情嘛！说话！"

蛮子带着哭音回答道："对……对头！"

秀儿问："哪，猪圈儿呢……"

蛮子反问她："啥子猪圈儿？"

说完这话，蛮子这才想起，秀儿哪里是在问啥猪圈儿，她原本就是在问木宝匣。蛮子跑过去，光脚尖儿踢在坍塌的一堆土墙上，大脚趾拇的指甲壳儿遭踢翻了，生痛，并且出了血。他什么也不顾了，光起脚板儿，走过去一打望：哪里还有啥猪圈儿！整个猪圈儿，早就连一点儿影子都看不见了！四头马上要宰杀的过年猪，也没有踪影。拿烛光一照，四五尺宽的一个大坑，足足有两三尺深，黑咕隆咚，活像暗夜张大的嘴巴，贪婪地望着他。四处冒起星星点点儿的鬼火，还有大肥猪残缺的肢体，绿油油的肠子和一些紫红色的内脏！空气中弥漫刺鼻的硫黄味！屋后的竹林也被炸了，仍然毕毕剥剥燃烧着绝望无助的枝叶儿。

蛮子两眼一黑，双脚无力，噗的一声，瘫坐在地上。蜡烛滚到一边，转眼就被北风熄灭了。他连哭都哭不出声来，大口喘着粗气，心里面一阵绞痛！

许久，婆娘秀儿露出肥白的半只乳房，抱了吃奶的小娃儿走到蛮子身边。

蛮子一看见她，像回过神儿来一样，哇地一声，捶头蹬脚，放声大哭。好比阎王爷派小鬼来索他的命一样惨烈："天啦……天啦……"

蛮子宝匣里面的，那十几张"聚兴诚"银行发行的五百元定额支票，以及少量还没来得及脱手的细软，早已是灰飞烟灭。蛮子只要有一百两银子埋在地下不被外人发现的梦想，他这一辈子安居乐业，安享清福的奢望，从此湮灭在这动荡不安的战火之中，也湮灭在时间之外。

秀儿自言自语说："日妈是场梦呵！"

停一停，秀儿又对蛮子说："命里有时终须有，命里无时莫强求。反正那匣子也不是你蛮子的，想开点儿算了。运去金成铁，时来铁似金！我们没有发财的命！我屋老汉儿以前在涪陵就总是说，祸兮福之所倚，福兮祸之所伏。现在，我终于晓得这话是正确的了。"

不过，话虽然是这么说，秀儿还是觉得自己心里头，又像各人自己在涪陵码头上船时一样，空空荡荡，难受得很。

然而秀儿也很庆幸：终于有了可以在梦中笑醒的小男孩儿——蛮子的香火，各人自己以后赖以生活的命根儿。秀儿看看怀里抱着的奶娃儿，她就打算哪天再去莲华寺拜拜菩萨，保佑这奶娃娃儿顺利长大成人，将来不再受穷！命也不要像她屋老汉儿查三爷和各人自己那样惨！她还要叫蛮子"再来一盘儿！"越多越好，那意味着儿子越多越好！还要有女儿！虽然没有钱，但她有的是时间。

丧　事

天亮了，刘家凼上空，一片呼儿唤娘的惊叫声和哭泣声。那只鹞鹰，依旧自由自在地盘旋在天空之中。蛮子这才晓得，村里的许多房屋都遭受到了不同程度的损害。离地保老幺家不远的田寡妇一家三口，全被炮火炸死。老幺也被烧伤，好在没有伤到骨头，另外老幺还想：既然田寡妇已经死了，干脆把田地，转租给蛮子耕种算了。

他要离开刘家凼，拿着那面黄缎大旗帜，到重庆城去。他要再次攻打一个地方，只不过现在还没有确定。他决心依然要走在队伍的最前面，成功之后，不再奸人良家妇女，然后他就能够升官发财。当然，他还要带上蛮子和秀儿一家三口。

然而，现在蛮子各人自己的心痛却是巨大的，但也只有秀儿晓得。很久，远处的枪声稀疏下去，不时还有些大型山炮的炸弹落在村子两边的松树林里，闪起火光。有几处草屋燃起的熊熊大火，依旧还没有熄灭，人们正在扑打。

晚上的战事，村里没有人预先知晓，就是嗅觉灵敏的狗，也并没有闻到赖心辉前敌总司令的同盟军兵士，在乳头山抢修了八十一毫米的迫击炮阵地，以阻止杨森军攻占重庆城的快速步伐。但是，毕竟是临时野战工事，并没有想到防御太久，所以不到两个时辰，就被杨军以一个连的优势兵力打得落花流水，屁滚尿流，落荒而逃。

天亮之后，一队队兵士从路上跑过去，骑马的军官刘正丰连长高声叫喊："跟起！跟起！"他又说，"前方战事还很吃紧，跑快些，占领另外那边的制高点，加强警戒！不要像昨天晚黑干了女人一样，都成了笋壳，成了空壳壳儿啦！"

一名年轻的战士紧跟在刘正丰连长的后面，他的脸色发白，但两眼眶却发青，不停在连长身后打着哈欠。有一小队兵士一边小跑，一边咕哝。

有人说："连长也是，打都打回来了，还跑啥子？昨天晚黑的仗，都是老子们几个打的，今天还不歇歇？其他的部队不晓得追呵？"

又有人说："我们不是追，是警戒。连长一贯是这样，认真得很，你又不是不晓得！"

更有人说："连长也是你们叫的吗？我就还是叫他团副。老子现在都想睡觉！"

有人说："你去问问，我们以前还打过三天三夜的仗！你见过吗？小屁壳儿！"

又有人说："要屙屎啦，我！"

更有人说："去屙嚏！屙在别人饭甑子头！"

有人说："你不要太过分！人，还是要积点儿德呵！"

又有人说："说得对！说得对！那次都打胜仗了，程瓜娃子，就是那

215

回儿奸人家媳妇儿那个，不是遭一个热芋头儿哽死毬了呀？害得老子们几个，还给他办了个简简单单的丧事儿！"

更有人说："活该！"

有几个人同时说："该背时！"

有人说："所以，做啥子事情，别太过分了。顺天者存，逆天者亡。这一点儿，你们还得跟连长学习学习！"

又有人说："你他妈的是马屁精。彻头彻尾，地地道道的马屁精！"

散乱的脚步声，追随弥漫的泥尘飘向远方官路想望的尽头。

一队队阵形散乱的人马，开始飞快穿过村庄心脏的主脉管。有枪械的碰撞声不时传过来。蛮子看见闪亮的刀光在冬日阳光下异常刺眼地写着寒冷的预言。队伍中夹杂的骡马驮着箱子，也有些军官模样的人坐在骡马上面。村民们路过时，能听到马儿咻咻的鼻息。整个队伍军纪不整，但头上却也顶着盖帽。一些伤兵夹杂走在人群中。

几辆汽车，屁股后面拖着长长尘土的大尾巴，嘀嘀啪啪摁着汽喇叭，从大道上急驶而过。蠕动兵士的波浪在汽车前面向两边散开，随后，又在车尾聚合成前行的人浪。有一辆箱式的卡车，缓慢驶过，左右车厢和车厢后面，都画着很大的红十字徽章。一辆军用卡车在路上的弹坑中间熄火，就有兵士过去推车。不久，又跑过去几位村民，汽车在昂——昂，嘀嘀几声之后，快速越过弹坑，随即又懒洋洋行走在大路上。

尘土弥漫。啸啸马鸣。

枪炮声从远方渐渐传过来，像一群群蠛蠓围绕在人们头上，挥之不去。

村长刘鸿鸣，地保老幺，二少爷刘正盈，黄妈，刘富等，带领一帮乡亲，正在料理田寡妇一家的后事儿。由于战事吃紧，大家一致认为没有必要再给田寡妇的亲戚朋友报丧了，整整五间茅屋，连同三口活生生的好人就这样灰飞烟灭了。人人心里面像是凭空飞过来一片沉重的石头，慢慢压得人喘不过气来。

这些人所谓的料理田家后事，不外乎就是看一看，找一找，还有什么能够用的家什。

村长刘鸿鸣把个水烟儿吸得咕咚咕咚乱响。他思绪万分，他的祖祖辈辈都生活在农村，他也见过许多人间离合之事。山中自有千年树，世上难逢百岁人。对于人之将死，亲人们为其送终，又是山村的一宗大事儿了。他心想：唉，真是人生一世，如驹过隙。长城万里今犹在，哪见当年秦始皇？他不知不觉萌生出一些人生如梦的感慨来了。古人不见今时月，今月曾经照古人。回顾自己的大半辈子，他还是觉得问心无愧的。即便是跟蛮子婶婶等人的私通，那也是一个愿打，一个愿挨。他从来就没有强迫过人家同自己睡觉。

当初，村长刘鸿鸣老婆刘王氏已卧床不起，刘家就在为她的后事儿做准备了。鞭炮一挂，为病人落气时燃放，称"落气炮"；寿衣一套，从衣裤到鞋袜，连裹头巾也要准备齐全。棺木早在刘王氏健在时就已经动手打造，做好后并不上漆，待入殓之前再上生漆。

不久，待床榻上的刘王氏落气之时，身边亲人围在床头呼唤她的名字。落气之后，声嘶力竭的哭喊声从病人房中传出，燃放落气炮，表明刘王氏已经"乘鹤西去"，离开了这个纷繁的世界。左邻右舍，则纷纷放下手中的活路儿前来帮忙料理。

上次，刘王氏去世的时候，就是由蛮子婶婶刘赵氏等四五个族中年纪大的女人们操心，帮忙为刘王氏擦洗身体，换上寿衣的。当然，如果死者是男性，则由男人做这种事情。换洗完毕，还要等待阴阳先生。

那时，不管是帮忙的邻居还是村长刘鸿鸣家人，分作几路忙活：首要任务是去刘王氏生前亲友家报丧，一路走去，见到熟人不分老幼都行跪礼，并告之家中刘王氏已故。邻居开始着手在院子里搭建灵堂，因为刘王氏是病死的，否则灵堂就在堂屋里头了。

蛮子，刘富，地保老幺等人，找来松柏枝，黄妈、田寡妇等人又制作了白花和挽联。村长刘鸿鸣见事情都办妥，又专门派人去请阴阳先生，等他来做简单的法事，称为"出煞"，之后，刘王氏就从房间里被移到灵堂的门板上了。村长刘鸿鸣及家人，邻居都围在阴阳先生周围，听他安排什么时候下葬日。安排妥当之后，各人又分头做事儿去了。

在出殡日之前，刘家亲戚及刘王氏的亲朋好友，陆续前来吊唁。灵堂有两个孝子，大少爷刘正丰，二少爷刘正盈守在那里待客。有些客人带了黄纸一刀，有些客人带了若干礼金，都要逐一记下，不得遗漏一人，以便日后还礼。

按照本县山村风俗，死者为大，来客不管年龄大小，均要磕头行礼，当然辈分比死者高的则不在其中。来客磕头，上香，焚纸完后，刘家人磕头还礼。来客在刘王氏灵前痛哭的一般是女性，哭的内容就是好人命不长之类的话，引得刘家上下也同哭，很多帮忙的人很会看时机，待哭者尽兴之后，就将其拉在一边，有专门的人陪坐。有些远的客人，家里丢不开，送了礼之后就回去了，等到刘王氏出殡之日再来。

上次办理刘王氏的丧事期间，人多事儿杂，单靠村长刘鸿鸣一家之力无从应付，多亏邻居朋友帮忙：有记账的，将来客姓名，送礼金额一五一十记下来，顺带要书写挽联，还要负责会计和出纳的工作；有帮忙买菜，做饭的，前期客人不多，加上帮忙的人的伙食得由刘家置办，出殡当日的宴席，由专门的乡厨操办；有掘坟刻碑的，由专人负责。

每夜，都有人为刘王氏守灵，不管是两个孝子，还是亲朋都有，为灵前长明灯添油啦，烧香啦，烧纸钱啦，防猫儿到来啦。年长的和做事儿的人，往往也守一会儿，泡上酽茶拉家常，摆龙门阵。

刘家收拾妥当之后，又请来一帮吹鼓手，负责"打玩意儿"，演奏一些哀乐，出殡时，由他们和阴阳先生合作，抬刘王氏上山土葬。

当然，之前的做法事儿必不可少，像念家祭等活动，就是出殡前一天晚上完成的。只不过最吸引周围村民的，还是吹鼓手们的演出，毕竟一直有"红白喜事"的说法，丧事儿也算一喜了。

因此现在，村长刘鸿鸣认为，对于田寡妇等人的死，起码象征性的也要烧烧袱子，毕竟人都走了。至于来年三月清明扫墓，乃至"七月半、鬼乱窜"时烧不烧点儿纸钱，再说。

当时，人们听见他吩咐道："钱财如粪土，仁义值千金。田寡妇这件事儿，我想，还是要跟你们商量商量，总要操办巴实才好吧！人都死了，难道还不好生做一做？打玩意儿也还是要热闹起来！现在正好提出来，刘连长也还开化，我去说说看，你们先忙！"说完，他抽着那只水烟儿筒，径直返回各人自己屋里去了。

刘连长就是大少爷刘正丰，也就是村长刘鸿鸣的大儿子。刘连长的临时指挥部就设立在刘家大院儿里。由于昨天晚黑，担任了突击连的任务，拿下了乳头山上赖军的临时迫击炮阵地，死伤不小，所以天亮之后，他又接到上司命令，原地休整一两日，并相机补充兵员。

路过蛮子家的坡下，村长刘鸿鸣拐上坡，看了看灾情，问候了蛮子、秀儿一回儿。村长刘鸿鸣说："秀儿，蛮子！还在伤心呵？造孽，造孽啊！还没有吃早饭吧？我回去马上就叫黄妈送点儿过来！也不要太伤心了！都怪赖心辉军中兵士，毫无人性，乱开炮，我家花园还不是落个炮弹下来，把好多品种的花卉，都给老子炸飞毬了！心疼呵！再说来，你的情况能够和田寡妇一家相比吗？整个家呵，全完了！算了算了，不说这些那些伤心事儿了！你就是几间房子几只猪罢了，莫来头！我这里可以救济救济的！到时候，秀儿只管开口！"

秀儿和蛮子坐在床上，却没有起身。秀儿一边给小娃娃儿喂奶，一边谢了村长。

蛮子听了，尽管心里依旧难过，但也好受了一些。田寡妇佃村长刘鸿鸣家的那几亩水田，也是转租给各人自己的了。而现在，唉！匣子没有了，那又算得个啥大事情呢？"反正那匣子也不是你蛮子的！"秀儿早些时候就这么安慰过他。蛮子沉默了半天后，一言不发。村长刘鸿鸣也不再讲，把个水烟儿吸得咕咚咕咚乱响，梭下山坡，回家去了。

刘家凼上空的那一只鹞鹰，依旧自由自在地盘旋在天空之中。

将 才

村长刘鸿鸣抽着那只水烟儿筒，在自家大院儿里，找到了大儿子刘正丰。不久，他们来到堂屋后面的密室里，村长刘鸿鸣说："刘连长，明天就要开拔了吗？"

刘连长颇为感伤，他说："千经万典，孝第为先。父亲，你总是这样叫我，实在惭愧！在外人面前尚可，在家里，就别太见外了！我一直在外忙碌，实在对不起你老人家！不过，做人最大的事情是什么呢？就是要知道怎样去爱国。我是要追随中山先生革命的。"

村长刘鸿鸣说："没个规矩，怎么能成方圆？现在这民国，乱七八糟，就是没有规矩造成的！今天你打我，明天我打你。不过还好，乡里乡亲的，和和气气的，也无大事儿，况且，还有你二弟照顾我。父子亲而家不退，兄弟和而家不分。你尽管为国家效力，别婆婆妈妈的了！"

刘连长毕竟是军人。他振作起来，说："爸，许多事情你还不晓得。虽然我给你老写过信，但也不便多说。尽管每次战争都造就了一个明显的胜利者，但从更深远的意义上说，他们都不是确定的，因为没有一个派系有发展政府政治力量的长期计划。每个军阀的主要目标都是个人的和自身的，也就是最大限度地增加他自己的权势。每个人都是一个派系的一员，我也一样。但其目的，并不是为该集团的目标做出贡献，倒不如说是为他个人的利益而打开局面。一个派系的领袖可能希望统一国家，但他是孤立的，站在流沙之上。不仅每个派系的领袖只有过于简单的统一的想法，而且他的目标的实现威胁他们的敌人，也同样威胁他的支持者，因为实现他的权力梦想将导致他们丧失独立，而独立是他们作为军阀的地位的要素。派系目标的暂时性和短期性，就是当今高度不稳定的主要原因，所以才像猪一样，槽里无食，就相互拱来拱去的。"

村长刘鸿鸣惶惶地问："背景硬是这么复杂么？"

刘连长斩钉截铁地说："赤裸裸的事实是，在一个被军阀肢解的国家里，政权只有来自枪杆子。"

村长刘鸿鸣是指挥这次胜利者的老子，所以他有资格说："好像就是这样！"

刘连长说道："不是好像，事实就是如此。"

村长刘鸿鸣附和道："好，好好！"递给他一只橘子。

刘连长把那只橘子拿在手里玩弄。"先前，二军军长刘湘来到重庆城，意在调和息战，一军将士不允许，刘湘亦就参加进了杨森军队一边，协谋防御重庆城池。重庆被困一共经过二十余天，西南两路因此交通断绝，重庆城中食物价格增长四五倍，以前，每斗大米不过两块银元，铜元也不到五千文，被困时涨到了八九块银元，人们惶惧不知所措，其中还没有断绝粮食的地方，仅仅江北一路尚通。"

他接着说："十月十六日，军长杨森等为同盟军所困，连日抗战，饷弹俱乏，于是放弃重庆城。川、黔军由江北退至梁山、万县，杨森、刘湘、邓锡侯、袁祖铭及北军将领赵荣华等退出重庆城，由轮舶沿长江东下。同盟军入重庆城后，亦以作战日久，将士疲劳为理由，都想歇息，并没有出兵追击。当时驻重庆城军队，派系复杂，少不了骚扰滋事儿的人，赖总司令委任一军团长鲁瀛为城防司令，鲁瀛执法严峻，人心才稍微安稳下来。"

刘连长最后说："不过现在好了，我们计划再过几天，大约十一月底吧，反攻进入重庆城。我们上月退至梁山、万县，遂得以集众休息。当时，被命四川督军刘存厚坐镇万县，又帮助解决了许多枪支子弹。我们这次准备委任刘湘为四川善后督办，在重庆城就职。"

村长刘鸿鸣听了，十分得意地说："龙生龙子，虎生虎儿。儿子，你以后一定是个将才！"

刘连长说："自己应为之事，勿求他人；今日应为之事，勿待明日。谢谢父亲养育之恩！母亲去世得早，你又一直不愿意……"

村长刘鸿鸣低下头去，他摆摆手，双眼就有些湿润了，真是长江后浪催前浪，世上新人赶旧人。不过他心想：哪个说我不愿意？上次写信告诉你，我想收秀儿做填房，你还不是以丫头不能做继母为由，不惜以电报发至县城，再找人转达给我的吗？其实，我心里清楚得很，你就是怕别人晓得底细了，觉得臊了你自己的皮罢了。因为秀儿比你还小十几岁哩！

只不过，现在村长刘鸿鸣已经非常满足了。因为他眼见秀儿的奶子并没有黄妈的好！所以他对自己当初的决定，一点儿都不后悔了。他不仅有了新的追求，更有了新的目标：黄妈。

决　定

临近晌午，刘家凼比往常热闹了许多，但比头天安静了许多。一些兵士穿着制服，驻扎在村长刘鸿鸣家里，不是坐在树下磨刀擦枪，就是躺在屋里抽鸦片烟儿。一个小号兵，嘀嘀嗒嗒在练习吹军号，有时候，他的尾音就像放屁一样，难听死了。

昨晚被炮火打中的几家草屋，仍然冒起一缕充满焦烟气味的烟子，弥漫在空中，久久不肯消散。

村长家的二少爷刘正盈，正在拿小号兵的步枪练习瞄准。他已经做出了慎重决定，应该走大哥刘正丰那样的革命道路。正如邹容在《革命军》中说的那样：

　　嗟乎！嗟乎！革命！革命！得之则生，不得则死。毋退步，
　毋中立，毋徘徊，此其时也，此其时也，此吾之所以倡言革命，
　以相与同胞共勉共勗而实行此革命主义也。

于是，他在心里经常把邹容的名言默默诵读：

　　扫除数千年种种之专制政体，脱去数千年种种之奴隶性质，诛绝五百万有奇披毛戴角之满洲种，洗尽二百六十年残惨虐酷之大耻辱，使中国大陆成干净土，黄帝子孙皆华盛顿，则有起死同生，还魂返魄，出十八层地狱，升三十三天堂，郁郁勃勃，莽莽苍苍，至尊极高，独一无二，伟大绝伦之一目的，曰革命。巍巍哉！革命也。皇皇哉！革命也。

因为二少爷刘正盈已经意识到了：要革命，就得投笔从戎，用枪杆子改造社会，进而像毛润之先生所提倡的那样，"建设新村"，进而建设"新社会"！

这是因为，刘正盈看见自己父亲、村长刘鸿鸣的所作所为，还有他父亲的心事儿，真是一天毒一天。二少爷刘正盈要追随中山先生，去干一番大革命，这样才能够做成一个真中华民国！

二少爷刘正盈认为，因为中华民国的民族革命和政治革命，都已经做到了，即不愿少数满洲人专制和不愿君主一人专制。然而，社会革命还未彻底完成，即不愿少数富人专制。正如中山先生所说：

　　这三样有一样做不到，也不是我们的本意。达到了这三样目的之后，我们中国当成为至完美的国家。

二少爷刘正盈认为，只有去干一番大革命，才能"为中国谋幸福"。成天待在刘家凼，或舞文弄墨，自己是没有一点儿出息的。

这是因为，刘正盈已经在报纸上得知，明年，也就是一九二四年三四月间吧，中山先生希望在苏联的援助之下，要在广州组建黄埔军校。

当然，二少爷他一直都在学习一九二一年刊登在《新蜀报》上的吴玉章的文章，那是"全川自治联合会"宣言和十二条纲领，他已经被作者"建设平民政治、改造社会经济"的总目标所征服。

"宣言"强调民主政治以反对军法专制；提出"不作工、不得食"以反对社会寄生虫；提出"民众武装"以反对军阀武装；提出"合作互助"以改善工农生活。

十二条纲领是：全民政治、男女平权、编练民军、保障人权、普及教育、公平负担、发展实业、组织协社（合作社）、强迫劳动、制定保工法律、设立劳动机关、组织职业团体等。

二少爷刘正盈喜欢看那份报纸，是因为在十二条纲领之后，都有详细的解释文字。即便他起先还弄不十分明白，但只要读了那些浅显易懂的解释性文字之后，他觉得，自己昏暗的心中已经亮堂多了。

恳 谈

在刘家大院儿堂屋后面的密室里，村长刘鸿鸣一边抽着那只水烟儿筒，一边对刘连长说："河狭水激，人急计生。上午我想了很久，你们不是已经贴了告示，要大量征兵吗？有两个刁民必须带走，去当炮灰！"

刘连长问："哪两个？"说完，他打望到父亲抽鸦片烟儿的那套行头，不觉皱了皱眉毛。

村长刘鸿鸣说："一个是蛮子，一个就是地保老幺，你都熟悉的。他们两个还是拜把子兄弟哩！"

刘连长又问："他们……伙同起来，惹您老人家生气了？我们三人曾经拜过把子。当时我想让蛮子跟我走，但被他婶婶拖了后腿。"

村长刘鸿鸣说："有一点儿，蛮子以前还跟我家抢猪鬃生意，就是现在秀儿的老公！"

刘连长心里就不高兴，觉得把蛮子留下更好牵制父亲的为所欲为。他再问："那么，老幺呢？"

村长刘鸿鸣说："老幺嘛更复杂，不但和你弟媳妇儿眉来眼去，还依仗着打过朝天观，嗨过袍哥，根本不把我们刘家放在眼里。只不过，既然你们是把兄弟，你得给他们两个好好生生说，千万别让他们晓得这是我的主意！你就说，这是为了他们两人的前程！"

刘连长心里早有了计策，既不得罪父亲，又不得罪把兄弟两人，主要是蛮子，自己还希望他能够看住秀儿呢。他认为孙文先生说得最好，"政治，两字的意思，浅而言之，政就是众人的事，治就是管理，管理众人的事便是政治。"所以他说，"还用得着这么费力吗？我去做他们两人的思想工作。"

村长刘鸿鸣抽着那只水烟儿筒。他说："深山毕竟藏猛虎，大海终须纳细流。这世道儿，还是小心一点儿为好！另外也别跟你弟弟讲，他们三人的关系，比你跟你弟弟的关系还要好呢！另外你弟弟……我总是猜不透他的心思。你过来看，他自从看了一篇文章之后，就妄想也在刘家凼试行'新社会'，无奈力不从心，就只好在纸上谈兵了！"说着，他就从一只藤编的衣服箱子里，找到一本《湖南教育》第一卷第二期。村长刘鸿鸣把杂志递给了大儿子。他说："你各人自己看看吧，民国八年（公元一九一九年）十二月，毛润之先生发表的《学生之工作》。还有这个，《新蜀报》。"

刘连长大致打望了一眼，本无多少阅读奢望，不过，他还是对毛先生下面的分析感了兴趣：

一、所有多数田地，自己不耕种，或雇人耕种，或租给人耕种，自己坐着收租，这种人本算不得纯粹的农民，我乡下叫作"土财主"。

二、自己所有的土地，自己耕种，而以这个土地底出产，可以养活全家。他们也有于自己底土地之外，租人家的土地耕种的。这一种人就是中等农民了。

三、自己也有一点土地，然而只靠自己的土地底出产，绝不能养活全家。所以不得不靠着耕种人家底田，分得一点以自赡，这一种人已可谓下级农民了。

四、这乃是"穷光蛋",自己连插针的地方都没有,专靠耕人家底田谋生活的,这一种人就是最穷的农民了。

他说:"这就是他们所谓的劳农主义。他们只晓得做做劳动问题,农民问题,青年和妇女问题。他们属于秀才造反,大多数只是受无政府主义影响的革命青年!其二,明显看出所受于康有为《大同书》的影响,再说,共产党才成立不到三年时间,力量又太小,太少,还不到五百人,我估计是成不了什么大气候的,毕竟不如吾党进取之精神啊!"

村长刘鸿鸣说:"话也不能说得太绝对了。以前同盟会,开始不过数十人,一两年后,就发展到若干万人,所以到了辛亥年,只用了短短五六年时间,一举就成功了一个中华民国。"

刘连长说:"那是,那是!不过呢,说于今吧,我以为,还是共产党中央执行委员会委员长陈独秀先生说得好,——今年四月二十五日,他发表《资产阶级的革命与革命的资产阶级》一文,他说,'中国国民党目前的使命及进行的正轨应该是:统帅革命的资产阶级,联合革命的无产阶级,实现资产阶级的民主革命。'所以,还是中山先生的三民主义,才能救中国。只不过呢,毛先生'新村'一说,尚有些新意。父亲,你可能还没有注意到,我来念给你听听:

新社会之种类不可尽举,举其著者:公共育儿院,公共蒙养院,公共学校,公共图书馆,公共银行,公共农场,公共工作厂,公共消费社,公共剧院,公共病院,公园,博物馆,自治会。……合此等之新学校,新社会,而为一'新村'。吾以为岳麓山一带,乃湘城四周最适宜建设新村之地也。

刘连长停顿片刻继续说:"毛先生'建设新村'的构想,这是颇有意思的,也比较实事求是!所以,刘家凼的议事会应该早点儿成立起来。"

村长刘鸿鸣说："一直都在说，都十几年了，就是没有人才啊！刘家凼太小。"

刘连长说："其实，在一两年前，重庆搞过一个类似于议事会的自治机构。开会那天，能够容纳千人的重庆商会大礼堂，简直就是座无虚席，就连门窗外都有人伫立而听。许多人都说，从来没有见过这样的场面，这样的盛会。……新社会，新社会……"刘连长喃喃自语。他若有所思地将杂志还给父亲村长刘鸿鸣。

村长刘鸿鸣问："结果呢？"

刘连长说："哪里还有什么好结果！搞那个议事会，或者叫自治联合会的吴玉章，怕刘湘、杨森收买民意代表，就把联合会给撤销了，并说，成立自治联合会的本意和宗旨，就是促成省宪；联合会并不能代替民选的省议会，我们大家既然已经决议实行自治、起草省宪，任务已经完成，至于起草省宪的权力，应该交给省议会。他这是害怕自治联合会被人操纵。所以，川军一些人对他恨之入骨，现目前，正在到处通缉吴玉章呢！"

村长刘鸿鸣说："我以前在成都青羊宫听川剧，听别人说过，他屋大哥是坐堂大爷。辛亥那年夏天发大水，我正在重庆城喝茶听戏，有幸见过此人。三十几岁的样子，跟你现在差不多。听说他是从上海经宜昌到的重庆，正准备回荣县。"说完，便低头不语。

刘连长说："那次他是回老家，与同志会联系，正好遇上荣县发动起义，就筹划去攻打成都，杀清朝任命的四川总督赵尔丰。以后荣县宣布独立，却比武昌起义还早半个月呢！不过，人无远虑，必有近忧，他们打威远，拿下了，再打自流井，就遭到巡防军的抵抗，相持不下。父亲，知我者谓我心忧，不知我者谓我何求？你自己也要多留意。彭湃在广东东部两个县，创建了农民协会，打着中山先生'平均地权''耕者有其田'的旗号，大搞共产农民运动。而中山先生也计划要改组国民党，国共要合作，建立革命的统一战线，总之，在事态不明朗的前提之下，还是要以不变应万变才好。明知山有虎，莫向虎山行！但是，我最佩服中山先生的一句话，'人类要在竞争中生存，便要奋斗！'我也最佩服中山先生首次提出的民族，民权，民生三大主义。不过……我奋斗这些年，却越来越糊涂了。比如那个吴玉章，就是中山先生的老朋友、好朋友。一九一八年，桂、滇各系控制国会，改组护法政府，以七总裁制取代大元帅时，中山先生一生气，就跑到上海去了。那时，曾经作为总统府秘书的吴玉章，就亲自到上海劝过他。对了，《新蜀报》那个"全川自治联合会"宣言和十二条纲领，也就是吴玉章操刀的，有点科学社会主义学说的影子。不仅我看过，我身边许多青年人也都看过，甚至……有人觉得他有社会主义，乃至共产主义思想。'革命！革命！我四万万同胞今日何为而革命？'……我革命这么多年，真是越来越糊涂了。中国之革命，发轫于甲午以后，盛于庚子，而成于辛亥，最终颠覆君政，赶跑了皇帝，迎来了总统。然而现在呢？有了总统又如何？同是川军，不是今天甲联合乙打丙，就是明天甲联合丙打乙，而到了后天，则是乙又联合丙打甲了。全国都一样。依我看哪，先生的三民主义，也未免就是'中国唯一生路'，也许，还有更先进、更完好的主义呢。但无论啥主义，进行国民革命，断不能半路而废！"

村长刘鸿鸣问："吴玉章，他以前不是袍哥吗？也相信这些主义了？"

刘连长说："他以前跟我一样，相信三民主义。但，人都是要变的。况且，现在只要是识相的，谁还不是袍哥呢？由于袍哥会在四川保路运动和辛亥光复中，发挥过积极的作用，因此在辛亥光复之后，袍哥红极一时，被称为'点点红'，就是说，只要你有'点点'，就是说只要你加入了哥老会，就算走运，又称为'袍哥翻身'。以前，清政府禁止袍哥，那时是秘密活动；而民国则是提倡哥老的，哥老组织也合法化了。在这种势头下，人人都想当袍哥。所以辛亥光复之后，袍哥会长期成为四川、重庆大多数成年男性都直接加入、或间接受其控制的公开性组织，人数大约占半数以上呢。"

村长刘鸿鸣问："难道，他也是共产党？"

刘连长说："他是国民党，现目今正在成都当高等师范校长。他怎么会是共产党呢？不可能，这绝对不可能。不过……这也很难说。我可不敢打包票，因为他似乎现在……已经相信科学社会主义学说了。不过，——人总是要变的。"

村长刘鸿鸣说："你们搞啥子主义，我都不懂。他们要搞啥子运动，我也都不怕。我也是农民，按照那位毛先生'构成农民的阶级'的分析，我是中等农民，因为我以前有时候也自己耕种，只是现在老了，不再下田。倒是那个地保老幺，完全像个土财主！你也好自为之吧！对了，你的婚事儿……还在想她吗？算了，别再给老子惹麻烦了。范傻儿不是傻儿，他其实精灵得很！"说完，他继续抽着那只水烟儿筒。

刘连长说："堂上二老是活佛，何用灵山朝世尊？现在国家大事为重，我还不想谈什么儿女情长的事情。那件事情都过去了，随便她怎样埋怨我没有男子汉气概，我那是一时糊涂，也许还是因为可怜她，才干出来的傻事情。至于说到老幺嘛，他以前加入的是中华革命党，我也是其中之一员，比他更彻底。既然革命党已经在民国七年之后，改组成为了中国国民党，我得找他谈谈话，他如果还承认自己是革命党党员的话，就应该重新登记，成为国民党党员，建设新社会！再说，国民革命运动，必恃全国农夫工人之参加，然后可以决胜。"

于是，刘正丰连长亲自骑着马，也不带卫兵，就去找地保老幺。

私　情

走着，走着，刘正丰连长不时能听到马儿咻咻的鼻息。他看见一只盘旋在天空中的鹞鹰，他也逐渐模模糊糊地意识到，自己正走在一个荒郊野外的路上。那天清晨，范团长要枪毙他和九姨太赵淑青。因为范团长终于发现了九姨太和他之间的私情。

范团长说："你们的胆子也太大了嘛，我的眼线无处不在！既然想做露水夫妻，就应该偷偷摸摸地做，别太张狂！"说完，他微微抬起头来，注视着一只盘旋在天空中的鹞鹰。

到这野外来，也是范团长的主意：他不想闹得满城风雨。现在，当他挑明了三人之间的关系之后，他的怒气早已经消除了一大半。他说："正丰，你要真是喜欢九姨太，我可以让给你。可是，你不应该给老子戴顶绿帽子！我还要在社会上混啊！"

团副刘正丰不敢看九姨太赵淑青。他也不知道怎么了，就给范团长跪了下来："团长！只要你饶我不死，我一定会戴罪立功。从今以后，如果再遇战事，请你都把我安排在最前面！我就是你的马前卒，直到鞠躬尽瘁，死而后已！"

范团长问："你真不喜欢她？"

团副刘正丰坚定地说："不，从来没有！我是职业军人。我只是一时糊涂，才犯下了不可饶恕的错误。一切后果都由我自己承担。求团长放过九姨太，也放过我。我这一辈子，从来都没有真正喜欢过任何一个女人！"

九姨太赵淑青鄙视地笑了，她说："刘正丰，刘大少爷，亏你还是行伍出身，怎样一点儿没有男子汉气概！"

范团长对赵淑青说："我就欣赏他这点儿，知错就改！"他回头把团副刘正丰扶起来，说道："这样吧，你下去当个连长，也是避避闲话！不过，你今天的誓言，可别……"

团副刘正丰说："绝不食言！"

九姨太说："你是那种人吗？"她想到他曾经在自己怀抱之中，说过的那些甜言蜜语，那些山盟海誓。

范团长笑了，他说："淑青，得饶人处且饶人，我都不计较了，你还火上加油？国家危难之中，人才难得啊！如果你也有悔意，我也饶了你。而且会派你做大事情！"

团副刘正丰飞快地向赵淑青递了一个眼色，也是似有却无的一瞥。

九姨太对范团长说："我以前喜欢你，而现在我喜欢他了！我是铁了心的！要么现在就打死我，要么你就放我们走吧，让我们远走高飞！"

范团长哈哈大笑。他预计的结果有四种：

第一，双双都吃了秤砣，铁了心要在一起，他就毙了两人。

第二，团副刘正丰要和九姨太好，而赵淑青认了错，他就毙了这个不知羞耻的刘团副。

第三，团副刘正丰认了错，而九姨太要和刘团副好，他就放了这没有骨气的男人，从此对九姨太赵淑青严加看守，让她生不如死。

第四，双方狗咬狗，而且都认了错，那么万事大吉。

范团长甚至认为，这第四种结局对自己最为有利。一来说明两人孺子可教，二来说明自己大度，两人从今以后，肯定会死心塌地追随自己。

关键的问题是，对于一个自己喜欢的女人来说，范团长他不过是一时的兴致而已。如若自己没有兴趣了，她随便跟哪个男人上床，都行！而且，范团长还认为，把一个女人当成自己私有财产的男人，永远不是干大事情的英雄豪杰。范团长心想：要不是自己习惯于忍气吞声，我也不会爬到团长的位置啊！于是，他脸上一点儿怨气也不存在了，而且还颇为兴奋，因为凭借一件小小的男女私情，他认清了两个人的本来面目，划算，划算啊。而且美人铺天盖地，他还嫌自己时间紧迫，搞都搞不过来呢。

因此范团长说："淑青，我还真没有看错人，就凭你这席话，我都为你感到高兴，感到骄傲！就凭你这席话，你就得为我做大事情。为我做大事情，也就是为汉留做大事情，更是为国家做大事情。淑青，你怎么这么糊涂？是男女之情重要，还是国家大事重要？你们都回去好生想一想。不过呢，给老子以后别再偷偷摸摸的了，只要你们两人好，我可以成全你们。这是县城一套大院儿的钥匙，离正丰家也不远。你们商量之后，再答复我吧！"

团副刘正丰又跪在地上，他说："团长，我是一言既出，驷马难追！我尊重九姨太，但是我更是一个军人！从今往后，我不会为儿女情长裹脚不前的！如果你不相信我，现在就可以对我实行三刀六个眼儿！袍哥人家，绝不拉稀摆带！"

范团长又哈哈大笑。他又扶起团副刘正丰，说道："正丰，回去就开拔，准备一下吧！"

团副刘正丰一个立正，挺起胸膛说："愿为团长赴汤蹈火，万死不辞。

团长的恩惠山高海深，本人没齿难忘！"

话音未落，九姨太赵淑青猛然大笑起来。她对自己以前的行为感到不理解，也感到羞耻，更对眼前这个大少爷刘正丰彻底地死了心了。她说："那好，我也反悔了。从今以后，我不再喜欢你了，刘正丰！刘连长！"说完，她觉得自己的心，已经彻底破碎了。

但她一点儿都不记恨团副刘正丰，虽然只是露水夫妻一场，但她得到过愉悦，曾经的颠鸾倒凤！

当然，她也庆幸自己，能够重新回到范团长的怀抱之中。这就如同一个富人输光了本钱而沦落为乞丐，目今又重新回到金库里，想拿什么，就可以拥有什么一样。

范团长收敛起笑容："都别当三岁的小娃娃儿了。正事儿要紧，正事儿要紧啊！走，我们回去喝酒！随便怎么说，我们还是一家人！"说完，他突然掏出手枪，随着啪啪两声枪响，就把那只盘旋在天空中的鹞鹰，撂了下来。

谋　划

现在，刘家凼上空的那一只鹞鹰，依旧自由自在地盘旋在天空之中。

刘正丰连长一路上问了许多人，才终于把地保老幺找到。他开门见山就问老幺："美不美，乡中水；亲不亲，故乡人。老幺，随便怎么说，我们还是一家！你跟兄弟我走，去当差如何？治国经邦，人才为急啊。"

地保老幺嬉皮笑脸地说："你穿红来我穿红，大家服色一般同；你穿黑来我穿黑，咱们都是一个色。我十几年前就当过了！"

刘连长说："都晓得你打过朝天观，为推翻清廷在重庆城的地方政府作过贡献。但现在国家需要人才，你不该推脱责任！兄弟我这一回去，可能就升了，你也给兄弟我拉个排出来，如何？你兄弟伙多，这个容易得很嘛，要积极物色有志青年，结为团体，以任国事！无限朱门生饿殍，几多白屋出公卿啊。"

地保老幺冷笑。他说："自家心里急，他人不知忙。我只想把家乡守好就行。况且，我也累了！"

刘连长说："人情似纸张张薄，世事如棋局局新。晓得，兄弟我晓得，革命党曾经对不起你！你也没能捞到一官半职的。只不过，要立志做大事，不要立志当大官嘛！疾风然后知劲草，盘根错节然后辨利器。中山先生说得好，君志所向，一往无前，愈挫愈奋，再接再厉！"

地保老幺说："我的目的，不大也不小，那就是推翻清朝，建立民国。现在这个目的达到了，我当然该休息了。我又不承担为革命，或者为共和而献身的义务！何况现在，打来打去的，哪个赢得了革命，这个问题仍然是模糊不清的。依我看，革命党人从来就没有完全掌握革命。所以，我想把乡头的议事会搞起来，村长当会长，我只是跑跑腿。况且，我也永远愿作一个自由国民！"

刘连长沉思半天，他说："但是，当差是上风的命令，任何人都不许借故推脱，兄弟我实在难办啊！"

地保老幺说："入山不怕伤人虎，只怕人情两面刀。我说正丰大哥，我说刘连长！我们从小在一起长大，拜把子兄弟一场，你就连这点儿恩，都不想开开吗？救人一命，胜造七级浮屠哩。"

刘连长大笑，他递给地保老幺一根纸烟儿。他说："小时是兄弟，长大各乡里。兄弟我的确也很为难，告示都已经贴出来了。昨天晚黑，正盈死皮赖脸要求参军，还被我和父亲联合骂了一顿哩！难道你和蛮子，还不愿意吗？傻瓜！"

地保老幺替他点上火，又才给各人自己点燃。他说："我不要你为难。我各人自己晓得怎么办！我去找村长。还有，就是蛮子兄弟，虽然他没有入教，不是袍哥人家，但是我们大家也算把兄弟了，我一定要你顺便照顾他一下的哟！"

刘连长起了一丝恻隐之心。他说："莫笑他人老，终须还到老。和得邻里好，犹如拾片宝。但能依本分，终须无烦恼。那好，除了你两个，还有正盈那个小混蛋，没有哪个跑得脱，都要过过堂！你各人自己办巴适一点儿，别给老子拉稀摆带的，袍哥人家！不过，兄弟我形式还是要做的！再就是，得忍且忍，得耐且耐，不忍不耐，小事成大。你口风紧一点儿，别让任何人晓得！"

地保老幺嬉皮笑脸地说："有饭大家同吃，有难大家同当。说得脱，走得脱嘛，袍哥人家，绝不拉稀摆带！"

临近午时，刘家凼上空的那一只鹞鹰，依旧自由自在地盘旋在天空之中。地保老幺夯胯八胯，心事重重走到蛮子家里。他四周看了看，摇了摇头，说道："造孽，造孽。还没吃午饭？等会到我那里吃晌午去！"他说完，抽出烟杆儿，装上烟，点燃。

秀儿说："以后嘟个办嘛，幺哥！"她打望到地保老幺走路时候的怪模样，心里又有些想笑：你胯裆下脚又不是害杨梅疮，为啥走起路来，飞叉叉的？难看死了！

地保老幺说："秀儿，该干啥子还是干啥子嘛。我们平头老百姓，生来贱，未必还怕活不下去呀？缺钱的话，吃晌午饭时，顺便借给你们一点儿，我再买些锅碗，送给你！"老幺说着，又走到蛮子身边，说道，"总有生路嘛，是不是？想开点儿，明年就好啦！"说完，他将烟杆儿递给了蛮子。

蛮子坐在床沿上，懒洋洋地做了个手势，要婆娘秀儿少啰唆。女人诓着奶娃儿，嘴里白泡子翻翻，正跟地保老幺诉苦。

老幺则在用手指逗娃儿玩，很久，等秀儿说完，他说道："秀儿，我，我看跟你打个商量，蛮子去当差如何？"说完，他也没敢看秀儿的眼睛。

秀儿说："啥子？当差？好铁不打钉，好男不当兵，你莫说了！我们还能够支撑起来！"

地保老幺说："这回儿是队伍上的意思，刘家大少爷跟我好，看在我的面子上，让我劝劝你，他也是一番好心！远水难救近火，远亲不如近邻。村上五十岁以下的汉子，都要过过堂，看一看，选不中更好，吃了晌午饭，就去树下排队呢！选上就走，享福呢！"

秀儿说："路逢险处难回避，事到头来不自由。幺哥！你认得的朋友多，又有村长家担保，通通气，塞点包包儿也可以嘛，今后我再报答你。"

地保老幺说："这，不好办啦！我们三人虽说还是把兄弟，但蛮子只是白袍，并不是袍哥人家，对'侹子'来说，人家一点儿让手都不打，又不是在马岭两河口那几个恁么好对付！况且，部队也有部队的纪律，我说话又不算数。"

秀儿恶狠狠地说道："这不行，那不行，算啦！久住令人贱，频来亲也疏。我各人自己去！我各人自己去求情，不管啥子办法，我都要保蛮子不去当差！贫穷自在，富贵多忧。我们也不想享他那个福。"

蛮子跳到地上，大声武气说道："不要吵了，我去！"他说话的时候，颈子两边的板筋，也胀鼓鼓的凸起老粗！他接着骂道："塞包包儿？吃的都没得啦，还要不要人活？"说完，他在心里就突然想起算卦先生娄半仙，说他要见刀光剑影的话来。

他说："常言说得好，大家都是命，半点不由人。这就是命，命！祸兮福之所倚，福兮祸之所伏。"他说完，把烟杆儿还给老幺。他吐了口唾沫在地上，心里就想：怎样才能做到算卦先生所说的"御寇"。如果真能逃脱这一关，那他要感谢算卦先生，也不管他是哪路神仙，反正现在各人自己也没有了宝匣，心里坦荡得很哩！

蛮子忽然记起了一件怪事情：

就在去年夏天，他和秀儿在悦来场赶场时，将近十点左右，看见不晓得是从哪个庙子里出来的三个和尚，每个和尚都手捧一个升（读印）子，表情都不一样，慢慢行走于街中。前一个和尚升子里装满了一升白米，泪流满面；中间那个和尚升子里只装了半升白米，不哭不笑，神态自然；而走在最后面的那个和尚，手里却端着一个空升子，欣喜若狂，手舞足蹈。当时，蛮子、秀儿跟人们一样，都傻傻地站着观看，闹不清和尚们的把戏，到底象征着什么。

现在，蛮子他终于明白了一点，这也是秀儿经常挂在嘴边的话：

　　"祸兮福之所倚，福兮祸之所伏。"

　　不光是婆娘秀儿吃惊，就连地保老幺也张大嘴巴，睁了两只牯牛眼睛盯他。然而老幺终于满意了，他就是想刺激蛮子，别再心灰意冷了。

　　老幺却装着急了："啥子'宁可直中取，不可曲中求'哟，我来给你出个主意，路不铲不平，事不为不成。袍哥人家，决不拉稀摆带！"说完，他就走上前去，给蛮子耳朵里说悄悄话，替他谋划怎样才能度过眼下这一场劫难。

　　蛮子听了，先摇头，最后又点了点头。他说："得行，我得行！点塔七层，不如暗处一灯。这有啥子困难的呢？老子拼了！谢谢老幺，还是袍哥人家好，耿直！"蛮子模糊地意识到，来自政府的压迫，甚于阶级剥削了。

出　发

　　吃晌午饭时，也就是在特意为刘连长饯行的宴会上，他就把地保老幺的那些话，选了一些重点内容，又转告了父亲村长刘鸿鸣。

　　村长刘鸿鸣说："人各有心，心各有见。算了，这个老幺，实在是太狡猾！"说完，他又心想：议事会如果搞起来，各人自己当会长，也要得。他就不再坚持上午的意见了。他认为，政府只是体现了村外的世界，对这个外部世界，村民们有个印象，只要抚养而无回报。另外，他要做大事儿，也是需要帮手的。当然，蛮子不行，他得离开刘家凼，最好永远别回来！

　　午饭之后，刘家凼上空的那一只鹞鹰，依旧自由自在地盘旋在天空之中。

　　在黄葛树下，有一位高个子军官，也就是刘连长，在这群颤抖的汉子面前走来走去。这群男人，小则十二三岁，大则已经五十出头。他们的亲人，被兵士用刺刀隔在很远的地方哭叫。

刘连长问："都到齐了？"

地保老幺说："还差一个，还差个蛮子——刘太平。"

刘连长发了火："太平兄啊？那还不去找来！"

村长刘鸿鸣正抽着那只水烟儿筒。他点点头，说："几个兄弟，已经去了。"

刘连长对这群汉子喊叫道："唯愿诸君将振兴中华之责任，置之于自身之肩上！今天诸君踊跃来此，兄弟想来，不是徒为高兴，定然有一番大用意的！真是国家兴亡，匹夫有责啊！"

有人叫好！原来是村长刘鸿鸣的二儿子刘正盈。

刘连长耐着性子，不发火。他说："你给我出列，正盈！你不合格，你屋小奶娃娃儿还太小！"

二少爷刘正盈气愤地说："那我另外想办法！正如中山先生所说，'现在的中华民国，只有一块假招牌，以后应再有一番大革命，才能够做成一个真中华民国！'"

村长刘鸿鸣哭丧着长脸，走过去，把二儿子刘正盈拉了出来："别再给你大哥添乱子了！"

刘连长说："那好，那好，你就另想办法吧！其余的，都伸出手来！"说完，他就像在乡场上挑选牲口似的，一路打望过去，又一路瞄过来。他心想：都他妈是些土包子，穷光蛋！他开始不耐烦了。他对不合格的男人说："你走。你也走。还有你，走！"

一些苍老无力的，残疾的，患类风湿的手就被马鞭点一点，缩回去，人也就退后几步，却不敢溜走。

刘连长的马鞭，在空中使劲飞舞。他说："你们没有享福的命，走，走！落选的，都快些走开！"

那些被点到的人，有些怀着万幸的表情，有些也怀着不幸的表情，就马上开始跑，逃凶神恶煞一样，离开了黄葛树。在他们的前面，走着垂头丧气的村长刘鸿鸣的二儿子刘正盈。在更远的大道上，二少奶奶李凤华抱着小奶娃娃儿，急匆匆朝他仰面走来。人们甚至听到了哭喊声。而黄葛树另外那面亲人们的哭声就更加响亮。

不多一会，树下还剩有十几二十多个汉子，看上去倒比先前整齐均匀，而远处的哭声，则越来越大，越来越响。黄妈甚至都晕了过去！

刘连长说："你们哪个有阴病呢？啊！各人自己说！"他摸出纸烟儿，地保老幺上前替他点上火。他就散给老幺和村长刘鸿鸣一人一根。两人双手接过，点点头，将纸烟儿夹在耳朵上。老幺脸上的表情就跟得到皇帝圣旨一样高兴，甚至于有点儿神采飞扬。其实，他高兴的还有别的事情。

一个头上包有白帕的青年汉子，颤颤栗栗地说："我，我，我有痔疮，严重得很。"

众人才看清楚，原来是刘贵。

刘连长说："出列！"

刘贵慢吞吞地走到军官面前："长官，我有痔、痔疮。"

刘连长说："有痔疮么？那好！把裤子脱下来！"

刘贵犹疑："在这里？"

刘连长说："少废话，就在这里。快脱！兄弟也是例行公事！把屁股撅起，使劲翻开检查！"

刘贵慢条斯理解开裤带。

刘连长一马鞭打过去，他说："狗日快脱！"

于是乎，脱！

然而很快，刘连长的马鞭，雨点子似的落在刘贵头上。他骂道："敢不老实！麻傻儿可以，麻我！你还嫩点儿！龟儿，龟儿子！装疯迷窍，装疯卖傻。"外带一脚尖啄过去。刘贵就倒在地上，呜呜哭起来。刘连长眉头皱了一下，他怕人哭。

很远的地方哭叫："不许打人……不许打人……"刺刀边上的嘴巴，终于忍不住了。有人甚至想夺枪！

"叭，叭……"两声清脆的枪响，那边的风波平息下来。毕竟是没经过训练，没有组织的一群乌合之众。

"恭喜你了，兄弟，享福去吧。带走！"刘连长下令。

很快，刘贵就被两名士兵架走了，裤子依旧裹着脚踝。他突然意识到，自己就像去年夏天逃难时，跟随在主人家身后的一只狗，拖着尾巴离开。

此时，一些土狗又在人群里前前后后地跑着，或是对着虚空，声嘶力竭地嚎。刘家函上空的那一只鹞鹰，在天空之中抖动了一下，就朝更高，更远的天宇翱翔而去。

刘连长觉得心头很烦，他问道："还有哪个？"

"长官，还有，还有我，我有梅……病。"

众人细看时，原来是刘富！他没等刘连长开口，各人自己脱下裤子，亮出红翻翻，烂兮兮的下身。那是他故意擦的巴豆，好使阴部溃烂，以免抓丁。地保老幺，生怕城门失火，殃及池鱼，更为了保险起见，也用了这种办法，所以他走路的姿势，很是难看。难怪秀儿要笑他了。

刘连长宁可信其有，不可信其无。他冷笑道："哟，看不出你老兄吧，还贪这一杯，算你没福气啦！穿上，爬！"说完，又回头对村长刘鸿鸣和地保老幺发问："人都到齐啦？嗯？"

地保老幺说："只差一个！"

村长刘鸿鸣狠狠地说："还有一个，包合格！紧倒没来，拖时间而已！"他心想：不但蛮子的猪鬃生意全部要到手，而且还有秀儿。虽然他已经打定主意要勾引黄妈，但有秀儿一个人在他身边，总是舒气。

对于猪鬃生意，村长刘鸿鸣和二儿子刘正盈是有分歧的，主要是二少爷刘正盈嫌他不懂。而对于秀儿，村长刘鸿鸣又和大儿子刘正丰是有分歧的。刘正丰觉得，父亲果真找个曾经的丫鬟做了自己的继母，还小自己那么多，如果被别人知道了之后，他还在军中混得下去吗？本身自己家的财力就不足，贿赂的路子就别想走，那好像是个无底洞，所以，他只好凭借各人的本事闯荡江湖了。

刘连长问："哪个？恁大的狗胆？三请四请都不到！简直就是无法无天！"

"还有我！"

人们才看清是蛮子。两个兵士在他身后端着长枪，蛮子婆娘秀儿正搀扶他，一跛一跛走过来。秀儿背着奶娃儿，已经哭红了两眼。背带在她那身爱尔兰市布罩衫的前胸交叉而过，恰好使两只奶子的轮廓完美地凸现出来。

刘富一边穿裤带，一边打望着蛮子。蛮子左脚小腿胫骨处，已经肿起拳着大小的一块乌紫的血包，皮肤上还浸出了血珠儿。

那是蛮子瞒了女人，使苦肉计，各人自己轧断的。

秀儿边哭边说："老总，行行好！看看嘛，你要赔他的腿，昨晚黑，被炸塌的屋梁打断的。你要赔，呜呜，你要赔，天啦……"秀儿的嚎叫，在空旷的黄葛树下，听起来格外惨烈，"天啦，天啦，阴沟的蔑块儿，你几时才能翻身啊……"她却被蛮子扶住，站了起来。

秀儿喃喃地说："唉，弱小的生灵，总是命苦！——这狗日的世道儿，得变！"

蛮子小声说："傻婆娘！留得五湖明月在，不愁无处下金钩。你等老子混过去这关了嘛，再说，好不？"

刘连长只听见"傻婆娘"的骂声。他皱皱眉头问两个兵士："你们派军医检查过了吗？"

一个兵士道："报告连长！已经检查过，脚杆儿，确实断了，医好都是残废！"

刘连长心下颇为满意。他点点头，心想：宁可人负我，切莫我负人。而且，他历来害怕女人的哭叫，何况现在还是惊天动地的嚎，比杀猪难听死了！再说，蛮子也是他小时候的伙伴，还是拜把子兄弟。他第一是不忍心，第二，画龙画虎难画骨，知人知面不知心。要是地保老幺或者蛮子在各人自己的队伍里，他要是组织造反，那么，自己多年来的心血，多年来的努力，不是就白费了吗？

"太平兄，对不起！"刘连长突然大叫起来："集——合——出发——。出——发——！"

十几个合格的未来战士，就被端枪的兵士拖的拖，拉的拉，押的押，赶进了队伍。有几个则是兴高采烈地跑进去的，因为他们怀揣了升官发财的梦想。

那边被拦的一群人，就传过来一片号丧似的哭声。那些有亲人被抓丁的，都想冲过来抢回各自屋里的那一位。一些兵士则努力将发了疯似的人群赶回去，甚至朝天开了火！

"叭，叭，叭！"

刘连长对村长刘鸿鸣作揖。他说："爸，儿子不孝。我走了。送君千里，终须一别！"

村长刘鸿鸣说："刘连长，请多多保重，后会有期！"

刘连长依旧骑上马，走了两步，在马儿咻咻的鼻息之中，他内心充满了无限感叹：茫茫四海人无数，哪个男儿是丈夫？他回头朝自己早年的拜把子兄弟蛮子，甩过去十块现大洋。

他心想：妈哟，简直是一朵鲜花插在牛粪之上！

1995 年 3 月　初稿于重庆

2003 年 5 月至 7 月　二稿于重庆

2009 年 3 月至 2011 年 6 月　三稿于重庆

2016 年 8 月　定稿于重庆

后 记

这部长篇小说，曾被我冠之以"民俗性小说"。

陈独秀在《文学革命论》中说："'国风'多里巷猥辞，'楚辞'盛用土语方物，非不斐然可观。"因此，传统的民俗应该怎样承继？过往的历史应该怎样演绎？性描写应该怎么拿捏分寸？现代或后现代小说应该怎样写？对于这些高深莫测的问题，虽然我从事写作已经快四十年了，至今，的的确确也还没有彻底弄清楚、整明白，更没有底气说能够把握住它们。

但是我非常赞同娄子匡在《岁时丛话》之中的观点：岁时风俗习惯"展示的伦理思想"，"有利于国家民族的源远流长！"

再者，我起码也还晓得，说到小说的分类，明代文学家胡应麟在《少室山房笔丛》中，就分为志怪、传奇、杂录、丛谈、辩订、箴规六大类。而仅仅是传奇这一类，日本学者盐谷温又分为别传、剑侠、艳情和神怪四小类。换言之，所谓小说的创作法，应该是"法无定法"。但，创新是必不可少的。"周虽旧邦，其命维新。"（《诗经·大雅·文王》）对于我自己的小说创作而言，这一点，尤其重要。

最后，十分感谢重庆市江北区文学艺术界联合会、江北区作家协会对《宝匣》正式出版的热情关注和大力支持。再一次感谢！

易刚记于白云大厦

2016 年 7 月 13 日